CASA, BEIJA ou MATA

CASA, BEIJA *ou Mata*

KATE POSEY

Tradução
Carolina Candido

1ª edição
Rio de Janeiro-RJ / São Paulo-SP, 2025

VERUS
EDITORA

ILUSTRAÇÃO E DESIGN DE CAPA
Douglas Lopes

Título original
Serial Killer Games

ISBN: 978-65-5924-425-6

Verus Editora Ltda.
Rua Argentina, 171, São Cristóvão, Rio de Janeiro/RJ, 20921-380
www.veruseditora.com.br

CIP-BRASIL. CATALOGAÇÃO NA FONTE
SINDICATO NACIONAL DOS EDITORES DE LIVROS, RJ

P887c
Posey, Kate
Casa, beija ou mata / Kate Posey ; tradução Carolina Candido. - 1. ed. - Rio de Janeiro : Verus, 2025.

Tradução de: Serial killer games
ISBN 978-65-5924-425-6

1. Ficção canadense. I. Candido, Carolina. II. Título.

25-99659.0 CDD: 819.13
CDU: 82-3(71)

Gabriela Faray Ferreira Lopes - Bibliotecária - CRB-7/6643

Revisado conforme o novo acordo ortográfico.

Este é pra você, bonequinha!

1

O assassino em série em ação

Aconteceu outro assassinato.

— Foi uma queda de trinta metros — Kara-do-Financeiro diz enquanto aperta o botão para fechar a porta no fim do dia.

— Uns quarenta e cinco, pelo menos — comenta Stanley-da-TI. — É um prédio de quinze andares.

O elevador dá um solavanco ao começar a descida, e todos ficam em silêncio por um instante, sentindo aquela sensação de queda livre, como se estivessem em um parque de diversões.

— A polícia já soltou algum comunicado pra imprensa? Eles sabem se isso tem ligação com os outros casos? — Tiffany-da-Gestão-de-Projetos pergunta. Ela trocou de sapatos, e os tênis rangem conforme ela se balança no lugar.

— Aconteceu ontem. Eles ainda não disseram nada.

— Não foi assassinato — responde Stanley-da-TI. — Ele se jogou lá de cima.

Tiffany-da-Gestão-de-Projetos arfa.

— Como você sabe?

— Era o que eu tinha vontade de fazer quando trabalhava lá — brinca Stanley-da-TI.

Kara-do-Financeiro não ri.

— Nove quedas em cinco anos, cada uma de um prédio comercial diferente, todos no centro da cidade — pondera. — Tem alguém por trás disso.

Todo mundo acha que tem alguém por trás de tudo. A existência do Empurra-Papel já foi assunto de especulação em todos os empregos temporários que tive. Em cada prédio comercial onde trabalhei nos últimos cinco anos.

Eu sei um pouco mais do que a maioria.

— Vai ver é algum exercício do RH. Um teste de confiança que deu errado, o que acha? Hein? — Stanley-da-TI não consegue arrancar uma risada de Kara-do-Financeiro, então se vira para Tiffany-da-Gestão-de-Projetos. Ele também não recebe o devido crédito ali e franze a testa. — Isso é só uma lenda urbana — diz, irritado. — Vocês acham *mesmo* que tem alguém por aí arremessando pessoas de terraços?

Kara-do-Financeiro funga.

As portas do elevador se abrem no décimo quarto andar para receber uma recém-chegada, vestida de preto da cabeça aos pés, os lábios vermelhos davam um toque inesperado de cor no fim do dia tedioso e monótono. Ela entra deslizando como uma sombra, segura o celular como um talismã contra conversas fiadas, e se encosta discretamente em uma das paredes do elevador, a gola do sobretudo preto erguida, o rosto inclinado para a tela. Ainda não sei como ela se chama, mas faço questão de aprender nomes e setores. Logo vou descobrir.

— É um assassino em série. Eu *sei* que é — afirma Kara-do-Financeiro.

A sombra aguça os ouvidos.

Stanley-da-TI enfia as mãos nos bolsos e olha para cima, para a grade do teto, balançando a cabeça com um sorrisinho idiota e soltando um suspiro indulgente. Stanley tem um quê de abusivo.

— Assassinos em série não empurram suas vítimas de terraços. Eles as estrangulam ou as cortam em pedacinhos. Gostam de ver as vítimas morrerem.

Tiffany-da-Gestão-de-Projetos fica verde.

— Vai ver esse assassino em série fica enjoado com facilidade — insiste Kara-do-Financeiro. — Talvez ele não goste de sujar as próprias mãos.

— Ele? Quem disse que é um homem? Pode ser uma mulher — retruca Stanley-da-TI, indignado.

— Você está concordando comigo que essa pessoa existe?

Observo a recém-chegada do outro lado do elevador. Seus olhos brilham, e ela pressiona os lábios como se fizesse um esforço heroico para não entrar na conversa. E, normalmente, eu também não entraria. Na maioria das vezes, prefiro ouvir e observar. Ficar de fora. Mas...

— O que torna os assassinos em série tão interessantes? — pergunto, e todos levam um susto. Já tinham esquecido que eu estava ali. Invisível, sem destaque, com meu casaco, calça e gravata cinzas, meu cabelo sem estilo e meus óculos comuns. Em qualquer escritório, me torno parte da mobília.

— O quê? — indaga Stanley-da-TI.

— Por que as pessoas gostam tanto de falar disso?

Um silêncio constrangedor paira no ar enquanto eles assimilam minha acusação de que estão *gostando*, e a mulher de preto entra na conversa.

— Projeção de desejo, é óbvio.

— Tem alguém que você gostaria de matar? — pergunto.

Ela sustenta meu olhar, e seus lábios tremem em um sorriso cruel e discreto. Um bom assassino em série jamais chamaria atenção para sua vítima.

Chegamos no térreo e a turma do transporte público se espalha assim que as portas se abrem, conversando sem parar. Normalmente, eu iria com eles, mas hoje vim de carro, meu primeiro dia no novo emprego temporário. Tenho um compromisso depois do expediente. As portas se fecham e fico sozinho com a sombra encolhida em um canto, segurando firmemente sua bolsa de couro preto sob o braço. Ela me lança um olhar rápido, um reflexo instintivo de examinar o ambiente, mas nossos olhos se encontram, e, para a minha surpresa, me flagro falando de novo. Conversa fiada não é bem a minha praia.

— Qual seria o seu *modus operandi*? Você empurraria alguém de um terraço?

Ela responde no mesmo instante, como se tivesse passado o dia inteiro esperando por essa pergunta:

— Sou do tipo que prefere lâminas. Pequenas, portáteis, rápidas. Não exigiria muito esforço físico. E têm um ar meio retrô, meio clássico, você não acha?

— É bem Sweeney Todd.

Ela franze a testa e se vira para me encarar, com seus olhos escuros e inescrutáveis. Uma mão magra desliza para o celular em seu bolso.

— Estava pensando mais na Viúva Negra. Ela guardou a faca do primeiro marido como um troféu.

— Faz muita sujeira — digo, pensando em como eu detesto sujeira.

Seus lábios vermelhos tremem.

— E por que você acha que eu me vesti toda de preto? Como você faria?

Ajusto os punhos do casaco enquanto penso na resposta.

— Ah. Você tem luvas de estrangulador — comenta ela.

Flexiono os dedos dentro das luvas de couro preto.

— Como o Stanley disse — comento —, um verdadeiro assassino em série tem a decência de manter a individualidade nas coisas. Um aperto firme no pescoço e contato visual até o fim.

Ela ri pelo nariz.

— Cuidado, posso acabar gostando.

Algo dentro de mim se revira de um jeito estranho e prazeroso. Não muito diferente daquela sensação de parque de diversões.

— Como você se chama?

O sorriso divertido em seus lábios se desfaz. Ela não precisa de uma lâmina: me degola com um simples olhar de desprezo e volta a atenção para o celular.

Um instante depois, as portas se abrem para o estacionamento subterrâneo mal iluminado, e seus saltos disparam tiros secos que ecoam pelo espaço cavernoso. Eu a sigo. Ela caminha até um carro preto, joga a bolsa no banco da frente e se vira para mim.

— Você está me seguindo.

— Não. Esse é o meu carro. — Eu me encosto no veículo ao lado do dela.

Ela observa o carro elegante e o compara com meu uniforme de temporário.

— Com toda certeza esse carro não é seu.

— É sim.

— Prove. Abra o porta-malas e me mostre a última vítima que você estrangulou.

Fico parado.

Ela gira nos calcanhares com uma elegância preguiçosa e me examina dos pés à cabeça.

— Você é bem esquisito — conclui, e não consigo dizer se é um insulto ou um elogio. Ela entra no carro, e eu fico ali, vendo-a partir. Antes de sumir atrás de um pilar de concreto, ela me mostra o dedo do meio.

Fico olhando enquanto ela desaparece, perdido em pensamentos. Tinha alguma coisa no jeito como ela me olhou, como se *me* visse de verdade, o temporário invisível, aquele que ninguém nota no escritório, aquele que ninguém deveria perceber. É perigoso e eletrizante.

Enfio a mão no bolso, pego as chaves e abro o porta-malas. Lá dentro, um tapete enrolado com fios de cabelo loiro escapando por uma das pontas.

Eu *poderia* ter mostrado a ela. Isso sim teria sido engraçado.

2

O temporário

A MINHA VIDA É ASSIM:

O despertador marca 4h, 3h47, 5h10 ou algo do gênero, quando a consciência começa a se recompor. Na verdade, nunca dependo dele para acordar. Eu não durmo bem. Acho que as pessoas não tendem a dormir bem quando vivem com o tipo de coisa que eu vivo. Pensamentos que surgem durante a noite. Segredos que coçam no fundo da mente.

Às vezes bebo meu café na sala de estar escura enquanto assisto às notícias. A crise imobiliária. A crise climática. A crise das crises. Por sorte, nada disso me afeta. Às vezes fico observando o bairro adormecido da varanda. Outras, paro na porta do quarto do meu colega e o vejo roncar, enquanto a Verity está deitada ao lado dele, dura, reta demais. Nenhuma mulher normal dorme assim. Se bem que já faz algum tempo que nenhuma mulher dorme ao meu lado, normal ou não. Fico ali me perguntando o que vou fazer com ele, o que vou fazer com *ela,* quando a hora chegar. Vamos acabar ficando sem cobertores.

Em um resmungo, o prédio desperta. Rádios e televisões são ligados, carros dão partida, e eu ganho vida por tabela, como um robô que desperta com uma descarga elétrica ambiente. Quando meu colega de quarto aparece, dou um sorrisão exagerado, quase forçado, porque é isso que os humanos devem fazer.

— Bom dia, Grant — digo.

O TRÂNSITO DA MANHÃ ENCURRALA MEU ÔNIBUS NA AVENIDA principal. Cedo meu assento para idosos e mulheres grávidas e murmuro um "desculpa" com um sorriso envergonhado quando alguém pisa no meu pé. Sou o figurante perfeito, com meus óculos e minha bolsa estilo carteiro; cabelo e roupa em ordem, adequados, esquecíveis. Em uma das mãos, seguro um jornal local gratuito, dobrado ao meio — que nunca leio. Quando os créditos subirem, serei o Passageiro Matinal nº 6. Meu ônibus me cospe na Richeson e pego o metrô até Bylling, depois caminho os cinco minutos restantes até um dos cem arranha-céus que se erguem como o dedo do meio do capitalismo tardio apontado para a humanidade. Sou uma engrenagem na máquina corporativa. Um dos bilhões de corpos frutificando nesse fungo capitalista que se espalha pelo mundo como um fino micélio. Não sou ninguém. Um zero à esquerda. E é assim que eu gosto.

Trabalho para uma agência de temporários, o que significa que sou um corpo quente para alugar. Enquanto meu coração estiver batendo, tenho um emprego. No momento, sou o substituto de um ser humano com valor real. Harriet está de licença não remunerada, e, para que nenhum engravatado das planilhas resolva cortar o cargo dela, já que ninguém estaria ocupando o cargo nem recebendo o salário, o seu supervisor, um tal de Doug, promovido vários níveis além da sua capacidade, me contratou para ocupar o cargo por enquanto. As tarefas que ela fazia foram redistribuídas entre os membros da equipe, então meu trabalho é sentar na mesa dela e manter a cadeira aquecida. Eles *me dão* tarefas, claro: tenho um relacionamento íntimo com a copiadora, a cafeteira, o grampeador e o terraço, para onde me dirijo nos cerca de doze intervalos que tiro por dia.

As pessoas me chamam de Jacob, Jack e Jonathan. Muitas delas nem se dão ao trabalho de aprender meu nome, embora *eu* faça questão de saber o nome de todos. Sempre faço. Alguns intrometidos tentaram cavar fofoca comigo cerca de uma semana depois que cheguei, mas descobriram que eu não tinha nada para contar e me deixaram em paz desde então. Sou uma ilhazinha solitária nesse mar de trabalhadores. Prefiro assim. Gosto de observar, escutar e trabalhar na minha lista para passar o tempo e aliviar o tédio. Acrescento nomes, removo nomes. Depois acrescento de novo.

No fim do dia, pego o transporte público de volta para casa, com meus companheiros de olhar vazio, sobreviventes do infernal centro comercial. Sorrio para eles, com cara de nada. *Bom trabalho, galera! Mesma hora amanhã?* Abro a porta do apartamento e encontro Grant e sua mais recente companhia, Verity, esparramados no sofá, vendo reality show. Ele a abraça e acaricia o cabelo dela, distraído. Já aprendi a não invejar o que ele tem.

Limpo. Boto as coisas em ordem. Depois, cozinho. Refeições saudáveis com ingredientes caros — vegetais orgânicos, carne de animais alimentados soltos, no pasto, e itens como sal com açafrão e óleo trufado —, tudo preparado com cuidado e atenção, a pedido de Grant e pago com o dinheiro dele. Se fosse só por mim, seria uma tigela de cereal. *Não* estou planejando viver até os cem. Faço questão de convidar Verity para comer com a gente, porque Grant gosta que eu seja educado, mas, claro, ela nunca aceita. As mulheres que Grant namora não comem. Em vez disso, ela nos observa com olhos enormes e melancólicos, grandes demais para seu rosto esculpido à perfeição.

E a cena se repete.

3

Olá, Dolly

Até Dolores.

Não foi fácil descobrir o nome dela. Meu novo local de trabalho é um cupinzeiro gigantesco, cada departamento compartimentado e isolado na própria bolha, o que torna difícil encontrar alguém que saiba algo sobre a mulher vestida como a sombra do diabo, sempre de preto, mangas compridas e golas altas; a mulher com o batom de cor viva e saltos cruéis, que atravessa as salas sem que ninguém pareça notar sua presença. Determinada, mas distante, como um espírito maligno com coisas para fazer.

— Quem era aquela? — pergunto para Trícia-do-Marketing depois de vê-la de novo na copa.

— Quem era o quê? — Trícia-do-Marketing responde, tentando tomar o iogurte com elegância, sem se dar conta de que está com o queixo lambuzado.

Sigo a sombra pelo corredor e, quando viro num canto, ela já desapareceu.

Outra vez, ela surge do nada dentro de um elevador lotado, bem ao meu lado. Não me dá a mínima atenção, e eu também não digo nada. Observo para ver qual botão ela vai apertar, mas ela nem olha para os números. Sai no décimo sexto andar, quando as portas se abrem para alguém entrar, e fico de olho, esperando para ver se ela vai para a esquerda ou para a direita, mas ela não faz nem uma coisa nem outra. Fica ali enrolando, olhando o celular e, quando as portas estão prestes a se fechar, ela olha para a esquerda e para a direita e entra nas escadas.

— Quem era aquela? — pergunto para Brennan-o-Estagiário.

— Aquela quem? — responde Brennan-o-Estagiário, passando o dedo para a direita dez vezes seguidas num aplicativo de encontros enquanto espera o andar dele chegar.

Quem quer que ela seja, age como uma agente secreta. Sai no andar errado e usa a escada para despistar qualquer um que possa estar observando. Está sempre com o celular na mão ou no ouvido, evitando conversa. É impossível descobrir quem ela é. Deve ser consultora ou freelancer, ou talvez representante de algum cliente. Definitivamente não trabalha na Spencer & Sterns.

Vários dias se passam sem nenhum sinal dela, e então, próximo ao fim do dia em uma quinta-feira, pego o elevador sozinho, mais tarde do que costumo pegar. Descendo, descendo, descendo, até que ele para no décimo quinto andar. As portas se abrem devagar, como os portões do inferno, e lá está ela.

Usa um vestido preto com gola branca sob o casaco aberto, e o batom a faz parecer que acabou de devorar o coração pulsante de algum coitado. Entra comigo na névoa sonora do elevador, aperta o "–1" e se vira para me encarar, um giro lento e gracioso, os braços se estendendo enquanto se recosta no corrimão. As unhas afiadas raspam no metal da barra e os pelos da minha nuca se eriçam com atenção. Então ela inclina a cabeça para o lado e revela o pescoço, como uma vampira se oferecendo para o amante. As portas do elevador se fecham, os olhos dela encontram os meus e lá vem aquela sensação de montanha-russa de novo, ainda que o elevador nem tenha começado a se mover.

— Ted Bundy — ela diz.

Pisco.

— Meu nome é...

— Sua fantasia de Halloween — ela diz. — Você está vestido de Ted Bundy.

Eu não estou fantasiado. Olho para o meu braço na tipoia. Ontem eu caí, e o Grant… bom, foi toda uma confusão. Depois que a Verity se mudou, aquela caixa enorme que ela trouxe teve que ser levada embora, e ajudar é o tipo de coisa legal que um colega de apê faz. Todo mundo no escritório hoje foi supersolícito. A Deb-da-TI, numa fantasia de gata bem perturbadora, que parecia ter vindo direto de um sex shop, até me deu um punhado generoso de doces de Halloween.

— Você foi a primeira a acertar. Mas e você? Está com sua fantasia habitual de freira vampira.

Ela estreita os olhos.

— Freira vampira?

— Você está sempre de preto, toda coberta, tipo esposa de líder de seita, só com as pernas de fora.

Ela parece meio abalada, como se não soubesse se gosta ou não do fato de eu ter reparado nela.

— Eu já disse. Prefiro o visual de Viúva Negra.

Quero saber quem ela é.

— Eu me chamo Jake Ripper.

Ela solta um riso debochado.

— Tenho certeza que seu nome não é esse.

— É sim. E o seu?

Ela não me diz seu nome. Não diz nada. É um muro. Uma pedra. Uma…

As portas se abrem, e meu supervisor clínica e tragicamente idiota, Doug, entra no nono andar. Com a voz forçadamente amigável que usa para disfarçar o fato de não saber o que está acontecendo, diz:

— Jack! E vejam só se não é a querida Dolly.

Ela leva um susto e lança um olhar fulminante para ele, mas sinto um aperto gostoso no estômago ao guardar aquela primeira informação sobre ela. O nome. Visualizo o nome sendo digitado numa tela em branco na minha mente, o cursor piscando, esperando o sobrenome.

— Eu não me chamo Dolly — ela diz, com um tom que deixa claro que esse idiota está arriscando a própria vida ao chamá-la de "Dolly".

Apagar, apagar, apagar.

— Haha, sim. Claro. Dolores dela Cruz.

Bingo. Registrado e salvo. Eu nunca esqueço um nome. Ela me lança um olhar rápido. O jogo acabou.

Doug continua, completamente alheio:

— Haha, *¿cómo Esteban?*

Ela o encara, incrédula:

— "¿Cómo Esteban?"

O sorriso dele vacila.

— Você não fala espanhol?

— Sou filipina — ela responde.

As coisas não estão indo bem para Doug. Ele ainda não faz ideia do que está acontecendo, e o treinamento de sensibilidade imposto pelo RH só entrou o suficiente na cabeça dele para deixar uma vaga sensação de que a conversa está ficando perigosa. Ele sai depressa no terceiro andar quando as portas se abrem para alguém entrar. E o terceiro andar nem é alugado pela nossa empresa.

Fico observando o perfil de Dolores dela Cruz pelos dois andares seguintes, até o térreo, onde desço.

— Boa noite — digo, com minha voz humana e sem graça.

— *Buenos nachos* — ela responde, sem nem erguer os olhos do celular.

NA MANHÃ SEGUINTE, ACORDO ÀS 4H53 E FICO ENCARANDO O quadrado cinza e opaco que é o teto do meu quarto, pensando em Dolores dela Cruz. Tomo cinco xícaras de café no escuro e nem me sinto mais irritado com Verity. Agora eu tenho um nome. Falta descobrir onde ela trabalha. Preciso saber de qual departamento ela é.

No trabalho, depois de duas semanas servindo como se tivesse sido escravizado pela fotocopiadora, Doug finalmente me pede para registrar dados.

— Quanto tempo o funcionário anterior levava pra fazer isso? — pergunto.

Doug transpira e se remexe.

— Uma semana?

Faço que sim, com um ar pesaroso.

— Vou demorar um pouco mais, ainda estou aprendendo.

Em seguida peço autorização para me mudar para o anexo vazio, para poder aproveitar o silêncio e *focar melhor*, ou seja, escrever um script que automatize todo o processo, fazendo em cinco minutos o que levaria uma semana, e assim passar o resto do dia trabalhando na minha lista. Ou olhando para o nada e imaginando empurrar todas as pessoas que já conheci de um prédio bem alto. Ou pensando na figura miúda de sobretudo preto.

Permissão concedida, e lá vou eu, todo saltitante, ocupar meu cubículo no anexo, um apocalipse corporativo congelado no tempo desde o banho de sangue que foi a última rodada de demissões, dois anos atrás. A ausência gritante dos corpos quentes que deixaram papéis espalhados e cadeiras giradas pela metade me agrada. As luzes fluorescentes zumbem no canto do ouvido, o ar seco arranha a garganta, e os prazeres sensoriais de superfícies de melamina engordurada e estofados de poliéster me chamam.

Conecto o computador, alinho minhas canetas, organizo minhas notas adesivas, aperto o botão de ligar com determinação e... quando o computador emite aquele som celestial, como um coral de anjos suspirando, ergo os olhos e lá está Dolores dela Cruz em carne e osso.

Instalada numa sala de canto, o cabelo azul-escuro preso na nuca num coque impecável, o delineador formando asas pretas pontudas nos olhos, o batom sendo o único toque de cor naquele ambiente monocromático, ela me observa pela parede de vidro que vai do chão ao teto em seu escritório, com uma expressão pétrea.

Abro um sorriso iluminado, falso, com cara de imbecil.

Que surpresa te ver por aqui!

Ela nem pisca. Sustenta meu olhar por cinco segundos, depois volta a encarar o próprio computador.

AGORA, A MINHA VIDA É ASSIM:

Na segunda-feira, Dolores entra com os lábios vermelhos, grudentos e doces como uma maçã do amor de Halloween recheada com lâmina de barbear, pega da mesa o café com o rótulo de "Dolly" e, sem desviar o olhar de mim, o joga no lixo. Justo. Nem eu beberia um café comprado por mim.

Na terça, minhas notas adesivas e canetas aparecem totalmente bagunçadas quando chego, e o impregnante cheiro de peixe se revela como uma das latas de atum nojentas do Jared-do-Financeiro, tirada da copa e escondida no meu cesto de lixo.

Na quarta, minha conta de usuário simplesmente desapareceu do sistema. Troco olhares com Dolores enquanto puxo meu pen drive da bolsa de carteiro e restauro todos os arquivos perdidos.

Na quinta, decoro meu cubículo com fios de alho trançado e faço um círculo de sal no carpete ao redor da minha mesa.

Na sexta, ela coloca um podcast de crimes reais no volume máximo, me desafiando a reclamar com um olhar inquiridor, mas os relatos macabros acabam deixando o lugar mais aconchegante. Decido ficar. E o bom e velho Doug, satisfeito com minha produtividade, permite.

Fica claro que ela não está nada feliz com minha invasão. Nunca pergunta o que estou fazendo ali, nem quanto tempo vou ficar. No começo, não me dirige uma única palavra, mas em alguns dias, levanto o olhar da mesa, como se puxado por um ímã gigante, e lá está ela, me encarando pela janela do escritório com aquela expressão entediada e desapontada, como um predador observando algo bem abaixo dele na cadeia alimentar.

Quando ela não está, eu arrombo a porta do escritório com dois clipes de papel e fuço o computador. Ele acende assim que aperto a barra de espaço, e tem uma aba do navegador aberta só para mim: uma busca no Google por "Como avisar o maluco do escritório que você sabe que ele anda fuçando seu computador fora do expediente". Deixo uma nova busca para ela: "Como dar o fora numa colega de trabalho apaixonada, mas de uma maneira delicada?"

Não tem nada pessoal no computador dela, e também não consigo encontrar nada relacionado ao trabalho. Ela passa o dia no laptop, que leva embora com ela.

Pesquiso os podcasts que ela ouve e baixo um episódio de *Assassinos em Ação* no celular. Aperto a tecla para começar a reprodução e aquele jingle macabro, agora familiar, soa como uma marreta deslizando por uma fileira de costelas. Abro as gavetas, vasculho uma por uma, assim como ela fez comigo e, quando me recosto na cadeira dela, percebo que o vaso de pedra preta em cima da mesa está posicionado de um jeito estratégico para que um dos lados planos e retangulares reflita a minha estação de trabalho.

É um mistério o que Dolores faz. Ela não participa de reuniões. Nenhum gerente barrigudo aparece à porta dela com frequência com cara de "só passando para ver como estão as coisas". Fico de olho nela o dia todo e não vejo nada.

Ainda assim, tem *alguma coisa.* Algo irresistível. Eu me sinto como uma criança que continua provocando o gato que arranha. Ou como um sapo de laboratório, frio e borrachudo, se contorcendo toda vez que ela me cutuca com um eletrodo.

No final da primeira semana, nos encontramos sozinhos no elevador de novo.

— Dolores — digo.

— Jake — ela responde, seca.

E, na minha melhor imitação de um ser humano funcional, ignorando, por ora, o fato de que ela despejou uma xícara inteira de café na minha bolsa mais cedo, pergunto:

— Planos pra hoje à noite, Dolores?

— Não. Mas eu sei o que você vai fazer.

— O quê?

— Dar os retoques finais no seu traje de pele humana. Sou especialista em assassinos em série. Sempre reconheço um solto por aí. É o cheiro de água sanitária e a aura de desespero.

— Hoje não vai dar tempo — digo. — Preciso descongelar o freezer pro meu próximo alvo.

— Você usa aquele seu golden de mentira pra atrair as vítimas?

— Meu golden de mentira?

— Aquele da foto que você usa como imagem de fundo no computador.

— E o que te faz pensar que ele é de mentira?

— Você nunca tem pelo de cachorro na roupa. E aquela é uma foto de banco de imagens. É a primeira que aparece quando você busca "golden retriever". Eu conferi.

Eu jamais seria tão óbvio. É a terceira imagem.

— Isso faz parte do seu disfarce pra fingir que é normal? — ela pergunta.

— Sim. E a sua gata, faz parte do seu?

Ela se vira de repente para mim.

— Gata?

Mais cedo, eu a ouvi pedindo para a vizinha alimentar a gata. Consigo escutar todas as ligações dela da minha mesa e fico fascinado com os raros detalhes da vida de Dolores fora do trabalho que chegam até mim. Eu coleciono, lapido, avalio o valor e organizo em pilhas pequenas e ordenadas. Animais se parecem com seus donos, e eu já imagino a gata: feroz, dentes afiados, preta. Porque é claro que a gata vai ser preta.

Ela estreita os olhos perigosamente.

— Nada passa batido por você, hein, Jake? Você é um doido varrido, sabia?

— O quê?

— Vai chegar o dia em que eu vou chegar em casa e te encontrar fazendo ensopado de coelho na minha cozinha? Usando minhas roupas? Sangue nas portas do armário? Você arrombou a porta do meu escritório. Mexeu nas minhas gavetas.

E veja só que hipocrisia.

— Você mexeu na minha mesa primeiro. Eu devia abrir uma queixa no RH.

A hesitação de meio segundo depois da minha resposta entrega tudo. Por um instante, vejo medo no rosto dela. Chamar a atenção do RH a deixa apavorada. Uma semente minúscula de suspeita floresce, como uma planta em time-lapse. A relutância dela em me dizer o nome, as táticas de agente secreta, o escritório remoto, longe de todo mundo — tudo começa a fazer sentido. De repente, entendo tudo. Sei qual é o segredo dela.

— O que te faz pensar que eu não fui mais rápida que você? — ela diz, de forma casual. — Eu já falei com o RH.

— Você não falou. E nem vai falar.

— Não tenha tanta certeza. Fui orientada a manter um registro.

Ela não foi. E nunca estive tão certo de algo na minha vida. Desço no térreo, e, ao olhar por cima do ombro, vejo Dolores me observando, uma ruguinha surgindo entre as sobrancelhas.

— "Luto" — digo por cima do ombro. — É um bom nome pra você.

— Uma tradução mais precisa seria "dor" — ela responde como se me avisasse para não esquecer.

Na manhã seguinte, abro minha lista. Crio uma nova toda vez que começo em um escritório diferente. É minha lista de descartáveis, a lista de pessoas a eliminar.

Dolores dela Cruz

Anoto seu nome com cuidado no fim, abaixo de outras duas dúzias de nomes. Meus dedos pairam sobre o mouse. Quer saber? Por que não? Recorto o nome dela e colo no topo.

4

Viciada em true crime

DOLORES

SÃO OITO E MEIA DA MANHÃ DE UMA SEXTA-FEIRA, E, COMO DE costume, estou espremida num canto do elevador, com o rosto grudado no celular, subindo do estacionamento até o meu andar. As portas se abrem no térreo para receber o pessoal de sempre, mas hoje... hoje tem algo diferente no ar, como se o universo soprasse na minha nuca, e ergo os olhos para ver a parte de trás de uma cabeça com um cabelo escuro, bem aparado, que me parece familiar. Casaco cinza-escuro, calça social cinza, luvas pretas. Ted Bundy no elevador. O charmoso estrangulador desconhecido.

Não desço no catorze, nem no quinze, nem no dezesseis. Fico onde estou, observando do meu canto enquanto ele lê mensagens nas telas dos celulares por perto, inclina a cabeça em direção às conversas ao redor, estuda os rostos e grava os andares em que cada um desce.

Ele sai no vigésimo e eu fico mordendo o lábio. Talvez seja o tédio corroendo o meu cérebro, fazendo-o derreter como biscoito no leite, mas aí um som toca, aquele toque alegre de xilofone que ninguém mais parece ouvir. Uma vinheta de podcast, a trilha sonora da minha vidinha entediante.

Minha vida já foi interessante, um dia.

Tlin-tlin-tlin.

Aperto o botão a tempo de parar no 21, cruzo o corredor e desço pelas escadas de emergência, meus saltos estalando com violência contra os degraus de concreto. Espio pela porta antes de sair no vigésimo andar. Tudo limpo.

Domino a arte de atravessar espaços cheios sem ser notada. Afinal, já faz anos que permaneço despercebida neste prédio. O truque é não diminuir o passo, não fazer contato visual, manter a expressão séria o suficiente para que até o tímido estagiário se sinta aliviado quando eu sigo direto sem cumprimentá-lo. Corredor adentro, passo pelo balcão do telefone, viro a esquina e entro no escritório, aquele aquário de cubículos que mais parece um zumbi corporativo em coma induzido. O ruído do ar-condicionado industrial é furado pelo toque frenético dos telefones, todo mundo murmurando, murmurando, murmurando, menos um idiota barulhento, que descreve seu fungo de pele ao telefone com a maturidade de uma criança de dois anos. Contorno o espaço, os batimentos acelerando, até pararem.

Outro som de xilofone.

Lá está ele.

Cabeça baixa sobre a mesa, dedos digitando metodicamente. Os movimentos são cuidadosos, ensaiados, como um ator em cena.

Ele se levanta e varre o ambiente com o olhar. Eu me escondo atrás de uma pilastra. Ele caminha até a copa e bebe num copo de papel, *devagar*, definitivamente sem ouvir as fofocas que dois colegas de trabalho comentam em detalhes. Termina a pausa dez segundos depois que os colegas saem, aproveitando esse tempo para monitorar o vaivém de uns gerentes médios, com um desinteresse cuidadosamente estudado. Ao voltar para a mesa, escaneia as telas dos computadores por onde passa com uma expressão entediada.

Atravesso o corredor principal e passo como uma brisa por onde ele se senta, a poucos centímetros de sua nuca descoberta, e concluo meu reconhecimento relâmpago: só uma planilha hoje, uma lista de nomes; nenhuma foto na mesa; luvas de assassino enfiadas no bolso do casaco; sapatos não cobertos de lama de cova rasa, nem lavados com escova de dente e água sanitária; barba feita; dedo anelar sem aliança.

Um rangido atrás de mim pode ser da cadeira dele, se virando para me olhar enquanto caminho. Sinto um arrepio na espinha, mas mantenho o passo firme.

Saio dos cubículos por um corredor longo e estreito que leva a uma escada, mas atrás de mim... Estou sendo seguida? Difícil saber com esse carpete comercial, e agora estou num local do escritório sem aquelas paredes de vidro desnecessárias que me dariam o reflexo do que vem atrás. Não posso deixar que ele descubra onde é meu esconderijo, mas a diferença entre predador e presa é que um predador aceitaria calmamente ser perseguido por outro. Um predador não foge feito um coelhinho bobo. Predadores sabem jogar e o fazem com paciência, sabem manter a pose, sabem aplicar o poder da mente. Predadores são artistas.

Sem alterar o ritmo, viro a esquina e entro numa porta aberta. O armário da faxina. Está escuro aqui dentro, só um facho de luz embaixo da porta iluminando meus dedos dos pés. Espero.

Meu coração desacelera.

O silêncio se estende.

Sinto... decepção.

Eu não estava sendo seguida.

Subitamente, duas sombras surgem no feixe de luz sob a porta, e meus dedos dos pés desaparecem.

Meu estômago se dobra ao meio. E depois de novo...

Meu coração dispara...

Tlin, tlin, tlin. As pequenas marretas do xilofone sobem e descem pela minha espinha...

E pelo meu rosto...

Ainda bem que está escuro aqui. Nunca sorrio antes do meio-dia.

As sombras somem, meus dedos dos pés reaparecem, e estou sozinha de novo. Só eu, o balde de esfregão e meu coração, batendo de novo depois de anos parado.

Tenho certeza de que ele é um assassino. Não queimei meus neurônios com crimes reais durante cinco anos à toa.

NA MINHA MESA, PEGO O CELULAR E COMEÇO O TRABALHO. ELE já tem uma página só dele nas minhas anotações e está enchendo mais rápido que a do manobrista de olhar suspeito ou da nova consultora de RH com aquele olhar pálido perturbador.

Jake, o Estripador: ele é do time de Doug. Não parece ter nenhuma função real. Nenhum amigo em particular. Veste exatamente a mesma roupa, dia após dia, como se a monotonia fosse um tipo de vaselina visual, feita para deslizar pelos olhos das pessoas sem chamar a atenção. Ele anda de transporte público; com toda certeza *não* dirige o Aston Martin que apareceu uma vez no estacionamento. Aliás, ninguém dirige. O dono fica lá dentro, se masturbando só de pensar no valor do carro. Eu faria o mesmo.

Pontos extras pela máscara. Ele é exatamente como todo mundo aqui, um drone corporativo saído de forma padronizada, com um número tatuado na orelha. Terno barato, gravata sem graça, sapatos certamente desconfortáveis. É temporário. Uma peça fora do lugar na engrenagem corporativa, e isso faz parte do disfarce. É mais fácil sustentar um papel por pouco tempo. Dá para colocar a culpa no desafio de cair numa equipe cheia de estranhos e fingir que o comportamento antissocial é só timidez. E quando as coisas começam a ficar estranhas — quando alguém nota ele enfiando uma lona plástica dentro do porta-malas ou limpando uma manchinha de sangue do sapato —, ele arruma outro emprego e desaparece. Igual ao Empurra-Papel, ele entra nos escritórios como fumaça por baixo da porta e some, sem que ninguém ali se dê conta dele. *Lembra daquele temporário... como era mesmo o nome dele? Jack? Jonathan?*

Enquanto isso, fica rondando, estudando as pessoas, aprendendo as rotinas, preparando o terreno para a próxima vítima.

Um baque atrás de mim. Viro na cadeira, olho pela parede de vidro do meu escritório e, quem é que está se instalando no cubículo da frente? Luvas Assassinas, claro.

Ele faz seus rituais de mudança com solenidade e perfeição, limpa a mesa com lenços umedecidos antes de sentar. Os movimentos são lentos, suaves, cuidadosos. Alinha as canetas, coloca as notas adesivas num ângulo *exato*, liga o computador, cruza as mãos. E então ergue os olhos, encontrando os meus.

Eu já sabia que ele era bonito, daquele jeito cabelo-arrumado-e-óculos. Tinha reparado. Boa aparência ajuda em qualquer área, inclusive em plantações isoladas cheias de covas disponíveis. As pessoas gostam de você, confiam em você, querem ficar sozinhas com você. Os óculos são um toque genial. A armação é grossa, escura, o tipo de coisa que chama atenção primeiro quando se olha para ele. Aposto que sem aqueles óculos ele parece outra pessoa. Mas, se você olha além, percebe que ele tem aquele tipo de palidez de quem passou a vida inteira trancado num porão secreto, e deve ter passado mesmo. Cabelo escuro, sobrancelhas expressivas. Atrás dos óculos, cílios espessos, e olheiras que dão um ar de fim de semana de depravação regado a cocaína, cara de quem não dorme há três dias. Ou de quem não dorme há dez anos. Está sendo devorado por dentro por um segredo horrível — o corpo escondido debaixo do assoalho.

Eu entendo tudo sobre corpos escondidos à vista.

E então o desgraçado *sorri* para mim. Um sorriso torto, sem alma, aquele tipo de sorriso que você vê logo antes do Hannibal Lecter arrancar sua cara com os dentes.

Tlin-tlin-porra.

Não retribuo o sorriso. Já bati minha cota por hoje.

Quando termino o expediente, ele já sumiu. Entro no elevador e me encaixo num canto atrás de dois contadores da Spencer & Sterns. A muralha de corpos me esconde bem quando ele entra no nono andar e fica de frente para a porta. Que prazer. Que *alegria*. Um dia inteiro de Jake, o Estripador. Eu me aproximo aos poucos, até ficar logo atrás, um pouco de lado, perto o bastante para sentir aquele aroma característico de isolamento social com notas suaves de água sanitária para apagar o DNA e as impressões digitais.

Só que... ele não tem esse cheiro. Seu disfarce é bom demais. Ele tem um aroma masculino, de cabelo limpo, sabonete, e algo mais, algo convidativo e viril, que faria qualquer mulher apoiar o rosto no ombro dele segundos antes de ele estender as mãos e enforcá-la.

Ele ergue o queixo para ver os números — 9, 8, 7 — e eu levanto o meu também, observando o contorno da cabeça dele, os ombros bem marcados. Sua cabeça está inclinada de forma que consigo ver o mundo através de uma lente dos óculos dele, de um jeito estranho e distorcido.

Ele se vira um pouco para deixar alguém sair no quarto andar, e noto um pedacinho de barba que ele esqueceu de raspar, bem em cima de uma artéria no pescoço. Eu poderia cuidar disso por ele. Rápido, com delicadeza, passando a lâmina sobre aquela pele sensível em dois segundos. Talvez eu fosse displicente e uma gota de sangue cor de rubi surgisse ali.

Nosso reflexo engordurado se aproxima quando as portas se fecham, e, assim que olho de novo, vejo que os olhos dele já estavam em mim.

No caminho para casa, organizo os pensamentos. Ele sabia que eu estava ali atrás, me inclinando no espaço dele, analisando o corte de cabelo, o barbear, sentindo o cheiro dele...

Ele estava sentindo o *meu* cheiro. Ele sabia que era eu porque reconheceu o perfume.

Três coisas me ocorrem. A primeira é que *ele* está *me* observando. Cometi o erro de chamar a atenção dele. Bastaram umas piadinhas no elevador e agora ele virou um inseto noturno, pálido e inquieto, atraído pela luz, que se recusa a ir embora. Ou talvez um mosquito que sentiu cheiro de sangue e está só circulando, preguiçoso, esperando pelo momento certo.

Em segundo lugar, uma parte meio distorcida de mim *gosta* de saber que ele está me observando. Cheguei a um ponto lamentável na vida em que me sinto sozinha o bastante para ficar lisonjeada pela atenção de um homem que quer arrancar meu rosto do crânio e usá-lo.

E, por fim, isso é ruim. Ninguém deveria me notar.

5

Ambiente de trabalho hostil

JAKE

Já faz um mês que estou na Spencer & Sterns. Posso ser arrancado de lá a qualquer momento pela minha agência de empregos temporários e enviado para outro lugar, mas, por enquanto, estou aqui com Dolores, no nosso pequeno anexo, nossa cela, nosso manicômio particular.

Estamos em novembro, presos na histeria da temporada de Natal, como numa espécie de torniquete branco de desespero. Músicas natalinas pairam como um cheiro ruim pelo sistema de som do elevador, e festões verdes e prateados se alastram por corrimãos e batentes. Mas não no nosso santuário privado. Uma hora depois das decorações serem colocadas, Dolores sai do escritório e arranca o espírito natalino do anexo inteiro tal qual o Grinch, do teto manchado até o carpete marrom cor de merda, e enfia tudo num enorme saco de lixo preto.

— Cadê o seu espírito natalino? — pergunto, e ela me ignora. Está me ignorando a semana inteira, desde que comentei sobre ir ao RH, e já sinto falta dos seus pequenos atos de terrorismo passivo-agressivos. Ela volta para o escritório e coloca um podcast. Começa aquela vinheta familiar: um tilintar animado de xilofone em compasso de valsa, tocando notas menores, e...

— *Alôôôôô, Matalegrias e Assassinetes! Aqui é a Bex...*

— *E aqui é a Aya...*

— *E este...*

— *...* *é* o Assassinos em Ação*!*

— *Onde a gente finge que aprende lições sobre a sociedade a partir de histórias verdadeiras e macabras!*

— *Quer dizer... onde fingimos ficar horrorizadas, e não morbidamente fascinadas...*

— *Que tal assim:* Assassinos em Ação, *o termômetro da decadência de uma sociedade indiferente.*

— *Dá pra botar isso numa caneca?*

— *Talvez numa caneca de Natal, com bonequinhos de neve e tudo, porque este episódio de* Assassinos em Ação *promete reacender o espírito festivo no vazio gelado onde antes batia o seu coração. Mas, antes... Bex?*

— *Os ingressos pro nosso evento ao vivo em Las Vegas estão quase esgotados! Então se mexa e compre logo!*

— *Vai, gente! É Las Vegas!*

— *E agora, vamos ao episódio de hoje. Hoje vamos falar de...*

— *Acho que é seu assassino em série favorito...*

— AMIGO SECRETO! *Se você acompanha a gente há um tempo, já sabe que muitas das nossas piadas internas são sobre Papais Noéis assassinos de shopping. Hoje vamos falar do primeiro Papai Noel assassino...*

— *O primeiro mesmo, galera... não aqueles imitões dos anos 90...*

— *Argh, não. Os anos 90 não foram bons pra Papais Noéis assassinos de shopping...*

— *Aquele que esquartejava as vítimas, embrulhava em papel de presente de Natal e deixava os pacotes espalhados pela cidade. E isso não é nem um spoiler. A história só melhora depois disso.*

— *Eu te disse antes de começarmos a gravar, mas vou repetir agora...*

— *Com certeza. Manda ver.*

— Eu fui olhar as fotos que estão no processo...

— Você sempre faz isso...

— E o papel de presente que esse cara usava nas vítimas... era o MESMO papel verde que a minha avó usou por, tipo, uns três Natais seguidos!

Estou com o queixo apoiado na mão enquanto reviso meu roteiro, mais uma vez terminando o trabalho da semana em poucos minutos, e observo Dolores pela janela do seu escritório. Fico me perguntando com quem ela passa o Natal, para quem ela compra presentes, quem vai comprar um presente *para ela*.

Naquela noite, depois do trabalho, não pego o SkyTrain. Ando pelas calçadas movimentadas do centro da cidade, olhando vitrines, sem saber ao certo o que estou procurando. Lojas de roupas. Lojas de sapatos. Lojas que se dizem "conceituais". Sou levado pela correnteza de consumidores até um shopping, e *lá*...

Entro numa loja de brinquedos. Já estou acostumado a me sentir deslocado, mas agora me sinto mais deslocado do que jamais me senti na vida. O dono sorri para mim, e eu devolvo um sorriso meio torto. No fundo da loja, numa prateleira cheia de caixas cor-de-rosa da Mattel, encontro o presente de Dolores.

NO DIA SEGUINTE, OBSERVO PELO CANTO DO OLHO A SUA CHEGADA. Ela larga a bolsa, pendura o casaco, gira para encarar a mesa e só percebe quando vai tocar no teclado: o meu presente.

É um pacote pequeno, do tamanho do dedo mindinho dela, embrulhado num papel de presente verde brilhante com um fiozinho dourado de fita. Era pequeno demais para fazer um laço, então usei a lâmina de uma faca bem afiada para cortar as pontas e fazer com que elas se enrolassem.

Ela jamais se rebaixaria a levantar a cabeça para me olhar agora. Eu fico ali, olhando pelo canto do olho, e sei que ela também me observa do mesmo jeito. Dois espelhos refletindo um ao outro até o infinito.

Ela desliza o laço dourado, descola a fita com cuidado, depois abre as pontas do papel para revelar o que repousa na palma da mão: uma perna de plástico, bege, lisa, cortada com precisão na altura do joelho. Toca os dedinhos do pé com um dedo e gira a peça na mão.

Ela fica em silêncio, imóvel, por um longo instante. Então ergue o olhar e me encara. Não sorri, mas eu *sei*, pelo jeito que ela me olha, que esse é o melhor presente de Natal que já recebeu. Um brinquedo para Dolly. Um convite para brincar.

ENCENO OS DOZE DIAS DE NATAL PARA ELA, EM PLENO NOVEMBRO. Todos os dias, um novo presente aparece em um novo lugar: uma mão decepada na caneca de café. Um pé desmembrado no porta-lápis. Um tronco superior e outro inferior, serrados ao meio, um na bandeja da impressora, o outro na gaveta de arquivos, respectivamente. Todos embrulhados com o mesmo papel verde brilhante e fita dourada.

Todos, menos a cabeça. O primeiro Papai Noel assassino fez algo especial com a cabeça.

6

Diferente das outras garotas

DOLORES

A MINHA VIDA É ASSIM:

Sendo uma adulta com carteira assinada, acordo num horário que me deixa com uma quantidade exata de minutos para chegar ao trabalho, cada um deles contado, sem margem para erro. As manhãs passam em um borrão de cuidados com a higiene, maquiagem, cabelo, roupa, arrumar a bolsa e minutos extras procurando sapatos. Se eu pudesse injetar cafeína direto na veia, faria isso. Se conseguisse algo mais forte, também.

Algumas pessoas vivem para trabalhar; outras trabalham para viver. Eu não faço nem um, nem outro. Eu apenas existo. Vou levando, aos trancos e barrancos, movida por um senso de dever tirano que me empurra para a frente. Sou impulsionada por tarefas mundanas que não seriam feitas se eu não me encarregasse delas: manutenção do carro. Manutenção da casa. Manutenção da gata — só o básico, na verdade. Não vou ganhar prêmio nenhum por isso. Ela foi um impulso egoísta num momento difícil da minha vida, uma decisão drástica para afastar a solidão. Algo quente, vivo, para amar, abraçar e brincar, algo que trouxesse propósito à minha existência. Mas, no fim, ela só me faz sentir uma estranha dentro da minha própria casa. Entro pela porta e ela me encara com olhos desconfiados antes de sair correndo para ficar sozinha.

Todos os dias, é preciso tomar o café da manhã, almoçar e jantar — três problemas que preciso resolver de novo, e de novo, e de novo. Meu próprio Feitiço do Tempo, meu círculo pessoal do inferno. Todos os dias, preciso limpar sujeiras de superfícies — ou não. Se eu não limpo, elas brotam, criam pernas e viram um ecossistema à parte. Todos os dias, tem uma pilha de roupas sujas, que se retroalimenta, sem fim, ganhando consciência aos poucos, estudando os meus movimentos, tramando a minha destruição. E as contas. Ah, as contas.

Não há satisfação em nada disso. Nenhuma sensação de missão cumprida. Só a constante impressão de que estou fazendo tudo errado, tudo pela metade, como se estivesse tentando esvaziar um barco prestes a afundar com um balde furado.

Tarde da noite, quando já está escuro lá fora, quando a correria de repente acabou e meus ossos repousam como um esqueleto de Halloween jogado de volta na caixa, fico com os ouvidos atentos, tentando escutar, para além do silêncio do meu apartamento, o zumbido saudável e normal das famílias que moram nos andares de cima e de baixo e dos apartamentos ao lado. Elas vivem numa falsa sensação de permanência e estabilidade, e isso me irrita. Não fazem ideia de como tudo pode mudar num piscar de olhos. Ando pelo apartamento. Mexo nas minhas tralhas, pego um livro e largo de novo, mudo um envelope de lugar, limpo um balcão e desisto dos outros. Um bebê chora no apartamento ao lado, uma mulher o acalma, um homem ri, e eu jogo o pano na pia, sirvo outra taça de vinho e ligo a televisão para abafar tudo. Os sons. O zumbido. O silêncio dentro do meu próprio lar. Vejo um episódio de alguma coisa engraçada e não dou risada. Já achei essa merda engraçada antes, tenho certeza, mas rir é um comportamento social, não é algo que se faça sozinha. Mesmo que eu faça todo o resto sozinha.

É isso que eu gosto nos true crimes, eles não exigem que eu ria. Isso, e culpabilizar a vítima. Culpar a vítima é tão... *reconfortante.*

Desde que eu ande com spray de pimenta no sutiã e evite homens de tipoia no braço, vai ficar tudo bem. Não sou como aquelas outras garotas *estúpidas*. Ah, não. Bem diferente de um câncer no pulmão ou um tumor no cérebro. Contra oncogenes não se pode fazer porra nenhuma.

Acho uma reprise de *O Assassino da Fábrica de Garrafas*. Seis mulheres em três anos. Estúpidas. Quando se é uma mulher sozinha, é preciso ser mais esperta. *Eu* sou mais esperta. Um assassino em série jamais conseguiria me caçar, porque seria eu quem *o* caçaria. Afinal, agora tenho tempo para hobbies. Muito tempo.

O problema da minha existência é que há um contorno de giz em forma de homem desenhado por cima de tudo, marcando o lugar onde antes havia um corpo. Eu rolo por cima dele quando me levanto da cama. Passo por cima quando saio pela porta da frente. Quando caminho sozinha até o carro num estacionamento de subsolo e ouço passos desconhecidos atrás de mim, o contorno está lá, e o homem que deveria estar dentro do contorno, está ausente.

Não sou especial. Acho que todos temos o coração como aqueles brinquedos de bebê de encaixar formas, com buracos deixados pelas pessoas que passaram por ali. Com sorte, aparece alguém do formato certo e a gente se sente inteira de novo, por um instante. Mas triângulos, quadrados e círculos são comuns. São fáceis de encontrar. Esse buraco específico, com quatro membros e forma de homem, é difícil de preencher. Eu já tinha me conformado com isso.

Mas quando estou sentada na mesa, segurando aquela perna de plástico ainda sem embrulho, penso automaticamente naquele contorno de giz, no espaço único deixado em aberto no meu peito, e, por mais que seja uma péssima ideia, por mais que haja mais a perder do que a ganhar, não consigo evitar a mais culpada e mais vergonhosa das fantasias de preenchê-lo outra vez.

Os dias passam e vou juntando meu brinquedo, peça por peça. Uma perna, uma mão, um pé, um torso... Guardo as partes na minha gaveta. Carrego algumas na bolsa. Esfrego o dedão sobre os dedinhos ásperos de um pezinho que fica no meu bolso enquanto desço no elevador no fim do dia. Ninguém nunca me deu um presente assim, e não sei o que pensar disso. Fico tentando entender o que isso quer dizer. Tenho vontade de abrir as suturas do crânio de Jake e passar os dedos pelo cérebro dele em busca de respostas, mas um homem como o Jake está sempre de guarda. E não adianta esperar ele baixar a defesa. O truque é fazê-lo achar que está seguro e, nesse meio-tempo, ir cutucando as rachaduras, onde ele não está olhando.

Levo dois segundos para tirar o pen drive de sua bolsa de carteiro enquanto ele está bajulando o Doug. Ele foi muito descuidado ao me deixar ver onde guarda aquilo, depois que limpei o computador dele. Alguns arquivos estão protegidos por senha, outros não. Há uma planilha com uma lista de nomes e o meu está no topo. Não vou mentir, isso me causa um arrepio bom. Nas colunas à direita, valores que não fazem o menor sentido para mim. Copio tudo para minha área de trabalho, devolvo o pen drive e volto sorrateira até a mesa dele. Nada de Jake. Ponho o pen drive de volta na bolsa.

Quando me ergo, acabo esbarrando na mesa, e o computador desperta. A imagem do golden retriever foi substituída por uma nova foto. Meu coração acelera, cada vez mais rápido, parece prestes a sair correndo.

Há uma bela vista noturna do rio ao fundo. Em primeiro plano, o rosto de Jake está colado ao dela, bochecha com bochecha, e ele sorri feito bobo, enquanto ela encara a câmera com um olhar distante. Ela é deslumbrante, de um jeito iluminado, plastificado, com preenchimento labial e paralisia facial que denuncia uma riqueza despreocupada. É o botox. Ou talvez os tranquilizantes para cavalo estejam começando a fazer efeito, antes que ele a leve para casa e a decapite. Olho com atenção. Óculos de sol Dolce & Gabbana no topo da cabeça. Um pingente da Tiffany. Sou uma viciada em grifes.

Volto para a minha mesa. Eu me sinto velha, sem graça e barata. Estou com azia, e uma dor de cabeça começa a despontar. Apago do celular minhas anotações sobre Jake, o Estripador. Fim de papo. Ele volta do almoço, e eu o observo mexendo no computador através da superfície refletora do vaso de pedra preta sobre a minha mesa. Vejo quando ele empurra os óculos de volta para o alto do nariz reto e bagunça sem querer o cabelo arrumado ao coçar a cabeça. Ele lança um olhar lacônico e entediado na minha direção, e eu me pergunto se eles namoram. Ele é bonito e inteligente... mesmo que seja só um temporário com um freezer cheio de cabeças decepadas. Fico imaginando se eles transam com frequência, de um jeito selvagem. Aposto que ela o deixa usar os óculos.

Eu o odeio. Muito.

No fim do dia, volto para casa e organizo os pedacinhos de plástico bege na mesa de centro. Braços aqui, pernas ali. Na minha mente, estou organizando os pedacinhos de Jake.

Ele guardou aquele pen drive do lado de fora da bolsa de carteiro bem na minha frente, sabendo que eu estava olhando. Queria que eu encontrasse aquela lista por algum motivo.

A foto do golden retriever... ele estava testando para ver se eu notava.

E a selfie que colocou no lugar...

Ele está me provocando. Ainda está testando para ver se eu noto. Ele está... entediado.

Será que ele está tão de saco cheio da vida quanto eu?

Um homem com uma namorada rica e bonita não fica de saco cheio.

Ela poderia ser qualquer pessoa. Poderia não ser ninguém. É *comigo* que ele está jogando esse joguinho de assassino em série.

Tlin, tlin, tlin.

Olho para meu brinquedo desmontado, estendido à minha frente, e percebo que há uma mensagem aqui, uma oferta, caso eu esteja disposta a aceitar. Só falta a cabeça, e eu preciso saber: será que esse Ken tem cabelo escuro e usa óculos?

7

O fantasma do terraço

JAKE

Dolores não encontra a cabeça. Deb-da-TI encontra, com um grito estridente, quando entra para roubar o creme para café da geladeira que quase ninguém usa na copa do anexo. Dolores sai correndo de sua mesa, empurra Deb-da-TI para fora do caminho e fica ali, deleitando-se sob a luz doentia da geladeira, enquanto a cabeça olha com olhos vidrados de uma prateleira, cercada por uma poça de sangue escarlate derramado de alguns refis de tinta vermelha que peguei no armário de suprimentos. O Amigo Secreto tinha um *modus operandi* encantador.

— Qual o *problema* de vocês dois? — grita Deb-da-TI.

Sei que alguma coisa mudou entre mim e Dolores depois disso, porque naquela noite seus saltos altos batem atrás de mim enquanto espero o elevador. Quando as portas se abrem, ela entra comigo, mas eu não a olho. Fico encarando o número acima da porta conforme ele muda. Sinto seus olhos em mim.

— Jake — ela diz após alguns andares.

— Dolores.

— Obrigada pelo boneco.

— Fui criado para dividir meus brinquedos.

— Sua criação é um assunto entre você e a Norma Bates. Tem planos pra hoje à noite, Jake?

— Não, mas sei o que você vai fazer.

— O quê?

— Amolar a navalha e vasculhar os aplicativos de namoro em busca do próximo marido.

— Quase. Vou assistir aquele documentário indie sobre o Empurra-Papel hoje à noite.

Eu tinha uma vaga noção de que existia um documentário.

— Acha que ele é solteiro? — ela pergunta, arrastando a voz.

— Me avisa se for bom — digo, saindo para o saguão principal.
— *Hasta banana* — falo e me afasto, sem olhar para trás.

Após o incidente do creme para café, uma leve onda se espalha, que perturba a paz do nosso anexo. No dia seguinte, Cynthia-do-RH aparece, com seus brincos de gato e sua doentia falta de senso de humor de sempre. Enquanto avança na minha direção, pressiono com naturalidade três teclas do meu computador para esconder as janelas que estão abertas: minha lista, claro, mas também a folha de pagamento, o servidor de e-mails e tudo mais que eu não devia estar fuxicando.

Ela me encara por cima dos óculos de leitura vermelho-cereja.

— Aquela ali é a Dolores dela Cruz?

Assinto com um ar prestativo, e ela franze a testa para o maço de papéis que segura.

Cynthia está na casa dos cinquenta, é alta e saudável, tem cabelo grisalho cortado curto, usa sapatos discretos e costuma falar de uma maneira precisa, como um robô. Tenho certeza de que o interior da casa dela é repleto de pilhas de romances policiais aconchegantes e quebra-cabeças emoldurados que ela colou com carinho. Uma ninhada de gatinhos numa carriola. Um patinho espiando de dentro de um regador. Ela guarda os pelos do gato num saco para um dia tricotar um suéter.

— E você é Jake Ripper?

Ativo o sorriso número três para ela: alegre e encantadoramente envergonhado... *sim, temo que seja eu.*

— Jacob *Ripper* — ela repete, me encarando com olhos pálidos, de cubo de gelo. Um alerta surge no meu cérebro. Ela é... familiar. E eu também sou familiar para ela.

Ela me observa como se eu fosse um menino imundo com terra sob as unhas. Antes que eu consiga situá-la, ela enfia os papéis debaixo do braço, camuflados por um cardigã desalinhado, e abre a porta do escritório de Dolores, sem bater.

— Dolores?

Do outro lado da janela, Dolores fecha o laptop com uma mão e abaixa o volume do alto-falante do computador com a outra. Nunca a vi tão desconcertada.

— Sou Cynthia Cutts. O RH me trouxe como consultora. Queria conversar com você pessoalmente.

Dolores encara, sem piscar, e, devagar, entrelaça as mãos sobre o laptop fechado, num gesto protetor. Já ouvi episódios demais do podcast dela, porque agora mesmo ela me parece uma assassina com sangue nas roupas, ajeitando casualmente a saia longa para esconder a arma do crime aos seus pés.

— Sobre o quê?

— Só estou fazendo um acompanhamento.

É uma daquelas frases aparentemente inofensivas que, num ambiente de escritório, soam ameaçadoras. Cynthia lança um olhar ríspido na minha direção e fecha a porta. Mas eu, que tenho a audição de um predador noturno, me posiciono do lado de fora para escutar. Cynthia não pode me ver, mas Dolores levanta os olhos e me lança um olhar irritado através da janela.

— Estou me antecipando a uma possível situação de assédio. Ouvi dizer que houve um incidente com uma boneca.

Cynthia é uma veterana do mundo corporativo. Como sempre, estou de antenas ligadas. Ela já passou por empresas, um ou dois hospitais, até pelo conselho escolar católico — vai aonde é necessária, como uma Mary Poppins desajeitada e de cara amarrada, farejando casos de assédio no trabalho. E, neste momento, o vento leste a trouxe até o nosso anexo.

Pode ser que eu a tenha visto em algum dos meus antigos empregos temporários. Deve ser isso.

Dolores fica em silêncio por um instante.

— Sim?

— Uma boneca *desmembrada*?

— Sim.

— É um gesto hostil. Seu colega deixou uma Barbie desmembrada no seu escritório.

— Era um boneco, Ken.

— Tem interesse em registrar algo formalmente?

Uma pausa mais longa.

— Não, obrigada.

— Já fiz algumas anotações no seu arquivo.

A voz de Dolores muda sutilmente.

— Isso não era necessário.

— O que me fez notar que já faz mais de um ano desde sua última avaliação de desempenho.

— Está tudo bem.

— Não está. Não conheço bem seu departamento. Qual é a sua cadeia de comando?

— Estou muito ocupada agora — diz Dolores, equilibrando-se entre o tom cortês e o incisivo. — Podemos agendar algo...

Exatamente o que eu suspeitava. Dolores tem motivos para morrer de medo de atrair a atenção do RH.

— Peço desculpas — diz Cynthia, sem soar nada arrependida —, mas em breve estarei fora para uma conferência, e vai demorar tanto para marcar uma reunião quanto para resolver isso agora. Tenho um interesse especial por você, Dolores.

Por alguma razão insondável, os olhos da predadora experiente se voltam para mim, o ratinho, em busca de ajuda. Antes que eu perceba, ergo o braço e dou duas batidinhas rápidas na porta do escritório de Dolores. Então abro, sem esperar.

Sorriso número cinco: uma desculpa marota que, com toda certeza, não é de mentira.

— Receio que a Dolores tenha sido chamada para uma reunião no último andar — digo. — Imediatamente.

Dolores me encara por um segundo, depois tranca o laptop na gaveta e passa por mim sem olhar para trás.

— Eles não conseguem nem amarrar os próprios cadarços sozinhos — resmunga ao passar.

— Não conseguem mesmo. Desculpe, Cynthia — digo.

Ela estreita os olhos para mim. Fico me perguntando o que ela me flagrou fazendo naquele emprego anterior.

No elevador, Dolores se vira e me olha.

— Por que fez isso? — pergunta.

— Porque eu estava entediado.

Ela assente, como quem compreende.

— Tédio é um problema crônico entre sociopatas. Pra onde estamos indo?

Eu não tinha pensado tão longe.

Dolores inclina a cabeça e caminha de um jeito felino até os botões. Passa os dedos lentamente de cima a baixo, circula o B, então me olha por cima do ombro. Pressiona o quinquagésimo, o último andar.

— Tenho uma reunião no último andar — explica.

Aquela sensação de parque de diversões novamente, só que subindo.

— Eu também. No terraço.

Quando as portas se abrem no último andar, ela me segue até a escada que nos leva ao resto do caminho.

Está frio quando saímos. Os arranha-céus se comprimem ao nosso redor, e à esquerda vemos o brilho metálico e opaco do porto. Eu estava querendo trazê-la aqui, pensando em como atraí-la para este andar, e cá estamos. Ela larga o celular numa mesinha bamba que o pessoal da limpeza mantém aqui, para quando fazem a pausa do cigarro.

Já é tão parte da minha rotina que acendo um cigarro sem nem pensar.

— Você *fuma*?

Claro que não, mas um cigarro aceso é um acessório essencial se quero dar um tempo aqui em cima.

— Não tem medo de morrer de câncer? — ela provoca.

— Eu não vou morrer de câncer.

Estendo o maço, e ela hesita, só por um segundo. Acendo o cigarro dela, e ela puxa com charme, sem de fato tragar. Segura como uma estrela de cinema dos anos 50, a mão pendendo com desprezo, as unhas afiadas riscando o ar, as veias azuladas do pulso revelando uma vulnerabilidade inesperada.

— Vai morrer de outra coisa, então? Acho que você não se preocupa muito com o futuro.

Meu coração acelera um pouco. Ela *pensa* em mim.

— Como assim?

— Tirando o fato de que você trabalha num emprego temporário sem futuro? De que não terminou a faculdade?

Ela gastou ao menos alguns minutos fuçando meu perfil no LinkedIn. Eu nunca procurei nada sobre ela online. Uma das regras principais da minha lista é que devo coletar os dados no escritório, para não misturar o pessoal com o profissional. Tenho padrões. Mas ali está ela, admitindo que me pesquisou no Google.

Não sou interessante o bastante para mantê-la nesse assunto, porque ela muda de tema.

— Olha essa colônia de insetos — suspira, girando o olhar sobre a cidade. Ela se apoia na mureta de concreto, a um metro de mim, os quadris pressionados contra ela, e inclina a cabeça de lado, naquela pose de amante vampira. Eu a observo. Está vestida como sempre, coberta de preto do pescoço aos pulsos e joelhos, hoje com uma saia lápis elástica e um suéter macio, absorvendo a luz do sol. O vento brinca com alguns fios soltos do coque brilhante em sua nuca. Eu poderia estender a mão e enrolar um deles no dedo. Ela se inclina sobre a borda e olha para baixo, bem para baixo.

Uma corrente fria sobe, e eu apago o cigarro e tiro do bolso as luvas de couro preto. Sempre as tenho comigo, para nunca ser pego desprevenido em momentos como este. Ela se vira bem a tempo de me ver calçá-las.

— Ah, que ótimo — diz, olhando para mim com olhos atentos. — Vai me estrangular agora?

Há algo na voz dela ao dizer isso, no vermelho-maçã-envenenada dos lábios, no jeito como *me* olhou pedindo ajuda, minutos atrás. Meu corpo reage como uma corda de violão dedilhada. Vibro. Entro em ressonância com a energia que ela emana.

É um sentimento que ela vem despertando em mim há semanas, algo que não sentia há muito tempo. O desejo de estar na companhia de outra pessoa, de manter contato visual com outro ser humano, de *tocar* outro ser humano...

Ela sustenta o olhar e se recosta na mureta, os braços cruzados, então *estremece* com o frio de novembro. Sem perceber, de repente estou a poucos centímetros dela. Ela cheira a café, cigarro e ela mesma.

— Que porra você acha que está fazendo? — sussurra, o hálito formando vapor no ar frio entre nós.

Eu me aproximo um pouco mais.

— As luvas não são para estrangular — digo.

Seus lábios se curvam num sorriso curto e afiado, como se ela já soubesse disso.

— São para empurrar.

Ela enrola uma, depois duas vezes minha gravata na mão, e me puxa. Seguro sua cintura e a ergo — nunca fiz isso antes e fico surpreso que funcione. Em seguida a coloco sentada na mureta, a única coisa que impede humanos desavisados de caírem do prédio. Seus joelhos nus se apoiam contra mim, e enrolo a mão atrás de uma das pernas, segurando-a assim. Agora o rosto dela está acima do meu, e ela me encara, ofegante, os lábios entreabertos, perto o suficiente para morder. Vejo as linhas finas nos cantos da boca e dos olhos, linhas de sorriso, embora nunca a veja sorrir de verdade. Ela se vira e deixa o cigarro cair, e nós o acompanhamos com o olhar até ele desaparecer lá embaixo, um pontinho branco que se apaga no vazio.

Quando ela se volta para mim, os olhos estão escuros e destemidos. Ela envolve meu pescoço com as mãos pequenas, como quem se segura pela vida... ou para me enforcar.

— Vai me empurrar agora? — A voz é um sussurro, um sopro contra meus lábios.

— Hoje, não. — Deslizo as mãos para suas costas, para demonstrar.

O hálito dela é quente quando me puxa pelo pescoço, e nossos lábios se tocam. Seus lábios também são quentes, tudo nela é *quente*, algo que eu tinha me esquecido a respeito de outros seres humanos. Eles são quentes ao toque. Eu me inclino sobre ela. Um deslizar úmido, o toque da sua respiração, a maciez da sua pele. O beijo é como entrar numa banheira de água morna, estou descongelando. Meu corpo desperta sob o seu toque.

Chego ainda mais perto, até estarmos tão próximos quanto possível sem ferir as leis de atentado ao pudor. Há uma lógica natural na forma como nossos corpos se encaixam, e fico pensando por que nunca imaginei fazer isso antes. Ela move a perna contra meu quadril, e minha mão encontra a pele lisa ali. Queria estar sem luvas. Ela não se opõe quando meus dedos tocam a barra da sua saia...

Então morde meu lábio, de forma suave no começo, aumentando a pressão até doer, até eu sentir meus batimentos em cada parte do corpo...

— Que diabo vocês estão fazendo? — ruge uma voz. — Isso aqui é a zona de subducção de Cascadia! E se tiver um terremoto? É o zelador idoso, cujos intervalos para fumar às vezes coincidem com os meus. Dolores desliza até o chão, puxando a saia para baixo e praguejando em voz baixa. O batom virou uma mancha rosa nos lábios dela, e eu limpo minha boca com a luva.

— Babacas! — ele berra. Acende um cigarro e marcha para o outro lado do terraço, onde nos fuzila com o olhar debaixo das sobrancelhas espessas.

Eu tusso e Dolores tosse, parecendo não conseguir me encarar. Ela olha fixamente para a vista da cidade, enquanto avalio seu perfil, me perguntando se aquele beijo foi tão inesperado para ela quanto foi para mim.

Depois da surpresa, outro sentimento se insinua: apreensão. É um risco enorme deixar alguém se aproximar.

Ela tosse mais uma vez.

— Você não é tão ruim nisso quanto eu pensei — diz, me apunhalando com a frase, a voz dela volta ao normal... entediada. — Mas devia parar de fumar. Se quiser se matar, posso te ajudar a encontrar maneiras mais criativas. Aliás, posso fazer isso por você.

Para ela, é só uma provocaçãozinha, mas, para mim, é algo completamente diferente. Ela se vira para me ultrapassar, mas eu entro na frente dela.

— Você faria mesmo isso?

Ela se surpreende por uma fração de segundo, antes que seu habitual sarcasmo retome o controle.

— Que tipo de mulher você acha que eu sou? Uma mulher fácil? Se quiser ver minha navalha, vai ter que me dar um anel primeiro.

Ela já está se virando de novo, indo em direção à mesinha bamba onde deixou o celular. Estou desesperado para detê-la. Tudo o que quero é que ela continue me olhando como se realmente me enxergasse.

Solto a primeira coisa que me vem à cabeça:

— E o documentário do Empurra-Papel, você gostou?

Ela para de repente com a mudança brusca de assunto.

— É maravilhoso — diz por cima do ombro. — Um assassino em série ético que elimina pervertidos corporativos com histórico no RH. Fazendo o trabalho de Deus. E *local*, ainda por cima. Tão importante valorizar os talentos da terra.

— Acabei assistindo *Caçadores de fantasmas* — digo. O que é mentira.

Ela se vira e estreita os olhos, sem conseguir me decifrar.

— Então você gosta dessas coisas paranormais.

— Não gostava. Até começar a ver um fantasma.

Ela bufa, em sinal de desprezo. Vira-se de novo, então acrescento:

— Aqui. No trabalho.

Dolores para. Lentamente, gira nos calcanhares e me encara mais uma vez.

— É mesmo?

A voz está entediada de novo, mas sei que ela não está se sentindo assim. Se estivesse, já teria ido embora.

— No começo eu nem percebi o que estava vendo. Achei que ela fosse como todo mundo. Mas, com o tempo, comecei a notar que era como se ninguém mais a visse. Só eu.

Ela me observa atentamente.

— Ela vem trabalhar todos os dias como uma funcionária normal, viva, respirando, uma abelha operária. Fica no anexo, o que é perfeito, porque aquilo virou uma cidade fantasma desde as demissões em massa.

A expressão dela muda.

— Ela segue os rituais de um expediente normal. Fantasmas são assim... continuam com as rotinas que tinham antes.

— Essa história é sobre um fantasma ou sobre o seu perseguidor?

— Só sobre o fantasma.

Dolores se encolhe contra uma rajada de vento que açoita o terraço. Lança um olhar para o zelador, do outro lado.

— Essa história é muito chata — diz, e sei que ela está abalada.

— Bom, acho que tem uma reviravolta inteligente.

— E qual seria?

— A reviravolta é que fantasmas não sabem que estão mortos. Mas ela sabe *exatamente* o que está fazendo.

Os olhos de Dolores estão fixos em mim. Ela realmente me vê, o temporário monótono que se camufla ao ambiente. Quero que ela saiba que eu também a vejo. Nós dois em destaque, aqui no topo de um arranha-céu, com a cidade aos nossos pés.

— E o que ela está fazendo?

O que ela está fazendo, ela pergunta.

Esta empresa é como uma grande criatura ronronante, meio adormecida. Cega, insensível, com um único propósito: alimentar-se, expandir, crescer. Aumentar os lucros ano após ano. Mais. *Mais*. Engolindo os funcionários, sugando até a última gota, mastigando até virarem polpa e depois cuspindo os restos.

Eu aplaudo qualquer um que consiga enganar esse sistema, e Dolores está tirando isso de letra. Todos os dias, ela entra tranquilamente no prédio, divide o elevador com os lacaios da Spencer & Sterns, desliza pelo olhar dos supervisores e capangas do RH, e se tranca num confortável escritório roubado para passar o dia inteiro fazendo porcaria nenhuma. Tudo isso para, a cada duas semanas, receber o salário sem ter feito absolutamente nada, graças às demissões desastrosas e caóticas, como uma sociopata fria e controlada. Ela sabe que eu sei. Eu vejo isso. E não está nem um pouco preocupada. Só me encara, sem piscar.

É inteligente, destemida, irresistível.

Mas em resposta à pergunta dela, digo:

— Ela está assombrando os vivos. E continua por causa de assuntos inacabados. — Penso no laptop que ela escondeu com tanto zelo da Cynthia. — Mantendo os segredos à vista de todos, ali na mesa.

Os olhos de Dolores ficam estranhamente vidrados.

— Não sou muito boa com metáforas elaboradas. Você é um esquisito.

— *Você* que é uma esquisita. — Foi *ela* quem fez uma insinuação sexual sobre estrangulamento quando nos conhecemos. Foi ela quem desprezou minha tentativa de reconciliação, vasculhou minhas coisas e mexeu no meu computador.

Ela corta minha fala:

— Eu encontrei sua lista, só pra você saber.

Curioso. É bem provável que ela já tenha reparado no novo papel de parede. Eu mudei logo depois daquela pergunta despretensiosa sobre o status de relacionamento do Empurra-Papel.

— Talvez a Cynthia goste de saber que você passa os dias colocando os nomes dos colegas numa planilha chamada "Extinguir".

— Quem sabe ela não se interesse em saber que você está passando despercebida de salário em salário, esperando que ninguém note que você não foi realocada depois da demissão em massa no seu setor?

Impacto imediato. Dolores se enrijece, e fico me perguntando o que nossa conversa sobre fantasmas significou para ela, se minhas palavras a pegaram de surpresa.

— Ou talvez a gente declare uma trégua — digo.

Ela me observa com desconfiança. Somos dois jogadores de pôquer escondendo as cartas. Eu baixo as minhas primeiro.

— Porque eu gosto bem mais de você do que da Cynthia — acrescento —, mesmo você sendo uma esquisita.

Ela resiste por dois segundos antes de começar a ceder. Os espinhos se recolhem. Ela dá meio passo na minha direção... e meu celular vibra.

— Não vai atender? — ela pergunta, impaciente, ao segundo toque.

Tiro o celular do bolso e atendo.

— Jacob? — diz a voz familiar do outro lado da linha. Normalmente, eu não atenderia. Teria olhado a tela antes, em vez de tentar sustentar o olhar de Dolores.

Aperto o nariz.

— Sim?

Dolores gira nos calcanhares e desaparece num piscar de olhos. Ficamos só eu, o zelador que entende demais de pedras e meu tio.

O de sempre. O jantar de aniversário é hoje. Ele apela para a culpa mencionando minha tia, eu cedo, nós desligamos e fim de papo.

Olho para o porto uma última vez e considero seriamente me jogar dali.

8

Morte por jantar de família

JAKE

— Seus pais já chegaram — diz a recepcionista, indicando com um gesto o restaurante da moda, com suas cadeiras desconfortáveis e suas mesas estreitas.

Vejo os dois: cabeças quase grisalhas curvadas sobre os cardápios, praticamente exalando a atmosfera de um subúrbio rico e careta. Não são meus pais, mas a semelhança não passa despercebida.

— Jake — diz a tia Laura, com seu sorriso radiante, quando me aproximo. Minha única parente viva ou, ao menos, a única que lembra da minha existência. Ela tem o mesmo cabelo escuro que eu, com fios brancos nas têmporas, e olhos grandes e escuros, como os de uma corça mansa. Brincos de pérola e um cardigã rosa-claro completam o visual. Laura é calorosa e doce, daquelas pessoas que, à primeira vista, uma criança teria vontade de se aninhar para sentir o cheiro de biscoitos recém-saídos do forno. Bem, não uma criança como eu. Não depois de tudo o que vivi antes de ser acolhido por eles.

Ao lado dela está o tio Andrew, tão julgador quanto Deus, vestindo um terno chinfrim, com a camisa tão impecavelmente engomada quanto a alma. Ele apenas grunhe quando me vê. Andrew sempre me fez pensar em um grande dragão escamoso e ressecado, rancoroso e de pavio curto, deitado sobre um tesouro feito de cada pequena coisa que fiz para merecer sua desaprovação. Ele deixa moedas e joias escorrerem por entre os dedos enquanto pergunta sobre a minha vida.

Eu me pergunto por que ainda se dão ao trabalho de me encontrar, que tipo de obrigação para com minha mãe os faz marcar este encontro comigo, todos os anos. Será que se sentem virtuosos depois? Aliviados por saberem que terão mais um ano de folga antes da próxima reunião? Será algum ritual sazonal que os ancora à passagem do tempo? Será que, depois disso, chegam em casa e trocam as pilhas dos detectores de fumaça?

Evito o olhar de Laura enquanto me sento. Há quanto tempo não conversamos? Um mês? Dois? Algumas tias fariam questão de me lembrar disso, mas Laura não é assim. E, por algum motivo, minha mente vaga até Dolores. Será que ela também tem relações familiares desastrosas? Qual será o comentário mordaz e hilário que ela vai fazer amanhã quando eu mencionar este jantar? Estou me acomodando na cadeira com o entusiasmo de um condenado indo para a forca quando, pelo canto do olho, um lampejo de vermelho arterial chama a minha atenção...

Dolores está sentada em uma mesa para dois, a menos de seis metros de nós.

Mas é uma Dolores que eu nunca tinha visto antes. Em vez de preto, ela usa um vestido escarlate. Em vez do coque impecável, o cabelo cai em ondas naturais pelos ombros. Em vez de se cobrir do queixo aos joelhos e pulsos, seus braços e clavículas estão à mostra e, agora, fica óbvio o motivo de ela se vestir como uma esposa corporativa das nove às cinco.

— Deve ter gastado uma fortuna para estragar a própria aparência — comenta meu tio, seguindo meu olhar. — O que é aquilo no peito dela? Dois crânios? Parece coisa do demônio.

— Achei que as rosas ficaram lindas — diz minha tia, com doçura.

Tatuagens no estilo tradicional americano cobrem os braços e o peito dela. Rosas, teias de aranha, um esqueleto, uma adaga.

Abaixo das clavículas, dois crânios se encaram: um com véu de noiva, outro de terno. Seu rosto também está diferente. O batom já saiu, e me dou conta de que nunca a tinha visto sem sua maquiagem de guerra — sempre alguma tonalidade berrante de rosa-choque, vermelho vivo ou vinho profundo. Seus lábios parecem quase indecentes sem batom.

Ela deve ter sentido meu olhar, porque abaixa o cardápio e passa os olhos pelo meu corpo, dos pés à cabeça. Não sorri, mas uma sobrancelha se arqueia ao me ver. Vindo de Dolores, é praticamente um convite entusiasmado. Eu me levanto sem dar explicações aos meus tios e vou até ela.

— Dolores.

Ela fica em silêncio por um longo momento. Desde o episódio no terraço esta manhã, mal falou comigo.

Finalmente diz, com uma voz entediada:

— Jacob.

Ponho minhas robustas habilidades de detetive em prática.

— Você está em um encontro — digo.

— Sim.

Mas não há nenhum casaco pendurado na cadeira à frente dela. A jarra de vinho está vazia, o prato da entrada, limpo.

— Cadê ele?

Ela me encara com aquele olhar fulminante de uma mulher que foi desprezada. Levou um bolo e, para piorar a noite miserável, estou ali para testemunhar.

— Está morto pra mim.

Desvio o foco do encontro que nunca aconteceu.

— E a gata, está em casa hoje, sozinha, com uma latinha de comida úmida e a televisão ligada pra fazer companhia?

— Vejo que alguém andou com o rosto colado na janela da minha sala de estar. São seus *boomers*? — ela pergunta, indicando meus tios com o queixo.

— Eles parecem achar que sim.

— Estavam me encarando como se eu fosse um animal no zoológico.

— Vou dar uma dura neles depois. Sem Facebook nem Olive Garden por uma semana.

— Parecem tão normais. A maçã caiu longe do pé. A não ser que... o verdadeiro Jacob Ripper esteja enterrado em uma cova rasa em algum lugar, e você tenha assumido a identidade dele e esteja mantendo a família refém para perpetuar a farsa.

— Você me conhece melhor do que ninguém.

Os olhos dela deslizam dos meus tios até o meu rosto quando digo isso.

— Eu não te conheço. Não sei nada sobre você, Jake.

Fico me perguntando se pareci distante e misterioso ou só um idiota quando digo:

— Quer conhecer?

Nesse momento percebo que já faz muito tempo que não me importo se alguém acha que pareço um idiota. Ser o Idiota do Escritório é um disfarce útil.

Ela inclina a cabeça para o lado.

— Talvez, pra acrescentar informações ao seu dossiê.

Ela vira o restinho do vinho da taça de uma vez e se levanta, desajeitada. Está meio *bêbada*.

— O que você está fazendo? — pergunto.

— Estou entediada. É um problema comum entre sociopatas.

Ela passa por mim, encaixa um dedo no passador do meu cinto e me puxa levemente. Um arrepio percorre minha espinha. É um gesto performático, daqueles que dá a sensação de que todo o restaurante viu. Quando olho para os meus tios, vejo que *de fato eles* viram. E então, quando Dolores vai até a mesa deles, percebo que ela quis que vissem.

— Cheguei cedo e não sabia em que nome estava a reserva — diz Dolores aos meus tios, com o tom despreocupado de uma mentirosa compulsiva tecendo o primeiro fio da teia. — Por isso peguei uma mesa pra mim e comecei. Fico feliz em finalmente conhecer vocês.

Meu tio fica boquiaberto e o rosto da minha tia se ilumina com mais um de seus sorrisos.

— Que maravilha, Jake — ela diz com sinceridade, olhando para o meu tio com cautela. Ele encara enquanto Dolores se senta em frente à minha tia e pendura a bolsa no encosto da cadeira. Com esse vestido vermelho, ela parece uma pequena bomba prestes a explodir no meio do nosso jantar de família. Um pequeno TNT escarlate.

— Então você foi o corpo hospedeiro — ela diz num tom casual para a tia Laura, servindo-se de um pouco do vinho da garrafa na mesa. — Eu sei código Morse. Você pode piscar um pedido de socorro pra mim.

Ela é engraçada, mas não rio. Nunca rio na frente do Andrew.

— Eu não sei código Morse — diz Laura, lançando-me um olhar confuso, mas nesse instante somos interrompidos pelo garçom, que chega para anotar os nossos pedidos.

— Ao ponto para malpassado — diz Dolores ao pedir o bife.

— Malpassado — peço.

— Na verdade, acho que gostaria do *steak tartare* — ela diz, me encarando. Ela ganhou. Quando olho de volta para Laura, há uma estranha ruguinha no canto dos seus olhos.

— Você tem uma namorada? — meu tio pergunta, estupidamente, quando o garçom se afasta.

Há uma breve pausa enquanto Dolores crava sua visão de raio X nele, para ler as voltas de seu cérebro e determinar exatamente o que dizer para irritá-lo ao máximo.

— Não gostamos de *rótulos*.

Para ser sincero, não existe um rótulo para duas pessoas que se irritam mutuamente até o limite e se agarram no terraço. Então percebo o tipo de embriaguez de Dolores. Ela não é do tipo que fica rindo ou falando enrolado. É do tipo sarcástico e afiado. Sem filtros. Embriaguez de quem se sente no poder. E, como marca do quanto está bêbada, seus lábios se curvam em um sorriso para mim por cima da borda da taça. Um sorriso de verdade. Maléfico, divertindo-se com o meu desconforto, mas ainda assim um sorriso.

Sinto aquela torção estranha no peito, como sempre acontece quando estou perto dela. O motor engasgando e saindo da marcha lenta, o modo padrão que me leva pelos dias, para entrar em movimento.

Andrew franze a testa para mim.

— O que isso quer dizer? Que não é sério?

É minha vez de brincar com Dolores.

— É muito sério. Vamos nos casar.

As sobrancelhas de Andrew desaparecem sob a linha do cabelo. Laura solta um leve suspiro, e, por um breve segundo, me sinto mal. Ao meu lado, Dolores não se abala nem um pouco.

— Em que igreja? — pergunta Andrew com um olhar severo. Não ponho os pés em uma igreja desde que morei com eles.

— Ainda estamos escolhendo o local — responde Dolores, com naturalidade. — Ele quer que o golden retriever dele leve as alianças, mas eu quero me casar em Las Vegas, com o Elvis celebrando, e não consigo imaginar como o colocaríamos num avião. O golden retriever, no caso.

Andrew já percebeu que há uma piada aqui em algum lugar, e que, se ele não está rindo, deve ser o alvo dela. Mas ele não tem problemas em jogar de volta para mim. Com um contato visual preguiçoso para Dolores, pergunta:

— Quando você e aquele homem terminaram, Jake?

Dolores arqueia uma sobrancelha lindamente para mim, imperturbável.

— Quem? — pergunto, sem mudar o tom.

— Aquele homem com quem você morava...

— *Meu colega de quarto.* — Já tivemos essa conversa umas mil vezes. Ele sempre fala *aquele homem*. Meu tio acha que eu me metia nas mais sórdidas e impuras atividades com o Grant.

Bom. Eu *me meto* mesmo, mas não como ele pensa.

— *Colega de quarto* — repete meu tio.

Laura interrompe.

— Namorada, ou noiva, ou nenhuma das duas coisas, estamos muito felizes em conhecer alguém especial para você, Jake. — No começo, ela também não acreditou que Grant fosse apenas um colega de quarto e colou um adesivo de arco-íris no para-choque do carro, que ficou lá durante uma semana antes de Andrew arrancá-lo. Agora, ela se agarra rápido a essa boa notícia de alguém de verdade, *alguém especial*. Ela irradia felicidade, e sinto outra pontada de culpa no estômago. Laura merece algo melhor do que a versão de mim que surge quando Andrew está por perto. Mas ele está sempre por perto quando a vejo. Mandão e possessivo, um terceiro elemento ferozmente ciumento.

— Vamos torcer para dar certo dessa vez — responde meu tio, ressuscitando outro dos seus assuntos favoritos: minha encantadora e bela namorada da universidade, aquela que foi embora. Bom, aquela com quem terminei quando decidi que alguém como eu não deveria estar em um relacionamento. Eu daria meu testículo esquerdo para não ter que passar por essa conversa mais uma vez, ainda mais na frente de Dolores. Chego a considerar jogá-la sobre o ombro e carregá-la para longe, mas então vejo sua expressão. Ela está fascinada com tudo isso. E essa sempre foi a única vantagem que tive: sua curiosidade.

Ela está me conhecendo de fato.

— *Ela* seguiu em frente bem rápido depois. E ainda recebemos um cartão de Natal deles. Você também recebeu?

Os olhos de Dolores ficam indo e voltando entre nós, como se absorvesse cada palavra.

— Não — respondo, irritado. Ninguém sabe meu endereço. Nunca o compartilhei depois que fui morar com Grant.

— Noivos — diz meu tio, como se tivesse afiado a palavra e estivesse ansioso para finalmente cravá-la em mim.

Minha tia contrai os lábios e me lança um olhar preocupado, as rugas franzindo sua testa.

— Uma moça adorável! Que bom saber que ela está feliz! E que você também está! — Sua voz soa instável, como um para-brisa trincado prestes a se quebrar. — Tudo coisa do passado — ela diz para Dolores em um sussurro alto. — É *tão* bom conhecer você.

Há uma pausa constrangedora na mesa, quebrada apenas quando Dolores vira de uma vez o resto do vinho na taça. Dá um sorriso gentil para minha tia e diz:

— Igualmente. Agora me diga uma coisa: o Jacob costumava torturar animais quando era criança?

Minha tia a encara com uma expressão alarmada.

— Ele era bom com animais. Queria ser veterinário.

Meu tio dá uma risada debochada.

— Tinha mais iniciativa quando era criança do que tem agora.

— Andrew — repreende minha tia, mas meu tio continua.

— Ser veterinário seria um avanço, melhor do que ser um "temporário". — Ele diz a palavra como se fosse um experimento linguístico ainda não aceito no vocabulário comum. Usa as mesmas aspas invisíveis que coloca em palavras como "saúde mental" e "sentimentos".

Dolores me observa.

Laura o ignora.

— Como vocês se conheceram?

Dolores me lança um sorriso doce e doentio e segura minha mão. Meus dedos começam a formigar, mas percebo que Laura fica toda animada ao ver nossas mãos entrelaçadas. Ela está *tão* feliz. Ela é como uma superfície refletora; para que esteja feliz, basta que eu esteja. Sem pressão nenhuma. Deixo minha mão onde está.

— Foi um encontro ao acaso. Eu já tinha desistido de procurar, para ser sincera. Você sabe como é difícil encontrar um homem que entenda como deve ser um relacionamento moderno e equilibrado? Estou falando de dividir as responsabilidades. Eu o encontrei numa loja de materiais de construção. O Jake estava na minha frente, comprando corda e uma faca de caça, *além de* água sanitária e uma lona. Pensei que esse era um cara que cuidava da própria bagunça. Não era daqueles que se fazem de incompetente, corpo mole. Começamos a conversar e adivinha só? Ele sabe manejar uma faca de cozinha, limpar impressões digitais das paredes, tirar manchas de sangue das próprias roupas. Se encher a banheira de soda cáustica, ele mesmo limpa o lodo quando acabar.

Minha tia ri e diz:

— Ah, você também gosta dessas coisas. O Jake sempre se interessou muito. Ele costumava bolar teorias comigo sobre as melhores formas de matar alguém. — Ela sorri para mim com carinho, como se planejar assassinatos fosse nosso passatempo de viagem, uma alternativa ao joguinho de adivinhar o que o outro está vendo. Porque era.

Dolores olha de um para o outro.

— Por um tempo achei que ele fosse seguir meus passos — continua minha tia. — Acho que é preciso ter estômago forte para lidar com a morte todos os dias. De qualquer forma, a gente aprende rápido quais são os melhores removedores de manchas do mercado. Mas é uma carreira *interessante*. Cada dia é diferente. A *variedade!* Todas as formas diferentes de matar uma pessoa! É fascinante. — Minha tia continua tagarelando alegremente, como se participasse de uma conversa em um clube do livro. — Meu método de assassinato favorito até agora foi a perna falsa...

— Laura! — sibila meu tio. — Estamos em um restaurante. Tem gente por perto.

Laura encolhe os ombros, assustada, e olha ao redor.

Pela primeira vez, Dolores parece totalmente perdida. Deixo que ela se sinta desconfortável por dez segundos enquanto saboreio meu vinho devagar.

— Ela é agente funerária — explico. — E das boas, então acaba ficando com os casos mais cabeludos. Acidentes. Assassinatos. Faz com que fiquem... apresentáveis.

Laura sorri com o elogio.

Dolores parece fascinada.

— E ele? — pergunta, apontando para Andrew.

— Diretor de escola católica.

Há uma certa lógica nisso, se você souber como procurar. Católicos expõem seus mortos. Sempre imaginei o encontro deles: Laura espreitando atrás de uma coroa de flores, com uma paleta de maquiagem na bolsa para retoques de última hora em algum cadáver de quem ela gostou de verdade; do outro lado da sala, Andrew, apenas remotamente relacionado ao defunto no caixão, mas presente mesmo assim pela experiência recreativa de se lançar sobre os enlutados e, prestativo, racionalizar a perda como parte do plano de Deus. Andrew e Laura erguem os olhos, seus olhares se cruzam sobre o caixão e nada mais é como antes. Laura tem um lado romântico. Todas aquelas flores brancas, a luz do sol atravessando os vitrais e iluminando os bancos da igreja, os soluços abafados nos lenços... deve ter parecido quase um casamento.

Dolores toma um gole de vinho, pensativa.

— Você foi criado numa escola católica e num necrotério — ela diz, num tom zombeteiro. — Agora muita coisa faz sentido.

— *Casa* funerária — corrige Laura, com um sorriso caloroso. — Tento enfatizar a família e o lado humano no meu trabalho. Sabe, na verdade eu vejo muitas tatuagens no meu dia a dia. Ninguém guarda segredos de mim. E... acabei de notar que você tem datas tatuadas nessa lápide aí no seu braço...

Dolores move rapidamente a mão direita para cobrir o antebraço esquerdo, e Andrew faz um ruído.

— Por que as mulheres de hoje em dia destroem seus corpos com tatuagens? — A frase explode com tanta força que parece que estava entalada na garganta há muito tempo. Dolores olha para seus braços lisos e coloridos, e eu também. Vejo uma mariposa-bruxa, uma garrafa de veneno, um martelo de garra.

— "Mulheres de hoje em dia"? — repete Dolores, com uma voz grave. — Minha bisavó era coberta de tatuagens tradicionais filipinas. Sou muito antiquada. — Há algo diferente no tom dela agora. Ela já bebeu quase uma garrafa de vinho, e seu medidor de foda-se já foi para o espaço. — Deve ser horrível ser conservador. Acordar todo dia apavorado com o que não entende. Pense em todas as pessoas interessantes de quem você nunca vai ser amigo. E como é ser homem? Seguir pela vida achando que as mulheres existem só pra enfeitar o cenário?

Ela se vira para mim.

— Seu pai é um babaca. E você puxou a ele.

Segue-se um breve silêncio atordoado. Laura pisca várias vezes, encarando a mesa. Andrew abre a boca de novo, e, quando seus olhos encontram os meus, estão carregados de uma raiva intensa.

Dolores se levanta, pega a garrafa de vinho pelo gargalo e a enfia na bolsa. Ela se balança levemente.

— Não vou esperar o prato principal. Vai comprometer o nível de álcool no meu sangue. *Adiós*, ameba — ela diz para o meu tio, e, dirigindo-se à minha tia: — Foi um prazer conhecer você. Da próxima vez, talvez possa me mostrar fotos do Jake vestido de coroinha ou seja lá que bizarrice ele costumava fazer.

E, com isso, atravessa o restaurante, deixando um rastro de brasas no caminho.

9

O especialista em eliminar namoradas

JAKE

— Sinto muito, Jake — diz tia Laura, com a voz baixa. — Vamos pedir a conta. Você vai me ligar? Eu gostei *muito* dela.

Percebo que ela acha que vou embora junto com Dolores, então é isso mesmo que faço, deixando Andrew praticamente fumegando de raiva e Laura resignada a uma noite tentando acalmá-lo. Quase me abaixo para dar um abraço rápido e um beijo nela, o que já não faço há anos. Tenho tentado fazê-la se desapegar de mim.

Alcanço Dolores no mezanino, bem na hora em que ela puxa a garrafa de vinho da bolsa. Assim que me vê, ela a estende na minha direção.

— Você precisa disso mais do que eu. Seu pai…

— Ele não é meu pai. Eles não são meus pais.

Ela franze o rosto, confusa.

— Mas você parece com eles.

Pareço mesmo, e isso sempre foi motivo de irritação para o meu tio desde que fui morar com eles. Eles não puderam ter filhos, e eu fui o prêmio de consolação decepcionante. A última coisa que ele quer é que alguém ache que sou filho deles.

— Eu pareço com a minha tia.

— É. E também tem a mesma cara impassível dele.

— Ele me encarava desse jeito, e eu tive que aprender a encarar de volta. Eles me criaram depois que meus pais morreram.

Ela não solta um pedido de desculpas automático. Apenas examina meu rosto em busca de sinais de emoção e guarda a informação em meu dossiê.

— Então é por isso que você entende tanto de fantasmas — diz.

A referência à nossa conversa no terraço é aleatória e confusa, e não quero entrar nesse assunto agora. Dolores é como uma nuvem de fumaça que pode desaparecer a qualquer momento. No vestido vermelho, com as tatuagens à mostra e a sinceridade correndo viva nas veias, sinto que esta é a verdadeira Dolores, não a versão apagada e corporativa que joga um intricado jogo de esconde-esconde de segunda a sexta. Preciso fazê-la ficar. Preciso fisgá-la, prender a atenção dela. Preciso de outro golpe de mestre, como tive com aquele boneco.

Ela me olha, em expectativa. Quando abro a boca para falar, meu celular vibra no bolso. Mando direto para a caixa postal sem nem olhar. Só que ele vibra de novo. Já sei quem é. Só existe uma pessoa na minha vida que se sente tão no direito de exigir minha atenção.

— Consegue me esperar por um segundo? — pergunto a Dolores.

Ela inclina a cabeça para o lado, como se ouvisse um diabinho no ombro.

— Claro. Por que não? — Senta na borda da fonte interna e puxa o celular. Atravesso o mezanino, saindo do alcance da voz dela, para retornar as ligações perdidas.

A primeira não era do Grant, afinal. Era do meu tio. Ele deixou uma mensagem de voz.

— Como *ousa* dizer a ela que sou seu pai...

Apago sem nem terminar de ouvir. A segunda ligação era do Grant, então ligo de volta.

— *Jake.*

Mal começamos e já sinto uma dor de cabeça se formar. Ele vai direto ao ponto, num tom angustiado.

— Preciso que você tire a Verity daqui pra mim. Agora. Não aguento mais olhar pra ela.

Eis a resposta. As coisas sórdidas e nada divinas que faço com meu colega de quarto, e que o tio Andrew jamais poderia imaginar. Olho para Dolores, do outro lado do salão. Fecho os olhos com força.

— Precisa ser hoje?

Quando Grant diz "pula", meu trabalho é perguntar "de qual altura?". É a principal condição do nosso acordo. Ele fica tão surpreso com minha hesitação que demora a responder.

— Sim, tem que ser hoje — rosna. Depois de uma pausa, sua voz volta a soar trágica. — A Verity não é pra mim. Esses sentimentos não são reais. Nada disso é *real*. Estou tão *sozinho,* Jake.

Ele solta um suspiro entrecortado, quase um soluço. Grant sempre fica assim quando a fase da lua de mel acaba.

— Elas nunca conseguem fazer a *solidão* passar. É como... uma dor em alguma parte do corpo que nem sei onde fica. Talvez se ela não fosse tão *fingida*. Isso me faz sentir que tudo é falso. É isso que eu mereço? Um relacionamento de mentira? Porque não importa o que eu sinto se ela não pode me amar de verdade...

— Você merece algo verdadeiro — digo, tentando acalmá-lo.

— Eu mereço — ele concorda, o tom um pouco menos dramático. — Achei uma unha dela na minha cama. Quebrou. Ela é pão-dura. O que você acha do cabelo dela?

Tento lembrar de que cor é o cabelo dessa.

— Parece...

— Eu sempre sei a diferença entre cabelo de verdade e peruca. Quero conhecer uma mulher de verdade, ***natural,*** Jake. Mas eu trabalho demais. Então fico preso nisso. É um ciclo.

É um ciclo que ele já repetiu centenas de vezes desde que vim morar aqui: paixão, desilusão gradual, até chegar ao nojo, à autopiedade e ao desespero.

A imagem se forma nítida na minha mente, Grant passando a madrugada no computador, clicando freneticamente em fotos de morenas, loiras, altas, baixinhas, curvilíneas, magras — e depois descontando seus desejos no cartão de crédito. A Barbie tamanho real que ele encomenda aparece, fica por um tempo e depois vai embora, deixando a carteira dele bem mais leve. O babaca poderia simplesmente ir a uma boate como qualquer pessoa normal. Ele tem roupas, dinheiro e carro para isso.

Já sugeri um psiquiatra. Ele disse que já foi a todos.

— Preciso que você tire ela do apartamento pra mim.

Olho para Dolores, sentada ali, e me pergunto quanto tempo vai demorar até ela perder a paciência e ir embora.

— Onde ela está?

— Está tomando banho. Droga, Jake. Estou morrendo de nojo de mim. Acho que vou embora. Vou sair andando por aí. Amanhã eu volto. Só... só me promete que ela não estará mais aqui quando eu voltar. Por favor.

Em quatro anos, Grant nunca perguntou o que eu faço com elas. Deixa essa parte comigo. E é claro que eu não posso simplesmente abrir a porta, fazer uma reverência como um mordomo e convidá-las a sair. Elas não saem por conta própria. Eu me pergunto se ainda temos algum tapete sobrando. Cortina de banheiro? Toalha de mesa? Reprimo um suspiro.

E é então que vejo meu reflexo num painel espelhado do outro lado da sala. Pareço tão normal. Até sem graça. Terno básico. Corte de cabelo comum. Óculos. Tudo parte da máscara cuidadosamente planejada. *Não olhem pra mim.* Fico me perguntando o que Dolores vê. Não deve ser muita coisa. Sei o que Grant vê... um otário. A ideia de passar a noite com Dolores começa a se esvair.

— Ela vai ter sumido quando você voltar — digo a Grant e encerro a ligação.

Quando volto, Dolores ainda está sentada na borda da fonte, agora vestindo um sobretudo preto. Estendo a mão e, depois de um momento de hesitação, ela aceita. Eu a ajudo a se levantar. Saímos para a rua escura, onde a chuva virou apenas algumas gotas perdidas.

É uma noite brilhante, molhada, toda feita de escuridão profunda e luzes de trânsito cintilantes. O som grave dos alto-falantes de um carro vibra ao fundo, como o coração de alguma criatura gigante. É o tipo de noite em que eu poderia andar por horas. Já fiz isso em noites assim, quando o sono não vinha. Dolores está a uns dois metros de mim, em seus sapatos frágeis, o cabelo salpicado de gotas de chuva brilhantes, os olhos grandes e escuros.

— Eu preciso ir — ela diz, se adiantando, mas como se quisesse ser convencida a ficar.

— Ainda não.

Eu a seguro pelo cotovelo e a puxo para a entrada escura de uma loja fechada para reforma. A lembrança daquele beijo no terraço paira entre nós como uma terceira presença. Eu daria tudo por um terraço nesse instante.

— Por que você me beijou? — ela sussurra. — No terraço.

Olho para os lábios dela, depois de volta para seus olhos. Ela cheira a vinho tinto, perfume e a ela mesma.

— *Você* que *me* beijou.

— Você me agarrou — ela diz.

— Eu só estava tentando te empurrar.

— É justo. — Expira. — Eu *estava* tentando te estrangular.

Deixar alguém se aproximar é sempre uma péssima ideia, mas é reconfortante o jeito como ela me olha — mesmo agora —, como se mal pudesse me suportar.

Sou outra pessoa quando pego seu rosto entre minhas mãos e a beijo. Um vento forte sopra do porto, fazendo o cabelo dela voar ao nosso redor, mas seus lábios estão quentes contra os meus. Penso em como devemos estar parecendo — vestido vermelho, sobretudos escuros, um feixe de luz do poste refletindo no cabelo bagunçado dela —, mas logo deixo de pensar, porque, depois de um momento de hesitação, ela retribui o beijo. E não me beija como quem acha que sou entediante, chato, esquecível. Quando ela abre os lábios contra os meus, suaves e molhados, uma ideia terrível surge.

Poderíamos terminar a noite com um beijo... ou começá-la.

— Sai comigo hoje à noite — digo, quando me afasto um pouco.

A expressão dela é impenetrável, a mais neutra das fisionomias.

— Pra fazer o quê?

Meus olhos passeiam entre os dela, indo e voltando. Castanho-escuros, delineados com um traço afiado como bisturi. Ainda estou segurando o rosto dela, e o preto da minha luva deixa a pele dela ainda mais pálida.

— Coisas de assassino em série? — ela pergunta. — Ou uma noite aconchegante de pijama, desmembrando bonecas?

Quando ela diz isso, minha decisão está tomada. Ela é tão perturbada e mórbida quanto eu. Esse tempo todo ela vinha dando sinais, sondando, me testando, e eu fazia o mesmo com ela. Será que somos da mesma laia? Será que escondemos as mesmas marcas sob a roupa? Quero ultrapassar qualquer expectativa de loucura que ela tenha.

É impossível não sentir um espasmo de nervosismo. É aquele momento antes de revelar um segredo, pregar uma peça ou contar a parte mais arriscada de uma piada. Aquele instante de incerteza, o medo de que a outra pessoa simplesmente *não entenda*. É o mesmo frio na barriga de quando deixei o pacotinho verde no teclado dela. *Será que ela ri do mundo do mesmo jeito que eu?*

— Sim — respondo.

Ela fica em silêncio.

— Sim o quê?

— Tenho um trabalho a fazer.

— Um trabalho? Que tédio.

Eu não sou entediante.

— Preciso me livrar de um corpo.

É como se uma pedrinha fosse jogada no lago calmo do rosto dela. Sua expressão oscila, depois volta à neutralidade. Medo? Duvido. *Diversão*. Então, uma sobrancelha se arqueia, elegante. Chamei a atenção dela de novo. Por enquanto, ela é minha.

— Então você *é mesmo* um assassino? Você fica cada vez mais interessante, Jacob.

10

Fofo de morrer

DOLORES

LOGO HOJE, DE TODOS OS DIAS. UM BEIJO NO TERRAÇO, UMA TRÉGUA com um estrangulador de luvas, uma apresentação oficial à família dele para anunciar nosso noivado iminente e agora, finalmente, nosso primeiro encontro.

Estou *naquele* nível exato de embriaguez que parece eufórico e livre de consequências, aquele ponto em que esqueço de todo o resto, em que tudo que quero é ficar pelada, morder o ombro de um homem e tomar decisões terríveis. É incrível, porque faz anos, *anos,* que não me sinto assim. Ele roça meu lábio com o polegar coberto pela luva, e tudo volta rugindo como uma brasa quase apagada que de repente pega fogo num punhado de gravetos secos. A realidade desaparece. Só existe este momento. Inclino o rosto em direção ao dele para outro beijo.

E ele simplesmente se vira e vai embora. Fico olhando para ele, atônita.

O filho da mãe.

Tremo e cambaleio um pouco nos saltos. Vou embora também. Babaca. Mas antes que eu dê o primeiro passo, Jake entra numa loja, sem nem olhar para trás. Um letreiro na vitrine diz: "Aberto até a meia-noite". Uma loja de ferragens daquelas bem antigas, de bairro.

Sorrio. Até assassinos em série têm direito a um momento fofo.

Lá dentro, eu o sigo pelos corredores iluminados por um verde fluorescente quase enjoativo. Devemos parecer dois insetos noturnos presos no feixe de uma lanterna. Não fomos feitos para ser vistos sob luz forte. Nosso hábitat natural é o breu.

Observo o belo estranho enchendo sua cesta lentamente. Uma faca de caça. Corda. Fita multiuso. Um serrote. Água sanitária. Uma lona. Sacos de lixo extragrandes, reforçados. Eis um homem que toma a iniciativa na hora de planejar um encontro. Que não se faz de incompetente. *Não esquece da proteção,* penso. Ele joga um par de óculos de segurança na cesta.

Também tenho minhas próprias compras para fazer. Pego uma cestinha na entrada.

No caixa, esbarro no belo estranho de novo. Literalmente.

— Desculpe — digo numa voz polida, e ele se vira para ver quem bateu no seu cotovelo com a cesta.

— Sem problemas — responde o estranho.

— Compras de Natal? — pergunto. — O que o Papai Noel vai dar de presente?

— Presentes feitos à mão, este ano. Todo mundo quer um pedacinho de carne.

Reprimo um sorriso.

— Parece que você vai ter bastante trabalho. Pelo menos não vai custar os olhos da cara.

Os lábios dele nem se movem. Ele olha para minha cesta. Tenho um kit de papéis de presente, tesoura e fita adesiva.

— Não costumo ser bom nisso — ele diz —, na apresentação.

— Apresentação é tudo. Eu sou *ótima* em embrulhar presentes. Mergulho de cabeça no trabalho. — Mordo o lábio. — Sei que acabamos de nos conhecer...

— Só se passaram mesmo trinta segundos? — ele pergunta.

— ... mas, se precisar de ajuda pra embrulhar...

— Por acaso...

— Porque seria um prazer…

— Se você tiver certeza…

— Teria que ser na sua casa. Eu tenho carpete, e o proprietário é bem chato com o depósito de segurança.

— Perfeito.

O adolescente rechonchudo no caixa observa, intrigado, enquanto agarro esse monstro charmoso e me convido para a casa dele. Jake paga e nos guia para fora. Ele para ao lado de um Toyota caindo aos pedaços, e vou até o lado do passageiro, seguro a maçaneta e espero. Um boneco de mola no painel, dois copos de café vazios no console. Assim que ele me deixar entrar, fuço o porta-luvas. O verdadeiro Jake Ripper está lá dentro. O solitário mortalmente engraçado, com família disfuncional e emprego sem futuro, está me levando para casa, e com perspectivas amorosas desesperadoras.

Jake tira um chaveiro do bolso, e o carro ao lado ronrona ao ligar. O Aston Martin do estacionamento subterrâneo. Eu me controlo para não ficar de boca aberta, mas é por pouco.

Olho para ele, as lentes dos óculos iluminadas pelos faróis de outros carros, escondendo seus olhos. Ouço um sininho tocar na minha cabeça.

Mas então um carro para atrás de nós e fica ali com os faróis acesos, e, naquele feixe de luz, ele volta a ser apenas o Jake. Consigo ver seus olhos. Por trás da máscara perfeita, está tão incerto e satisfeito com o rumo das coisas quanto eu.

— Então o carro *é mesmo* seu.

Ele hesita.

— Estou só pegando emprestado. Nunca me livraria de um corpo no meu próprio carro.

Dou um passo mais perto e olho lá dentro. Sem bonequinhos no painel. Sem copos de café.

— Está ficando com medo? — ele pergunta.

Lá está ela novamente: a dúvida. Eu poderia devorar essa insegurança e o prazer nervoso dele migalha por migalha. Poderia inalar isso de um saquinho para ficar chapada.

Dou de ombros, como se não fosse nada.

— O conceito de namorar, para uma mulher hétero, é ficar a sós com homens que podem ser assassinos.

— Homens que podem ser assassinos? — ele repete. — Isso é muito ofensivo.

Jake abre a porta para mim, e meu cérebro recua, um aviso para não entrar — a vida real me espera em casa —, mas eu ignoro e me enfio no carro.

Seguimos para a parte alta da cidade. A luz dos postes invade o interior escuro do carro e ilumina as mãos enluvadas de Jake no volante. Ele estaciona em uma vaga reservada no subsolo de um prédio novo e imponente, pega as compras no porta-malas e me conduz até o elevador.

Ele nos leva direto ao último andar e me direciona para fora. Quando as portas se fecham atrás de mim, sinto como se estivesse presa na escuridão impenetrável de um porão sem janelas. Por um instante, imagino se uma mão enluvada surgirá para guiar meu rosto para outro beijo. Então a escuridão se desfaz. Uma porta. E, além dela, uma vista ampla e arrebatadora da cidade, com o brilho fantasmagórico das luzes delineando os contornos dos móveis. Em um prédio distante, uma árvore de Natal feita de lâmpadas pisca de forma ridícula. As luzes se acendem e eu fico ali, paralisada na soleira.

Branco, moderno, minimalista... mas caro. Caríssimo. Aço escovado, vidro, mármore branco. Obras de arte moderna indecifráveis nas paredes. Acima do sofá, uma grande tela branca com um único traço vermelho, do qual escorrem filetes como gotas de sangue.

— Esqueci que vampiros precisam ser convidados pra entrar — diz Jake lá de dentro.

Entro no quarto do Barba Azul e me viro.

— Consegue bancar este lugar com salário de temporário?

Jake se vira para olhar em volta, como se não prestasse atenção nos detalhes há algum tempo.

— Não. Este apartamento é do meu colega de quarto.

— Seu colega de quarto é o Patrick Bateman?

— Explicaria muita coisa. Ele é podre de rico. Dinheiro de família.

Caminho até o centro da sala de estar sem tirar os sapatos nem o casaco. Passo a mão pelo couro macio de uma poltrona. Parte de mim espera deixar uma marca de dedo. Sinto como se fosse uma mancha de tinta preta num iglu de neve perfeitamente limpo. Quando me viro, Jake me encara como se analisasse um teste do borrão de tinta.

O que você vê, Jake? Um fantasma? Um vampiro? Uma viúva--negra solitária?

Este sempre foi o problema com Jake. Ele me vê. Ele repara em mim. Eu sou fascinante para ele. Faz anos que não sou fascinante para ninguém. E talvez seja culpa da bebida, ou talvez seja só o jeito como os olhos dele me acompanham, mas mesmo estando em território desconhecido e sabendo que deveria me sentir acuada, nunca na vida me senti tão no controle de outro ser humano.

Há algo que eu preciso saber.

— Ele é *só* seu colega de quarto?

Os lábios de Jake quase se curvam.

— Só meu colega de quarto.

— Por que alguém que pode pagar um lugar desses ia querer ter colega de quarto?

— Ele gosta de companhia.

— Da *sua* companhia?

— Sou tipo um assistente residente — responde, sério. — Cuido de tudo que ele precisa.

— Trabalho sujo?

— Qualquer coisa que ele não queira fazer. Cozinhar, fazer compras... — A simulação do Jake assassino em série oscila por um instante, e vejo além da máscara de novo. Ele está tão curioso para saber o que estou pensando quanto o contrário. Jake segura aquela sacola cheia de quinquilharias como se não soubesse o que vai acontecer em seguida.

— Descarte de corpos também? — provoco, e então vejo algo que nunca vi antes. Um sorriso satisfeito começa nos olhos dele e termina nos lábios, num jeito tímido, meio torto. Deve valer alguma coisa conseguir fazer um psicopata sorrir assim. Ele é absurdamente bonito. Um júri o deixaria sair livre.

Eu me aproximo, deslizando, e tiro a sacola das mãos dele.

— Onde fica a sala de abate?

Sigo Jake por um corredor até um quarto grande, onde ele acende uma luz dourada, suave, que não fere os olhos. Uma cama king no meio, armários embutidos escondendo o guarda-roupa de um lado. O quarto é mais vazio que o de um hotel, mas transpira luxo.

Coloco a sacola em cima da cama, e Jake me observa, imóvel. A inquietação dele me faz sentir enorme, poderosa. Então, mesmo que as tralhas da loja de ferragens nunca tenham feito parte do meu plano, começo a tirar os itens um por um e jogar em cima da cama. A corda, a fita adesiva, a lona, o serrote, a faca, os óculos de proteção, os sacos de lixo, o papel de presente... Por fim, estão todos ali, espalhados sobre o edredom branco e caro, formando uma cena grotesca. Eu me viro para Jake, pronta para saborear a vergonha dele — mas ela sumiu. Ou talvez nunca tenha estado lá.

Essa situação está ficando estranha pra caralho. Hora de estabelecer algumas regras.

Chuto meus saltos para longe e deslizo até ele, pegando a gravata em minha mão e enrolando-a uma vez em torno dos meus dedos para puxar sua cabeça para perto da minha. Consigo sentir a respiração dele nos meus lábios.

— Eu tomo as rédeas. Eu ditarei as regras. Se eu não estiver me divertindo, vou embora.

— Vamos seguir o seu modo de operação — ele diz, e eu relaxo. — Como você quer fazer?

— Humm. Não sei se é bom usar a fita adesiva — digo com um tom de falsa seriedade. — Tenho a pele sensível.

Ele pensa a respeito como um verdadeiro profissional.

— Acho que sobra a corda.

— Assim você pode mostrar suas habilidades de escoteiro — digo. Há algo que preciso saber antes de irmos adiante. Faz tempo para mim.

— Você faz isso com frequência?

— De vez em quando, em alguns meses. Gosto de variar. Da última vez, a enrolei num tapete e levei até o rio.

Erro meu achar que ele ia sair do personagem. Reprimo um sorriso.

— Não é o meu método preferido. Acho que a sua cama vai servir muito bem.

Jake franze a testa.

— Essa cama é do meu colega de quarto.

Travo.

— Vamos fazer isso no quarto do seu colega? Você é o colega de quarto dos pesadelos?

— Não. Ele é.

— Certo.

— Podemos fazer no banheiro — ele sugere, apontando com a cabeça para a suíte. — Fácil de limpar.

Vamos fazer sujeira demais? Não que eu seja... contra. Viro de costas para ele e puxo o cabelo para o lado.

— Zíper.

— O quê?

Olho por cima do ombro, e o rosto dele está vazio de expressão.

— Não quero sujar minhas roupas de sangue — digo. — Zíper.

Demora um pouco, mas vejo pelo canto do olho quando ele tira as luvas e as joga na cama. Seus dedos estão gelados ao tocarem minha nuca. Sinto um arrepio. O zíper desce, e meu vestido desliza, formando uma poça vermelha aos meus pés. Viro para encará-lo, usando apenas calcinha e sutiã.

O rosto dele está vermelho. Ele engole em seco, não diz nada e mantém os olhos acima dos meus ombros, sem se atrever a olhar para baixo. Nem sequer respira.

Nunca tive esse efeito sobre um homem antes. Poderia explodir de tanto poder.

— O que achou das minhas tatuagens?

Ele abre a boca, fecha e abre de novo, e finalmente olha para baixo. Sinto calor em cada parte onde o olhar dele me toca.

— Você vai virar um abajur bem chamativo.

Bela tentativa de resposta, mas ele perdeu essa rodada do jogo de gato e rato. Ele comeria na palma da minha mão. E *vai* comer na palma da minha mão. Eu venci.

— Espero que tenha camisinha no banheiro — digo, seguindo na frente.

O rosto dele se contorce, em estado em alarme.

— Espera — ele diz, e eu paro. — Não... não entra lá.

— Por quê? Achei que tinha prometido limpeza fácil.

Ele abre e fecha a boca de novo, perdido.

— Aposto que tem daquelas duchas estilo cachoeira — falo, já me aproximando da porta, enquanto ele permanece congelado ao lado da cama. Um ratinho assustado e excitado. Eu me apoio de forma provocante no batente e deixo a voz variar para um tom rouco. — Pode vestir as roupas da mamãe e trazer a faca, se isso ajudar a relaxar.

Ele lança um olhar para a faca em cima da cama.

Entro no banheiro escuro e passo a mão pela parede, procurando o interruptor. De repente, a luz acende e lá está Jake, a centímetros de mim, com a maldita *faca* na *porra* da mão...

Tlin.

Maldito.

Tlin.

Arranco o spray de pimenta do sutiã, aponto para o rosto dele e borrifo. Em segundos ele está no chão, tossindo, engasgando, lágrimas, cuspe e catarro escorrendo pelos azulejos do banheiro. A lição dele é que não se mexe com outro predador.

A minha chega um segundo depois: spray de pimenta em espaço fechado acaba com todo mundo.

Não consigo respirar, parece que acenderam uma fogueira na minha traqueia, nos meus pulmões, e o meu rosto inteiro começa a escorrer. Caio de quatro no chão, tossindo sem parar, lágrimas grossas de rímel derretido pingando nos azulejos brancos. Avisto a faca e a agarro.

O chuveiro é ligado.

— Você está bem? — ele pergunta, engasgado, de dentro do box. — Vem aqui lavar o rosto.

Respiro com dificuldade e rosno:

— Vai se foder, seu maluco do *caralho*... essa merda de *faca*... qual é a *porra* do seu problema...

— Você que me mandou trazer a faca, sua *doida* tarada!

— O doido é você!

Eu me arrasto pelo chão, tossindo, engatinhando às cegas, passando as mãos pelas paredes tentando encontrar a porta do quarto, mas estou desorientada. A umidade na minha pele me avisa que entrei sem querer no box. Estendo a mão e...

Paro, congelada de quatro no chão, as unhas presas em...

— O quê...

Meu corpo se contrai no mesmo instante em que reconheço a textura de cabelo humano. Caio de lado no jato frio do chuveiro, grito, esfrego os olhos com o dorso da mão e me forço a mantê-los abertos por tempo suficiente para enxergar. Uma mulher está caída ali, nua, inerte, em uma posição estranha no fundo do chuveiro. O corpo está rígido e desajeitado, o cabelo loiro, molhado e bagunçado, o rosto sem expressão, a boca aberta em um O, como se tivesse sido congelada em um misto de espanto e horror.

Escorrego de bunda no chão, derrubando Jake junto. Não consigo manter os olhos abertos por mais de um segundo. Esfrego o rosto enlouquecidamente no ombro dele, borrando meu batom vermelho e meu rímel preto em sua camiseta.

— Que *merda* é essa?! — grito entre uma tossida e outra. Esfrego o rosto de novo, furiosamente, tentando focar na cena à minha frente. Tusso de novo, uma tosse brutal, interminável. — Isso é...?

Tusso e tusso, e minha tosse se transforma em risada... uma risada rouca, histérica, de bruxa maluca. Seguro a barriga com as mãos trêmulas e, se já não estivesse chorando, teria começado agora.

Faz tanto tempo que eu não ria assim.

— É... meu *deus*...

Caio de lado com o rosto enterrado no peito de Jake, rindo e arfando, e ele me abraça. Ele é forte e caloroso e, apesar dos meus olhos ardentes, do frio gritante da água e dos azulejos duros como concreto embaixo de nós, é estranhamente agradável aqui.

Percebo que estou sendo grosseira. Um homem acabou de me entregar um presente romântico e o estou deixando na mão.

— É... é... — Não consigo parar. — *Não precisava!*

11

Psicopata no chuveiro

JAKE

Eu calculei mal.

Saio debaixo dela, desligo o chuveiro e me levanto, pingando. Ela fica lá, largada no chão do box, o cabelo desgrenhado, a maquiagem toda borrada, rindo. Nunca a tinha visto rir antes. Não sei o que a deixa mais exposta, se é toda aquela pele à mostra ou o riso.

— Você sempre anda com spray de pimenta? — pergunto, secando os óculos numa das toalhas pesadas e luxuosas de Grant.

— Qualquer mulher que não anda é uma estúpida — ela responde, tossindo e esfregando os olhos com o punho.

— Você achou que eu ia te estrangular. — Não tenho motivos para me sentir na defensiva.

— Você me assustou *pra caramba*.

— Você que *mandou* eu trazer a faca.

Dolores ignora. Aponta com o polegar para o projeto da noite.

— Vai nos apresentar?

— Esta é a Verity.

Ela não aguenta e começa a rir do nome. Já sabia que isso aconteceria. Ela se arrasta até Verity e faz o que qualquer pessoa normal faria: cutuca um dos seios gigantes que parecem desafiar a gravidade.

Então me olha com um sorriso selvagem. Nada da nossa conversa anterior tinha sido brincadeira. *Coisas de assassino em série ou uma noite aconchegante de pijama, desmembrando bonecas?*

— Por que você tem uma boneca sexual hiper-realista no chuveiro?

Não sei se a chamaria de hiper-realista. Ela não parece com nenhuma mulher de verdade que eu já tenha visto. Cabelos loiros absurdamente volumosos, cílios tão espessos quanto lagartas, lábios inchados como se tivessem levado uma picada de abelha, mamilos que poderiam furar um olho. Ela se encaixa perfeitamente naquele vale da estranheza. Talvez enganasse num primeiro e segundo olhares. Mas no terceiro, é esquisita o bastante para te fazer olhar duas vezes e real o suficiente para te assombrar depois.

— Este chuveiro é do Grant. A boneca é dele.

Ela morde o lábio.

— Ah, tá.

— É mesmo — digo, sentindo uma onda de pânico. Não tinha me ocorrido que ela pudesse achar que a boneca era minha. — A boneca é do Grant — repito.

— Ah, claro que é. Com certeza é do seu colega de quarto ausente.

— Não é minha.

Ela arqueia uma sobrancelha. Jogo a toalha pesada em Dolores e ela cai na gargalhada.

— Por que ele quer que você se livre dela? O encarregado da condicional vai fazer uma visita, é isso?

— Ele vive trocando. Quando enjoa, precisa de uma nova.

— Quando o sexo fica sem graça?

Eu não encostaria nessas bonecas se ele estivesse fazendo sexo com elas.

— Não é isso. Ele acha sexo nojento. É... uma coisa romântica.

Ela sorri de novo, mostrando aqueles dentinhos afiados.

— Essas coisas não são um absurdo de caras? Acho gente rica fascinante. Os pervertidos, também. Temos uma bela confluência de interesses aqui. — Ela se senta nos calcanhares e estreita os olhos para mim. — Você disse que jogou a última no rio.

No dia em que conheci Dolores no elevador. Era uma noite linda. Cheguei até a tirar uma selfie nossa com a vista do rio ao fundo. Ela viu a foto no meu desktop.

— Aquela era a Una.

— E tiveram outras?

— A primeira... Anastasia... — Hesito por um segundo. — Coloquei ela no lixo do prédio, enrolada em sacos de lixo. — Nunca deixei de me sentir mal com relação à Anastasia.

Agora ela me olha como se eu tivesse contado a piada mais suja que já ouviu. Esse olhar me faz continuar.

— Hoje em dia, enrolo elas num tapete ou cobertor. E depois eu... me livro delas. — Tenho sido bem criativo ultimamente. Evoluí bastante desde a época das caçambas de lixo.

— Tédio é um problema crônico — ela diz. — Você se meteria em encrenca se alguém rastreasse uma dessas bonecas até você?

— Por quê? Por jogar lixo na rua?

Os lábios dela se curvam. Ela se levanta cambaleando e estendo a mão para ampará-la, mas olha para minha mão com uma expressão confusa. Olho para baixo... minhas mãos estão brancas, completamente brancas, e frias como gelo. É uma novidade recente, e algo que prefiro não pensar agora. Cruzo os braços, escondendo as mãos de vista. Ela me lança um olhar curioso, mas não pergunta nada. Enrola melhor a toalha no corpo e atravessa o quarto de Patrick Bateman, desviando do vestido que deixou jogado no chão.

— Aonde você vai? — grito atrás dela. — Espera. *Espera.* — Eu a sigo pelo corredor, enquanto ela vai enfiando o nariz no escritório de Grant, na academia, na sauna e, finalmente...

— Achei — diz ela, triunfante. — Sua toca.

O quarto é menor do que o outro e poderia muito bem ser o interior de uma geladeira. Paredes brancas, superfícies vazias e escrupulosamente livres de poeira. Nem uma meia no chão, nem uma moeda esquecida na cômoda. Eu gosto assim. Não gosto de ter posses. Se eu tivesse, ficaria preocupado se alguém mexesse nelas quando eu estivesse fora.

Ela observa tudo com atenção.

— Foi sua última crise grave de depressão a responsável por essa decoração? Me passa o contato?

Nunca estive deprimido. Permaneço parado na porta, parecendo uma sombra grande e desajeitada, enquanto a observo abrir a gaveta da mesa de cabeceira, ao lado da minha cama. Dentro, apenas dois protetores de ouvido e nada mais. O que será que ela esperava encontrar? Em seguida, ela inspeciona a primeira gaveta da cômoda: uma dúzia de meias idênticas, dobradas em pares. Depois, abre o meu armário: de um lado, cinco camisas sociais brancas exatamente iguais; do outro, cinco calças cinza. Nada além disso.

Bem, exceto pelo roupão de banho. Ela deixa a toalha cair e se vira para mim. Pela segunda vez na noite, dez anos de educação católica ressurgem das profundezas. Travo. O diabo suspira, desgostoso, e Dolores levanta uma sobrancelha, nada impressionada. Ela veste o meu roupão.

Tusso.

— Temos um trabalho a fazer — eu a lembro.

Mas ela não ouve. Finalmente farejou meus segredos. Ela se agacha aos pés da minha cama, e eu atravesso o quarto num instante…

— O que tem aqui? — pergunta, tocando a caixa de papelão.

— Solta.

Arranco a caixa das mãos dela, mas ela salta para ficar de pé, enfia os dedos na alça mais próxima e puxa. Ficamos cara a cara, a caixa entre nós.

— É o seu projeto de costura — ela diz. — Ainda precisa de um pouco de pele para completar seu traje? É por isso que estou aqui?

Ela puxa, e o roupão escorrega de um dos ombros, deixando à mostra suas tatuagens. Desvio o olhar.

— Eu não uso cores vivas nem estampas chamativas.

Ela morde o lábio.

— É uma pilha de fotos com os olhos recortados.

Olho nos olhos dela, *tão escuros* que parecem buracos abertos em seu rosto.

— Não... — ela diz, pensativa. — São suas fichas de receitas canibais.

Agora olho para sua boca. Ela volta a morder o lábio inferior, como se tentasse não sorrir. Sei exatamente qual é a sensação desses dentes no meu lábio inferior.

— Já sei — ela ronrona. — São troféus das bonecas sexuais que você matou.

Nós puxávamos a caixa em direções opostas e, de repente, ela a empurra para mim. Caio para trás na cama, a tampa da caixa voa, e o conteúdo se espalha. Fecho os olhos.

— Papel — ela suspira. — Que decepção.

Estendo a mão e puxo os papéis de volta. Documentos importantes, algumas cartas que já li centenas de vezes — coisas entediantes. Bem menos interessantes do que uma cabeça humana em conserva, mas, ainda assim, são os *meus* segredos sem graça.

Começo a me levantar, mas então ela se ajoelha no cobertor ao meu lado, um joelho nu escapando pela abertura do roupão, e eu... bom. Fico onde estou. Ela escolhe ao acaso uma carta escrita à mão e a pega. Será que viu o nome *Jacob* assinado no final? A data de trinta anos atrás no topo? Não. Ela só lança um olhar rápido para a carta antes de jogá-la de volta na caixa. Nosso olhar se encontra, e uma corrente elétrica atravessa meu estômago.

Dolores dela Cruz está na minha cama.

O cabelo ainda está molhado, a maquiagem toda borrada, e meu roupão a engole de um jeito que deixa seu corpo e suas formas meio misteriosos. Um ombro aparece, depois um joelho, as duas mãos. Ela se inclina até eu sentir sua respiração na minha bochecha. Fecho os olhos.

— Acabamos nos desviando. Onde é que paramos, antes do spray de pimenta?

Ela puxa minha gravata, mas não acho que seja por isso que estou sem fôlego.

— Acho que estávamos prestes a fazer algo terrível juntos no chuveiro — sussurra em meu ouvido. — Você ainda quer fazer isso?

Há uma mariposa tatuada em seu ombro nu. Uma argola brilha fracamente em sua orelha. O perfume dela ainda a envolve... Percebo todas essas coisas. Percebo tudo que diga respeito a ela. E percebo que ela adora isso... quando eu a percebo. Quando... eu a *desejo*. E eu a desejo.

Ela quer brincar comigo, como um gato. Preciso ser mais esperto e interessante do que os outros ratos.

— Talvez — digo. Viro a cabeça para que meus lábios fiquem próximos ao seu ouvido. — Só tenho uma pergunta pra você. — Ela vira a cabeça para me encarar. — Serra ou faca?

Os lábios dela se curvam em um sorriso discreto e selvagem.

12

Amigo secreto

JAKE

Mão, pé, tornozelo, antebraço... Dolores e eu a desmantelamos pedacinho por pedacinho. Nunca fiz isso desse jeito antes. A faca funciona, mas exige força. A serra é mais fácil, mas faz sujeira. Fazemos alguns cortes ruins antes de pegarmos o jeito, amputando exatamente onde as articulações se dobram para que os parafusos de seu esqueleto de titânio possam ser desparafusados. Empilhamos suas partes como lenha, então aspiro o chão do banheiro para remover as migalhas de silicone enquanto Dolores espalha papel de presente sobre o carpete macio do quarto.

— O que você acha, um pé pro Billy? O Johnny vai ficar com ciúmes? — ela pergunta.

Dolores está sentada de pernas cruzadas no chão do quarto de Grant, usando meu roupão, com um par de luvas amarelas de lavar louça para evitar deixar impressões digitais, o cabelo preso num coque bagunçado no alto da cabeça, os brincos brilhantes capturando a luz. Ela é péssima para embrulhar presentes, apesar de ter se gabado na loja de ferragens. Eu deixo que ela dite as ordens e a olho furtivamente, como sempre faço, enquanto ela trabalha e dá goles de uma garrafa de vinho de Grant como uma pirata.

Ela é minha por mais algumas horas.

Dolores amarra um último laço desleixado, se levanta, se espreguiça, joga as luvas na cama e apanha o vestido do chão.

— Preciso me vestir — diz, e levo os sacos de lixo cheios de presentes de Natal até a porta da frente. Mas... há um par de sapatos... e música clássica flutuando da cozinha... "The Flight of the Bumblebee"... frenética, alucinada...

— Jake!

Não.

— Grant — digo entredentes.

— Jaaaake — diz Grant, com um tom agradável. Nem ouvi quando ele chegou. Ainda está de casaco enquanto tira uma garrafa de vinho branco meio cheia da geladeira e se serve de um copo, balançando-se levemente no ritmo da música. — O que você vai fazer hoje à noite? — pergunta, como se nunca tivéssemos tido aquela conversa ao telefone. — Só uma noite comum em casa?

Na minha cabeça, Dolores é um ponto vermelho piscando na planta do apartamento. Ela se move pelo quarto de Grant, enquanto dois pontos pulsam na cozinha. Tento visualizar uma rota de fuga para ela, a janela... uma saída de ar...

— Sim.

— Você é muito monótono, Jake. Precisa sair mais. Precisa *conhecer* pessoas.

Ele está animado. Expansivo. A qualquer momento vai começar a falar sobre dominar o mundo. Talvez tenha uma hemorragia nasal, ou talvez hoje à noite seja apenas o Grant em estado puro. A música vai aumentando, cada vez mais rápida, chorosa, aguda.

— O que você precisa, Jake, é fazer *terapia*. Não é normal ser tão isolado do mundo.

— Sim.

— Eu conheço uma boa terapeuta. Ela usa saias lápis. Nem toda mulher consegue usar uma saia lápis, sabe? Ela fingiu que não gostou *desse* elogio quando eu disse isso pra ela.

— Sim.

— Se bem que... — Franze a testa. — Não sei não. Ela não ficou feliz quando ouviu sobre a Verity. É uma mulher muito ciumenta. Mulheres são *ciumentas*, Jake.

— Sim.

— É falta de profissionalismo deixar que sentimentos como esses interfiram no trabalho — diz Grant, saltando rapidamente de um pensamento para outro, mais rápido que os dedos de um violinista ou um enxame de abelhas. — Existe um código de conduta, sabia? Eu poderia denunciá-la num conselho.

— Sim.

— Eu deveria denunciá-la... eu *vou* denunciá-la. Amanhã. É tão difícil encontrar um bom terapeuta, Jake. O que é terrível, porque *todo mundo* precisa fazer terapia. Eu estaria falido se as pessoas cuidassem da saúde mental. Quando chegam *até mim*, já estão em frangalhos.

— Sim.

— Veja o meu caso: levo minha saúde mental muito a sério. Estou *muito* preocupado com minha saúde mental.

Assinto.

— Estamos todos muito preocupados com sua saúde mental.

Grant sorri, lisonjeado, e abre a boca para responder, mas não sai nenhum som. Congela no lugar e olha fixamente por cima do meu ombro. A parte de trás da minha cabeça até o cóccix arrepia e esfria. *Não*.

A música para e:

— Olá — diz Dolores da entrada da cozinha.

Viro para olhar e sinto o estômago revirar, quase dando cambalhotas. Ela está parada com um dedo no botão de ligar e desligar a caixa de som cara de Grant, e não está usando o vestido vermelho. Também não está de roupão. Por um instante penso que não está vestindo nada, mas então percebo que ela vasculhou o guarda-roupa de Grant, cheio de vestidos de grife, sapatos e tudo o mais que uma boneca sexual mimada poderia desejar. Ela usa um vestido justo de mangas compridas, no exato tom de sua pele, que parece feito de faixas de ataduras tensoras costuradas com perfeição, ou talvez tiras de couro retiradas de alguém que hidratava a pele religiosamente, e um par de saltos altíssimos nude combinando. Parece uma Barbie, com todos os vincos e curvas suavizados, pernas que parecem não ter fim, tudo bronzeado como por aerografia. Os olhos de Grant percorrem o corpo dela, saboreando cada detalhe, deixando trilhas invisíveis de baba.

Não. *Não, não, não.*

— Olá — diz Grant, com a voz ligeiramente mais grave e lenta do que o normal. — Grant Velazquez.

Dolores entra na cozinha e pega o copo de vinho das mãos dele, como se ele tivesse oferecido.

Não. Não, não, não...

Dolores dela Cruz não é nenhuma idiota.

— Pode me chamar de Dolly.

O olhar de Grant oscila entre nós dois. Ele quer uma explicação, *agora*.

Dolly não hesita.

— Seu... mordomo? Me trouxe aqui pra ajudar você — diz Dolly sobre a borda da taça.

Isso quebra o gelo. Grant olha para mim e solta uma gargalhada.

— Mordomo?! Ha! Hahahaha!

— Ele me trouxe pelos meus... *serviços*.

Ela quer dizer seus serviços de remoção de corpos, mas o rosto de Grant fica sério, sério demais. Ele me olha como se eu o tivesse traído. Uma garota de programa. Uma garota de programa linda e sofisticada, mas ainda assim uma *garota de programa*. Como pude fazer isso com ele? Eu não lembro como é para ele? Não lembro de todos aqueles traumas do passado, ao trazer mulheres reais para sua cobertura... todas aquelas mulheres que esperavam por *sexo* quando tudo o que ele queria era uma conexão de mentes, uma conexão de *almas*...

Sei exatamente o que Grant está dizendo com o olhar, porque ele já disse em voz alta para mim um milhão de vezes, altas horas da noite, quando não conseguia dormir, e por isso não me deixava dormir também.

Mas Dolly ainda não terminou de falar. Ela caminha em direção à área de estar e diz por cima do ombro:

— Eu tenho uma série de habilidades muito especiais, na verdade. — Arrasta as palavras lentamente, pontuando cada uma com um passo, as solas vermelhas dos sapatos piscando como se tivesse passado por poças de sangue. Então para diante da poltrona branquíssima, no centro da sala.

— O que você faz? — pergunta Grant, a contragosto.

— O que eu faço? Eu sou uma — Dolly gira no lugar — *psicóloga*. — Ela se joga na poltrona e acaricia os braços do móvel de maneira significativa. É uma psicóloga *de poltrona*.

Grant fica boquiaberto, os olhos brilhando, e me lança um olhar de pura gratidão. Ele adora psicólogos. Mais do que psiquiatras, porque têm mais conversa e menos remédios. Mais do que terapeutas também, pois terapeutas são fracos. Ficam nervosos e o dispensam depois de poucas sessões, como a Saia-Lápis está prestes a fazer. Passa os olhos novamente por Dolly... com toda certeza ela saberia usar uma saia lápis.

— Você está aceitando novos pacientes? Qual sua especialidade?

Ela inclina a cabeça.

— Sociopatas, egomaníacos, pervertidos comuns... Você ficaria surpreso com o que aparece para mim. Mas minha agenda já está bem cheia. Acabei de aceitar um aspirante a assassino em série que tem uma fixação nada saudável por uma colega de trabalho. Teria que ser um caso *realmente* interessante para me tentar a aceitar um novo paciente. — Estreita os olhos, avaliando-o. — Por quê, tem algo bom para mim? Você parece tão... — morde o lábio inferior, então ronrona a palavra mais suja que consegue imaginar — normal.

— Eu não sou normal — gaba-se Grant.

— Humm. Não acredito. — Ela se recosta na poltrona e cruza as pernas de maneira sinuosa, lânguida, como um gato se ajeitando num feixe de luz, e a barra do vestido sobe um pouco, revelando a ponta de uma tatuagem que desce pela coxa. Arranha distraidamente os braços da poltrona com as unhas vermelhas, e Grant absorve tudo aquilo, um rubor subindo pela nuca.

— Eu não sou normal — ele insiste.

Dolly toma um longo gole de vinho.

— Conte-me tudo, Grant.

Ele se acomoda no sofá branco ao lado da poltrona dela e começa com a artilharia pesada.

— Sou viciado em trabalho. Trabalho oitenta horas por semana. Casos horríveis. Meus preferidos são os assassinatos, adoro um bom assassinato...

Dolly ergue uma mão, com uma leve ruga na testa. Lança um olhar para mim.

— Ele é advogado criminalista — intervenho.

Ela ergue as sobrancelhas, divertida.

— Advogado criminalista ou advogado *criminoso*?

Grant prossegue sem perder o ritmo.

— Quero encontrar um amor, mas não tenho tempo para relacionamentos...

Dolly boceja delicadamente, e Grant acelera o discurso.

— Não namoro há cinco anos — diz. — Não, seis. As mulheres se interessam — afirma, tentando captar o interesse dela. — Se interessam muito. Quer dizer... — Aqui, Grant faz um gesto indicando toda a opulência minimalista ao nosso redor. Só a pobreza extrema e a riqueza extrema podem produzir esse nível de austeridade espartana. — Eu poderia ter muitas mulheres. *Muitas* mulheres se interessam por mim. — Franze a testa para Dolly, que examina as unhas, desinteressada.

— Deve ser difícil ver seu mordomo ter uma vida amorosa mais vibrante que a sua — diz Dolly, manipulando Grant com habilidade para conseguir informações sobre mim.

— O Jake? — Ele resmunga e me lança um olhar incrédulo. — O Jake não tem um... alguém especial. — Grant franze a testa, como se talvez fosse a primeira vez que se perguntasse para que lado eu inclino. Nunca recebi visitas, nunca fui a um encontro durante todo o tempo em que ele me conhece. Sou apenas uma parte da mobília na vida dele. Um robô. Poderia ser um eunuco, até onde ele sabe.

— Hummm. Talvez não tenha alguém especial, mas quando ele tem um *encontro*...

Grant ri da imagem absurda. Um letreiro de néon gigante escrito "Perdedor" pisca e zune sobre minha cabeça, e Dolly me observa com uma expressão satisfeita. Ela deixa o sapato pender da ponta dos dedos dos pés, e tanto Grant quanto eu olhamos.

Ele tenta desesperadamente reconquistar o interesse de Dolly. Quer que as coisas voltem aos eixos.

— Eu... eu não gosto de sexo — tenta. — Nem um pouco. Uma conexão sexual me parece vulgar, mas é isso que todas essas mulheres querem. Sexo. Sexo-sexo-sexo. O que eu quero é uma conexão de *mente* e *alma*. Quero uma alma gêmea, quero ser a pessoa *especial* de alguém e quero que alguém seja minha pessoa especial. — O que ele quer é soar poético e romântico, mas nada desperta o interesse de Dolly. Ele franze a testa diante da apatia dela, depois morde o anel, puxa e lança sua granada. — Então gasto cerca de cem mil dólares por ano comprando bonecas de silicone.

Ele espera a explosão, mas Dolly, é claro, nem pisca. Ela descruza as pernas e se senta ereta, e Grant finalmente fica feliz: ela está interessada.

— Você faz isso porque quer estar no controle? — pergunta Dolly, com um entusiasmo mal disfarçado. — Quer que elas fiquem aqui no seu apartamento e nunca saiam? Quer escolher o nome delas, as roupas?

Grant pisca.

— Não.

— Você gosta do fato de elas não terem personalidade, opinião, família e amigos?

Grant franze a testa.

— Não.

Dolly murcha imperceptivelmente.

— Então qual é a graça das bonecas?

Grant pisca de novo.

— Eu me sinto menos sozinho com uma por perto.

— Por quê?

— Porque... me sinto compreendido. Não que eu precise disso, mas quero, pelo menos, não ser *mal compreendido*.

Dolly fica surpresa, mas logo seu rosto assume uma expressão fria e profissional. Ela gira o vinho na taça, pensativa.

— Então onde está o problema, Grant?

Ele a encara em silêncio.

— O quê?

— Você me disse que não consegue satisfazer suas necessidades com mulheres reais, vivas, e que encontrou uma solução alternativa. Onde está o problema?

Grant não tem resposta.

— Aqui vai minha opinião profissional: você não precisa consertar nada. Encontrou uma forma de ser feliz sem fazer ninguém infeliz. Sabe como isso é raro?

— Mas...

Dolly balança a cabeça.

— Conectar-se com outro ser humano é difícil. Talvez outras pessoas façam parecer fácil, mas alguns de nós... alguns de nós são como aqueles gatos monteses ameaçados de extinção, que precisam viver espalhados por vastas extensões de terra para sobreviver, e só encontram outro da própria espécie de maneira rara e passageira.

Dolly lança um olhar para mim, os olhos brilhando como os de um predador de montanha esquálido, e talvez ela não enxergue um enorme letreiro piscando acima da minha cabeça. Talvez veja um companheiro espreitando à distância, tão faminto e carente de quanto ela.

— Acho que um dia você vai encontrá-la, Grant. Todos nós acabamos encontrando. — Ela se levanta e caminha até mim, sustentando meu olhar, e eu me sinto aquecido.

Todos nós acabamos encontrando. Chupa essa, Grant.

— Obrigada pelo vinho, mas eu e o Jake temos que ir agora.

— O quê? Pra onde?

— Temos que entregar alguns presentes de Natal — digo, e Dolores sorri para mim. — É uma campanha de doação no hospital infantil.

— Ah. — Grant franze a testa.

Pego os sacos de presentes embrulhados junto à porta, e Dolores veste seu sobretudo preto e sai da vida de Grant para sempre, enquanto ele fica parado, olhando para ela, com o coração arrancado do peito.

Não vamos para o hospital infantil. Deixamos um pé na porta de um consultório de podologia. Uma mão na Associação de Jovens Cristãos. Dolores segura o celular diante de si e grita as direções para mim. Paro o carro, e ela salta descalça, corre para depositar um presente e volta correndo, repetidas vezes. Quase uma da manhã, ela manda virar à esquerda, depois à esquerda de novo, depois à direita, e paramos diante de um prédio pequeno e sem graça, que surge do chão em meio a fileiras de outros prédios igualmente pequenos e sem graça.

— Quem mora aqui?

— Eu — ela diz.

Eu nunca teria imaginado isso, mas também não sei o que teria imaginado para ela. Eu a observo, e seus olhos brilham na luz fraca do interior do carro. Ela abraça o último pacote de Natal: a cabeça.

— Você sabe como proporcionar uma noite inesquecível para uma garota. Que tiro foi esse. — Ela faz um gesto de tiro. — Durma bem naquela sua cama fria que parece de hospital. Foi feita pra lembrar o conforto do manicômio criminal?

— Sim. E você? Dorme num caixão ou se pendura pelos pés no varão do armário?

Ela balança a cabeça.

— Normalmente, só teço uma teia no canto.

O cabelo dela ainda está preso em um coque no alto da cabeça, e posso admirar o formato do seu crânio, a delicadeza do pescoço. Ela se inclina para calçar os sapatos roubados, e de lado consigo ver as vértebras de sua coluna fazendo tenda sob a pele macia onde o pescoço encontra os ombros. Seus ossinhos do antebraço, suas mãos delicadas, seus tornozelos articulados, o arco expressivo do pé. O esqueleto deve ser muito bonito.

E, como lê mentes, ela diz:

— Você está me olhando como se imaginasse limpar a carne dos meus ossos.

E então, claro, eu me aproximo, e acho que não estou imaginando quando a vejo se aproximar também...

— Fico feliz que tenha pedido ajuda esta noite — ela diz, e posso quase sentir sua respiração no meu rosto. — Não é fácil pra nós que trabalhamos nessa área. Hoje em dia, é quase impossível permanecer no ramo tempo suficiente pra alcançar o status de em série, com todas essas câmeras de vigilância, torres de celular, bancos de dados de DNA...

— Só mais um emprego sendo destruído pela tecnologia.

Ela sorri para mim, um sorriso de verdade.

— Se algum dia *você* precisar de ajuda pra se livrar de um corpo... — digo a ela. O sorriso desaparece, e ela me encara com muita seriedade, mas não parece desapontada comigo. — Boa noite, Dolores.

— Dodi — ela sussurra.

— O quê?

Ela sustenta meu olhar e hesita por um momento.

— Faz muito tempo que ninguém me chama assim.

— Dodi.

Ela inclina a cabeça, como se pesasse o som em seus ouvidos, e seus olhos descem para a minha boca. Só que há um discreto nó em meu peito desde que ela psicanalisou o Grant.

— O que você achou do Grant?

Dodi suspira, indulgente.

— Definitivamente ele não é um assassino em série. — Ela me olha como se parecesse dizer: "Ele não faz parte do nosso clubinho, né?" — Você pareceu gostar dele.

Dodi ergue uma sobrancelha, divertida.

— Ele não é esquisito o bastante pra mim. — Ela olha para a minha boca de novo e, desta vez, seus dedos vão parar na lateral do meu rosto. Sinto a pele formigar onde ela toca.

— Sabe, passei a noite inteira esperando você dar o golpe final — ela sussurra. — Mas sei por que não fez isso.

— Por quê?

— Você não faz ideia de como acabar comigo ou do que fazer com o meu corpo.

Está toda satisfeita com sua piadinha.

— Eu sei muito bem o que fazer com ele — digo. — Tenho meu próprio *modus operandi* muito particular.

Não tenho, nem de longe.

— Sobe e me mostra?

— Sou alérgico a gatos.

Seus lábios se curvam.

— Minha vizinha está cuidando dela. Ela não tem gato. E também não posso deixá-la sozinha quando saio. Ela sobe nas cortinas. Deixa bolas de pelo nos meus sapatos. É todo um problema. Sobe, Jake.

Ela se inclina para perto, e agora *sei* que vamos nos beijar... mas sou um idiota que ainda quer uma garantia. Um tipo diferente de garantia desta vez. Ela percebe a mudança no meu rosto, porque para a um centímetro de distância.

Descolo a língua do céu da boca.

— É só que... deve ser difícil ser uma Viúva Negra. Partir o coração no trabalho todo dia. E se você se apaixonar?

Ela se afasta, irritada.

— Não fique se achando. Eu não me apego às minhas vítimas. — Franze a testa para mim, como se me visse pela primeira vez. — Esquece que eu o convidei. De qualquer forma, não reabasteci o estoque de soda cáustica desde meu último encontro.

Ela luta com a ridícula maçaneta da porta, e, antes que eu possa detê-la, já escorregou para a noite. Fico ali, observando Dolores — *Dodi* — caminhar apressadamente até o prédio, o sobretudo esvoaçando como uma capa, a cabeça de Verity aninhada em seus braços. Ela não olha para trás.

Fico ali um tempo, o carro silencioso, a rua silenciosa, enquanto o interior vai ficando cada vez mais frio.

Havia algo na imobilidade da noite, na proximidade do rosto dela ao meu, na estranheza da nossa conversa. Senti que tínhamos desbloqueado um momento em que eu poderia dizer qualquer coisa. Quase contei a ela sobre os pensamentos que surgem durante a noite. Quase perguntei a ela sobre sua oferta de se livrar de mim no terraço. Ela é mesmo capaz de algo assim?

Mas não perguntei. Porque tem *alguma coisa* ali.

Tenho observado, medido, e agora encalhamos em algo escondido debaixo da superfície. Os corpos que ela enterrou. Algo que ainda não entendo, um segredo que ela ainda não confia a mim.

E pensar que eu quase contei o *meu* segredo para ela.

13

Paciência

DODI

Ele é a primeira pessoa para quem contei meu segredo... de muitas formas.

Deixo meus sapatos novos ao lado da porta e a bolsa com meu vestido vermelho desliza até o chão. O apartamento está silencioso como um túmulo. *Aqui jaz a vida sexual de Dolores dela Cruz*. Na sala escura, a TV projeta uma luz trêmula, como as chamas votivas de um altar funerário. Não tinha percebido que havia deixado a televisão ligada. Desligo, mas não estou pronta para dormir. Eu me sinto agitada e inquieta. Eu me sinto viva.

Poderia ir até o fim do corredor e bater na porta da minha vizinha. Tomar um drinque. Contar tudo sobre o encontro com o homem errado. Acho que ela quer ser minha amiga. Calculo que me restam cerca de dois meses da boa vontade dela antes que se ofenda de vez e desista de tentar. Minhas estimativas são bastante precisas depois de tantos anos vendo o mesmo cenário se repetir, mas é arriscado demais ter amigos. Eles seguram suas canecas de café nas mãos, em cozinhas quentes e limpas, inclinam a cabeça para o lado, os olhos dilatados de preocupação, e perguntam: "como ele... morreu?" e "o que você faz da vida?" e "Dolores dela Cruz... esse nome me é familiar". Não suporto nada disso. Tudo foi enterrado de maneira tão cuidadosa.

Jogo a cabeça da Verity dentro do freezer. No banheiro, alcanço a escova de dentes no armário de remédios, e o dorso da minha mão esbarra na lâmina de barbear masculina que está lá, intocada, desde aquela última manhã em que dei um beijo de despedida em sua bochecha lisa, e ele saiu dançando para encontrar o seu destino.

Sinto o fantasma da barba de Jake pinicar a ponta dos meus dedos e fecho o armário.

Parece que estou diferente no espelho do banheiro. Meu cabelo está preso no alto da cabeça, a maquiagem borrada, os lábios manchados de vinho. Minhas bochechas estão coradas de rosa, e meus olhos brilham de um jeito estranho. Foi isso que ele viu quando quase me beijou agora há pouco. Eu queria tê-lo beijado. Queria que ele estivesse aqui agora, por cima de mim. Estou tão feliz que não esteja. Ainda não decidi se vou deixá-lo ficar de óculos.

Mas ele estava de óculos esta noite. Tiro o vestido colado e o deixo amontoado no chão, como uma casca de batata murcha, e encaro meu reflexo no espelho, a sobriedade e a autocrítica começando a se insinuar. Ele estava completamente sóbrio esta noite, enquanto eu desfilava embriagada de calcinha e sutiã, com a confiança alimentada pelo milagre do vinho. Toco minha barriga, uma parte do meu corpo que não amo há muito tempo. *Ele* deve ser quantos anos mais novo do que eu?

Ele... me rejeitou. No carro, agora há pouco, não foi? Ele não quis subir.

Não vou conseguir encará-lo amanhã.

E, ainda assim, ele sabe meu segredo, sabe quem eu sou, e *não desvia* o olhar.

Uma distração. Paciência ou jogo da cobrinha. Talvez um bom Yukon. Paciência é o jogo perfeito para alguém como eu. Conheço uma dezena de maneiras de jogar sozinha, uma dezena de jeitos diferentes de chegar à mesma conclusão: copas com copas, espadas com espadas, paus com paus e ouros com ouros. Cada um com seu próprio tipo. Os macios, sensíveis e sangrentos de um lado, as pedras frias e insensíveis do outro. As armas do crime aqui, e as pás para enterrar as provas ali. Sento de pernas cruzadas no meio da cama e pego os baralhos da mesa de cabeceira, aqueles com furos no meio, a sorte arrancada deles, e começo a embaralhar. *Cassino. Tac.* Sempre tive talento para embaralhar. Mas, enquanto distribuo as cartas, elas formam, sozinhas, um padrão familiar. Estou dando as cartas de blackjack para alguém que não está aqui, de novo.

Fico pensando se Jake sabe jogar. Ele tem a expressão mais impassível que já vi. Aquele olhar inexpressivo perfeito agora há pouco, enquanto me provocava no carro sobre alergias. O jeito como sempre falou da minha gata foi uma espécie de reconhecimento codificado, atrevido, mas respeitoso à sua maneira. Ele sabe como é minha vida fora desse mundo de fantasia que criamos para conter nossos flertes e entende que precisamos manter realidade e fantasia separadas. Isto não é a vida real.

Foi por isso que ele não subiu.

Aliso uma ruga na colcha da cama e descubro uma cabeça decapitada com cabelo escuro e óculos. Ela adotou o boneco Ken desmembrado como um dos brinquedos dela, e as partes aparecem nos lugares mais estranhos. Levo a cabeça pelo corredor até a sala. Lá, tem uma caixinha de música na prateleira. Aninho a cabeça entre os membros separados, e a música toca suavemente no escuro por um instante, antes de eu fechar a tampa.

14

Fugir para Las Vegas

JAKE

Na manhã seguinte, as portas do elevador se abrem e encontro Dolores subindo do porão: casaco preto, bolsa preta, vestido preto, batom *rosa*. Claro, venenoso, da cor da salmonela em um peito de frango. E saltos nude com solas vermelhas.

— Dolores — digo.

Ela se encosta em uma parede e olha para o celular, me ignorando. Está com olheiras. Eu também estou, mas, no meu caso, isso é normal.

— Dodi.

Desta vez, quando falo, um músculo em sua mandíbula se contrai, e percebo meu erro. Não estamos sozinhos, mas nosso companheiro está absorto no próprio celular e não se importaria menos com o vigarista circulando entre nós. O elevador desliza até parar no segundo andar, e Pat-do-Projetos e Sara-do-Financeiro trazem sua conversa para dentro conosco.

— ... e o departamento do Doug tem um monte de verba de treinamento dando sopa. Se ele não gastar tudo, vão alocar menos pra gente no ano que vem...

— Fala pra ele!

— Eu tô *no pé* dele, mas ele tá me evitando...

— Ele também tá me evitando!

— Então eu falei pro Doug mandar alguém pra uma conferência...

— Opa, eu posso ir. Eu aceitaria uma viagem de graça pra qualquer lugar onde tivesse uma conferência...

Dodi lança um olhar fulminante para as duas. Elas são demais. Ação demais, barulho demais, entusiasmo demais para uma manhã de quarta-feira. Quero colocá-las na minha lista. O elevador geme em solidariedade e cospe os três no próximo andar, deixando-nos sozinhos. Quando as portas se fecham, dou um passo em direção à Dodi.

— Você está cheirando a lencinhos desinfetantes e desespero. — Ela suspira. — O que você quer?

Um passo para a frente e dois para trás com ela. Volto a ser o ratinho de escritório humilde. O que eu quero é que ela me olhe como olhou ontem à noite, quando a apresentei à Verity. É óbvio que preciso trazer outro presente. Algo melhor do que uma Barbie mutilada. Algo melhor do que uma boneca sexual hiper-realista pronta para ser esquartejada.

— O que *você* quer? — pergunto.

— Quero uma porra de uma aspirina e um café pra ressaca. Quero... — Ela aperta os lábios e fecha os olhos. — Quero sair daqui, caralho.

— Pra onde você iria?

Ela me lança um olhar exasperado.

— Pra qualquer lugar.

— Qualquer lugar? Antártica? Guantánamo?

Ela faz um ruído irritado, como quem jura nunca mais participar dessa conversa, mas então diz, me surpreendendo.

— Quero ir pra Las Vegas.

Quase não sei o que responder. Luzes brilhantes, barulho, festa. Pessoas de férias, pessoas que vão lá para apostar, para ver o espetáculo, para fazer parte do espetáculo. Executivos em viagens de trabalho afrouxando gravatas e carteiras depois de um longo dia trancados em salas de conferência geladas, fazendo papel de idiota em cassinos e boates. Despedidas de solteiro e de solteira, shows de mágica, circos. Minha pele se arrepia só de pensar.

— Las Vegas não é o vestíbulo do inferno?

Ela franze a testa e desvia o olhar.

— Às vezes, quando olho nos seus olhos, vejo um vislumbre do vestíbulo do inferno, Jake.

— Las Vegas está cheia de gente se divertindo.

— Eu sei. Eu *odiaria*. — Ela diz isso como se saboreasse a ideia de odiar.

— Por que Las Vegas?

Ela guarda o celular no bolso do casaco e se vira de frente para mim, olhando com um olhar estranho, preguiçoso.

— *Tenho um trabalho pra fazer. Preciso me livrar de um corpo.*

— Então seu rosto se contorce num sorriso insano.

Levo um segundo para perceber que ela está me imitando. Ela não precisa me contar o verdadeiro motivo, porque uma lembrança me vem à mente: Aya e Bex vão organizar o evento *Assassinos em Ação* em Las Vegas.

As portas se abrem no décimo andar, e a cabeça quadrada e rosada de presunto de Doug aparece, espiando, desconfiada, pelo vão. Quando se certifica de que somos só nós dois, ele pula para dentro e esmaga o botão de fechar a porta com um polegar gordo, mantendo os olhos nervosos no corredor.

— Jack! Haha. Dolly. Estamos subindo ou descendo?

— Subindo.

— Haha. Beleza.

Ele estala os dedos como um lunático nervoso, depois limpa a testa suada com a manga da camisa. Ele parece uma fatia de queijo americano esquecida no balcão — sempre com aquela camada gordurosa e úmida acumulando na pele.

— Do que vocês estão falando?

— Viagem.

— Ah — diz Doug, intimidado. A ideia de viagem dele é um resort seguro numa praia ou um cruzeiro pelo Caribe, no máximo indo do bufê para o banheiro.

Troco um olhar com Dodi.

— No inverno aqui é tão sombrio e cinzento, mas a tortura da água na baía de Guantánamo nesta época do ano...

Os olhos de Doug se iluminam.

— Isso parece ótimo! Eu adoro férias na praia... esqui aquático, qualquer coisa na água não deve ser nenhuma tortura, pode contar comigo, hein?

— Tenho certeza de que o Jack ficaria feliz em praticar isso com você a qualquer momento — diz Dodi. Sempre tão rápida no raciocínio, minha querida Dodi. Mas não tão rápida quanto eu. Seu próximo presente já vinha se formando na minha cabeça esse tempo todo. Sorrio agradavelmente para ela, e ela franze a testa. Nada de bom jamais saiu de um dos meus sorrisos.

— Na verdade, a próxima viagem da Dolly é a trabalho — digo. Dodi faz um som discreto e o sorriso de Doug vacila.

— Ah? — Eu o vejo vasculhar os bolsos cheios de tralhas e farelos do cérebro. *Recibo de posto de gasolina, embalagem de doce, cotonete usado... aqui está, lista de eventos que preciso saber. Não, não há nada aqui...*

Ele tosse.

— A conferência em Las Vegas esta semana? Precisamos gastar toda aquela verba de treinamento que sobrou e... bom, você sabe como é. — Eu lhe dou o sorriso puxa-saco número vinte e três, o favorito dele. Olho para Dodi, e sua expressão é de absoluta surpresa.

— Ah. — Pedaços de chiclete seco chacoalham na cabeça de Doug. — *Ah.*

— Precisamos fazer as reservas hoje — digo.

— Certo. Certo! Isso. — Ele bate uma mão úmida no meu ombro. — Fale com a Sara. — Aperta meu ombro e tenta fazer uma expressão paternal, mas não consegue pensar em mais nada para dizer. As portas se abrem para novos passageiros e, sem olhar em que andar estamos, Doug dispara para fora.

— Que porra foi essa?! — sibila Dodi.

Os recém-chegados estão mergulhados em suas próprias fofocas de escritório e não prestam atenção em nós. Dodi me encara com olhos arregalados. Aquele olhar voltou, o mesmo que ela exibia quando estava sentada no banheiro de Grant, percebendo que eu havia montado um encontro de assassinos em série para ela. Incredulidade e alguma outra emoção gigante, reprimida. Algumas pessoas são um livro aberto; Dodi mantém as emoções escondidas sob as tábuas do chão, debaixo da cama.

— Então. Las Vegas — sussurro para ela.

— Que conferência é essa?

— Qualquer conferência. Las Vegas é um destino de conferências.

Saímos no nosso andar, e Dodi sai marchando pelo corredor em direção ao anexo, os saltos repicando como estalinhos enquanto ela anda. Alargo o passo para acompanhá-la.

— Não posso ir pra Las Vegas esta semana.

Ela não diz que não pode ir para Las Vegas. Só que não pode ir esta semana.

— Por que não?

— Está muito em cima da hora.

— É o *timing* perfeito. Uma maneira de sair da cola da Cynthia.

Dodi balança a cabeça e alisa uma sobrancelha, irritada.

Começo a contar nos dedos:

— Participar de algum seminário de treinamento fajuto. Voltar e contar pro Doug sobre as novas "estratégias" que você vai "implementar". Criar um projeto inútil. Se infiltrar no círculo dele. Conseguir sua avaliação de desempenho e o aumento. Entrar no modo neutro com a Cynthia.

O estalar dos saltos dela perde o compasso por um instante enquanto ela processa todas as informações. É a única indicação de que eu disse algo que lhe interessa.

— Contrata uma babá pra gata, arruma as malas e vem comigo pra Vegas.

Ela gira diante da porta do escritório, põe a mão na maçaneta, e me encara.

— Eu teria que ir com *você*?

— Sim.

Há um leve rubor nas bochechas dela.

— Não sei. Meu médico me alertou sobre o risco de pegar verminose durante viagens.

Eu venci. Eu sei que venci. Dou um passo em direção a ela.

— Você pode até se divertir.

Os lábios dela se contraem e as narinas se dilatam.

— Eu pareço o tipo de pessoa que se diverte?

— Eu vou fazer você sentir coisas que nunca sentiu antes.

Ela levanta o queixo, inclina a cabeça e chega um pouco mais perto de mim. Registro todos os gestos. Dou mais um passo até estar praticamente no vão da porta com ela.

— Tenho certeza de que a maioria das mulheres já se sentiu enjoada e cheia de arrependimento antes — ela diz.

Eu venci, ela é minha, ela vai vir. Tudo em mim está vibrando. Dodi, só para mim, por alguns dias.

As bochechas coradas, os olhos brilhantes. Eu me inclino só mais um pouquinho, e ela também, então fecha a porta do escritório na minha cara.

Enquanto Dodi me dá um gelo pelo resto do dia, martelando furiosamente o teclado do laptop, peço para Sara comprar as passagens aéreas, faço as reservas do hotel e, num momento privado na minha mesa, compro dois ingressos para o evento *Assassinos em Ação: Mortos em Las Vegas*.

Presentes são superestimados. O truque é proporcionar experiências.

15

Kill Bill

JAKE

Pego um dos carros de Grant emprestado para chegar ao aeroporto. Escolho uma chave aleatoriamente e começo a apertar o botão no estacionamento do subsolo até encontrar o carro correspondente: vermelho e com cara de rápido. Dodi vai gostar. Há um acidente a caminho do prédio dela e, depois de avançar apenas dois quarteirões em quinze minutos, viro numa rua lateral e sigo por uma rua residencial, pego à esquerda e depois sigo a paralela à via principal.

Mas então, no piloto automático, viro à direita, passo pelo parque dos cachorros, pela pista de corrida que leva à praia, por uma escola particular esquisita e artística para os filhos dos ricos... e lá está: a rua *dele*.

Tenho tempo de sobra. Posso me permitir esse desvio. Sigo devagar pela rua silenciosa, cheia de castanheiras enormes e calçadas estreitas de concreto, deformadas pelas raízes. No verão, essa rua vira um túnel, o céu bloqueado pelos galhos, a luz do sol se infiltrando através das folhas como ouro esverdeado. As casas são grandes e antigas, de tijolo e telhado de cedro, com varandas profundas e roseiras enormes. A casa em questão é mais malcuidada que as outras. Já faz anos que ele não consegue subir numa escada para arrancar a hera da varanda.

Volto aqui de vez em quando, só para ver. Só para ter certeza de que ele ainda...

Freio bruscamente a tempo de não atropelar o idoso que saiu de trás de um SUV com vidros escuros.

— Puta merda! — grito para ninguém. O velho se vira, e é ele, claro. Curvado, cabelos brancos, rosto cheio de sulcos. Teria um ar de avô, se sorrisse, mas acho que ele não tem muitos motivos para isso hoje em dia.

— O que você está fazendo aqui fora? — pergunto da janela, com o vidro abaixado. Ele não usa roupas apropriadas para o clima, está com um roupão fino e chinelos. Só pode ser brincadeira.

— Meu lixo está fugindo — ele diz, carrancudo, apontando para uma lixeira que rola rua abaixo, empurrada por um vento forte. Paro o carro e corro atrás da lixeira. Quando volto com ela, ele me encara, confuso, como se me reconhecesse, mas sem saber de onde. É desconcertante. Desvio o rosto.

— Onde você quer que eu coloque?

Ele abre o portão alto ao lado da casa, faz sinal para eu entrar, e deixo a lixeira ao lado do recipiente de reciclagem.

— Eu preciso ir — murmuro, ainda sem encará-lo. O portão se fechou, então tento empurrá-lo, mas ele não se mexe. Seguro a maçaneta e a sacudo. Então vejo o cadeado.

Eu me viro, e o velho me encara com uma expressão grave. Deve ter uns oitenta anos, frágil e trêmulo. Uma perna está inchada, e as costas, curvadas, mas de algum jeito, no rosto dele, ainda vejo o homem que foi um dia. Briguento, ousado. Sem medo de enfrentar ninguém. Uma das mãos está cerrada em punho, ao lado do corpo.

— O que você quer? — ele pergunta.

— O que *eu* quero? Quero que você abra este portão.

Ele balança a cabeça.

— Reconheci você do vídeo.

Não faz sentido. Será que está com demência? Mas então ele levanta uma das mãos enrugadas e aponta, e sigo o olhar até uma câmera na casa do vizinho.

Isso é novo.

— Eles me mostraram — ele diz, falando devagar, como se tivesse todo o tempo do mundo, embora, na idade dele, não tenha. — Vasculhando minha caixa de correio, rondando meu quintal, espiando pelas janelas. Três vezes nas últimas duas semanas, desde que instalaram as câmeras. Me deram até o número da sua placa.

— Não faço ideia do que você está falando.

— Ladrões e assassinos fazem reconhecimento antes de atacar. Qual dos dois você é? Posso muito bem facilitar as coisas pra você, então. Aqui está minha casa, com as portas destrancadas. E aqui estou eu, um velho solitário e esclerosado, sem família. Se quiser me matar, é um bom momento. Vai levar pelo menos uma semana até alguém notar que não coloquei o lixo reciclado pra fora.

— Você está confuso. Não tenho tempo pra isso. — Olho para a altura da cerca. Tem pelo menos uns dois metros, mas se eu subir no canteiro de flores cheio de mato, talvez consiga pular.

— Os vizinhos têm um pastor-alemão — ele diz, como se lesse meus pensamentos. — Não é uma boa ideia.

Sem pular a cerca, então. Nós nos encaramos por um momento, depois ele sobe os degraus da porta lateral e aponta com a bengala para dentro da casa.

— Seria melhor me fazer uma visita de verdade.

Um bom assassino em série tem a decência de manter as coisas em um nível pessoal, e aí está um convite que não posso recusar. Eu o sigo para o interior da casa, a que tanto me intrigava. Uma televisão está ligada em algum lugar fora de vista, e uma gargalhada gravada explode quando a porta se fecha atrás de mim. Por dentro, a casa parece diferente, com a bagunça e a poeira mais visíveis. Não é limpa de verdade há muito tempo.

Seguimos por um corredor torto e estreito, com tábuas de madeira que rangem sob os nossos pés, passamos por uma porta aberta e... lá está a televisão, numa sala que parece um ninho. Há um travesseiro e um cobertor sobre a poltrona, uma pilha de livros antigos sobre uma mesinha lateral, canecas e pratos sujos, um aquecedor elétrico no lugar de um aquecimento central decente. Nada de visitas para checar o bem-estar do morador por aqui.

Nos fundos da casa fica a cozinha, e lá ele se acomoda numa cadeira junto à mesa, onde há uma cafeteira nova recém-tirada da caixa da Amazon. Ele cutuca o aparelho com a ponta da bengala, com desprezo.

— Os vizinhos compraram isso pra mim. Eu te ofereceria um café antes de você me matar, mas não sei usar essa coisa. — A cafeteira velha e surrada no balcão é dos anos 90 e tem só um botão. Essa nova tem tantos botões quanto uma calculadora científica.

Ao lado dela, um jogo de palavras cruzadas preenchido repousa na mesa. Um pratinho com migalhas de torrada está ali perto. Aposto que ele usa esse mesmo prato todos os dias. Dou uma olhada geral, tentando absorver um pouco mais desse momento enquanto posso: frascos de remédio espalhados perto da pia, um par de óculos de leitura quebrados no balcão, colados com fita adesiva. Será que alguém o ajuda no dia a dia?

— Fique à vontade, garoto. É só tralha. Vai tudo pro lixo quando eu bater as botas. Vão raspar meus restos do chão e depois jogar tudo numa caçamba. Não tenho família, então a casa vai acabar com a prefeitura. Em alguns anos, os vizinhos nem vão lembrar o nome do velho curvado que morava sozinho e esquecia de fechar o roupão quando o carteiro aparecia.

Ele se vira um pouco na cadeira e aponta para a porta.

— Minha TV tem vinte anos, e eu não vejo o controle remoto há dois. Ela ficou ligada esse tempo todo. As joias e os talheres da Mary foram para as sobrinhas dela nos Estados Unidos, então não tem nada disso aqui. Tem uns cem dólares em dinheiro naquela gaveta. Não lembro se tem algo que preste lá em cima... não ponho os pés no andar de cima desde a cirurgia no joelho. Então, quando estiver pronto, um único golpe certeiro na parte de trás da cabeça, bem aqui. Vê se capricha, por favor. Daí pode se divertir revirando as minhas coisas.

Não são as coisas *dele* que quero revirar. Provavelmente há caixas empurradas para dentro de um antigo quarto de criança, lá em cima. Meus olhos caem num recorte de jornal amarelado preso à geladeira. A foto de um homem bonito, sorridente, de cabelos escuros e óculos, e dois parágrafos de texto abaixo: um obituário. Ele percebe que estou olhando.

— Aquele é meu filho. Morreu só um pouco mais velho do que você é agora. Um golpe na nuca teria sido melhor do que o que aconteceu com ele. Uma doença neurológica degenerativa. Foi horrível quando começou. Dormência. — Ele levanta uma das mãos enrugadas e sacode os dedos para me mostrar onde a dormência começou. — E aí, pouco a pouco ele foi perdendo as funções, até não conseguir mais se mexer. Uma forma terrível de morrer. Vocês, jovens, acham que são indestrutíveis, mas não são, a não ser que cheguem à minha idade, e aí percebem que são um daqueles poucos azarados. É hereditária. Ainda bem que ele nunca teve filhos.

Nesse exato momento, o público do seriado de comédia na televisão cai na gargalhada na sala ao lado.

Ele vira a cabeça como um velho abutre e encara a foto.

— Queria ter mais fotos. Nunca imaginei que viveria tanto a ponto de esquecer a cor dos olhos do meu filho, mas foi o que aconteceu.

— Que horas você toma o café?

Pressiono os botões até programar a cafeteira para o horário que ele diz. Quando ergo os olhos, ele está me olhando com uma expressão divertida.

— Troque o pó quando terminar, e estará pronta no dia seguinte pra você — digo.

— Você é um assassino muito prestativo. — Ele aperta os olhos e coça a orelha peluda. — Castanho-esverdeados. Eram castanho-esverdeados.

Aplausos explodem da TV na sala ao lado.

— O que você veio fazer aqui de verdade? — ele pergunta.

Fiquei tempo demais. Dodi deve estar se perguntando onde estou.

— Preciso ir, Bill — digo, e ele ergue as sobrancelhas espessas quando ouve seu nome. Nunca me disse como se chamava.

Deixo a cozinha e atravesso o corredor escuro. As paredes estão cobertas de fotos de família desbotadas — muitas do rapaz de óculos, da infância até a idade adulta — e saio pela porta da frente. Abaixo o trinco e a fecho.

16

Especialista em Empurra-Papel

DODI

JAKE VAI CHEGAR A QUALQUER MOMENTO E EU NEM FIZ AS MALAS ainda. Jogo a roupa suja do cesto no sofá e abaixo o volume da TV até virar um murmúrio de companhia.

— *Ele disse que ia até o terraço fumar? Nem sabia que ele fumava. Essa foi a última vez que o vi. Bem, até encontrá-lo na calçada...*

É uma viagem de duas noites, então, matematicamente, isso significa seis calcinhas, cinco meias e uma caixa inteira de camisinhas ainda fechada, recém-saída da farmácia. Imagino um segurança abrindo minha mala bem na frente de Jake. Enterro a caixa no fundo da bagagem de mão e cubro com lingerie.

— *... de uma altura de cento e cinquenta metros, a morte teria sido imediata no impacto...*

Decido não levar pijama. Dormir não está no roteiro. Se eu precisar vestir algo na hora de deitar, vou pegar uma camisa dele emprestada e deixar uma baita marca de batom em algum lugar. Vou deixar marcas de batom em muitos lugares nesta viagem.

Ele é tão pálido. Aposto que fica todo manchado e cor-de-rosa durante o sexo.

Escolher as roupas é a parte mais difícil. Algo discreto, formal e comportado para o seminário, obviamente, mas conto com duas noites na cidade. Caminho até o quarto, puxo vestidos do cabide e os jogo na cama. Ele já viu o vermelho e o bege colado no corpo. Os outros são preto, preto, preto e mais um preto...

— *... a polícia concluiu que foi suicídio. A vítima era alvo de uma investigação interna na empresa, que acabou provando sua inocência, mas a esposa diz que o estresse...*

Mas ele gosta de me ver de preto. E preto combina com o propósito da viagem. Sóbrio. Fúnebre. Sensual. A cor dos enlutados e das dominadoras. Escolho dois.

O laptop vai ficar em casa. Entreguei meu último trabalho adiantado. Certamente posso tirar dois dias de folga. Já servi a dois senhores por tempo demais. Bom, três. Minha vizinha se dispôs a fazer o papel de babá de novo.

— *... com certeza a teoria mais idiota que já ouvi. O Empurra-Papel é uma lenda urbana.*

A mala é compacta. Grande o suficiente para enfiar um homem morto dentro... e ainda levar algumas trocas de roupa.

— *Não. Isso é absurdo. Não foi assassinato. Sabe o que encontraram lá em cima? Um aviãozinho de papel. O idiota estava no terraço testando um maldito avião de papel quando caiu. Se isso não é matar o tempo da companhia...*

Mal consigo fechar o zíper, e meus olhos caem sobre o verdadeiro motivo desta viagem, ainda em cima da mesinha de centro. *Jesus.* Abro a mala e recomeço do zero.

— *Está dizendo que as pessoas não caem e morrem em outras cidades também? Talvez esteja sugerindo que cada cidade tem um Empurra-Papel. Ou talvez o Empurra-Papel tire férias do trabalho. Ha!*

Pressiono os dedos nas têmporas. Esperei tanto para fazer esta viagem. Não sei se é melhor ou pior que o Jake esteja indo comigo.

O documentário está quase acabando. Crimes reais sempre foram minha droga preferida quando a vida fica real demais. Sento no sofá e aumento o volume. Já assisti cinquenta vezes, mas algo anda cutucando meu cérebro nos últimos dias. Observo os rostos dos homens que surgem e desaparecem, um após o outro, retratos de estúdio, fotos de família recortadas, closes de obituários, todos mortos após caírem na região central da cidade, alguns de até quinze anos atrás.

— *A polícia ainda está relutante em afirmar que há uma ligação entre essas mortes, mas é impossível aceitar que não estejam relacionadas. A única coisa que sabemos com certeza sobre o Empurra-Papel é que ele ainda está em atividade.*

A imagem muda: o pé de um arranha-céu no centro aparece, e a câmera sobe devagar, o prédio se erguendo imponente e ereto como um falo de vidro brilhante.

— Seus *idiotas* — sussurro para a TV. — Tá na cara que é uma mulher.

17

Falecido

JAKE

Aperto o interfone do apartamento de Dodi. Um estalo agudo soa, e então…

— Alô?

É o "alô" mais antipático do mundo.

Mal consigo reconhecê-la quando ela desce. Está coberta, como sempre, mas com roupas casuais. Parece estranhamente pequena de tênis e calça de moletom, o agasalho engolindo seu corpo inteiro. Joga a bolsa de viagem preta no banco de trás, algo duro que faz um *clanc* ao bater no fecho do cinto, então se encolhe na porta do carro com o celular. Repasso mentalmente todas as formas possíveis de começar uma conversa. *Outra pessoa também acha que sou um assassino em série.* Fico pensando no que ela acharia de Bill. No que vai achar dos ingressos para o *Assassinos em Ação*. Por que diabos ela aceitou ir para Las Vegas comigo. E por que diabos eu quis ir. Mas eu sei por quê. Dodi é um ponto de cor vibrante num mundo cinza. Uma substância controlada que provoca fogos de artifício num cérebro esgotado de serotonina. Vou continuar voltando para apertar a alavanca, como um rato de laboratório viciado numa gaiola de arame, até morrer de exaustão.

Ela não fala comigo durante o trajeto. Não fala comigo enquanto estaciono. Não fala comigo durante o check-in. Quase toco seu cotovelo quando passamos pela escada rolante que leva ao portão de embarque. Eu poderia levá-la até lá, mostrar a cadeira onde deixei a Katrin. Isso quebraria o encanto, e ela se viraria para mim com um sorriso, como se eu tivesse contado outra piada suja.

Ela faz questão de entrar na fila de checagem mais distante de mim, e eu observo do corredor ao lado enquanto ela se remexe e rói o polegar ao ver sua bolsa passar pelo scanner. Um agente da segurança aponta para ela e abre sua bolsa com as mãos enluvadas.

— Como assim o que é isso? Olha pra isso e me diz você — ela solta. E, surpreendentemente, o agente levanta as mãos e recua. Ela fecha a bolsa com raiva e enfia os pés de volta nos tênis. Franze a testa ao me ver olhando.

Ela é um punho fechado, enrolado em sabe-se lá o quê, e sempre foi um quebra-cabeça a ser desmontado dedo por dedo. Mas um pensamento surge lento e desconfortável: talvez ela não quisesse ir para Las Vegas *comigo*. Ela queria tanto ir que aceitou me aturar junto.

Eu a deixo e vou procurar um assento perto do portão. Tenho mais duas chamadas perdidas de Andrew. Apago as mensagens de voz sem ouvir.

Eu a perco de vista até o embarque, e ela já está sentada na janela quando chego à nossa fileira, os olhos grudados na pista. A bolsa foi forçada no espaço apertado sob o assento da frente, como se ela não suportasse se separar dela. Guardo minha bagagem de mão no compartimento superior e fecho o bagageiro com um clique seco. Ao ouvir o barulho, ela se sobressalta e me olha.

Já tive tempo de me recompor. Sou o facilitador de viagens de trabalho, portador de bonecas mutiladas. Trago valor à nossa parceria profissional.

— O que você fez com o último presente de Natal? — pergunto quando me sento ao lado dela.

— Ela precisava esfriar a cabeça.

— Perto do sorvete?

— Perto da outra cabeça decapitada.

— Você...

— Você vai falar comigo o voo inteiro?

Punho fechado. Ela coloca os fones de ouvido e olha fixamente para a janela, e continua olhando enquanto decolamos, subimos e cruzamos o entardecer. O céu lá fora vira um azul líquido, depois um breu profundo, e as luzes da cabine se apagam, e algumas luzes individuais de leitura acendem uma a uma. Nossa fileira permanece no escuro. Então percebo que Dodi está dormindo.

Observo o perfil dela. Observo seu rosto quando a cabeça pende na minha direção. Depois olho para o reflexo embaçado de nós dois na tela do assento à frente, quando ela se encosta e afunda o rosto no meu ombro. Fico imóvel como uma estátua. Consigo sentir o cheiro do cabelo dela e ouvir o som metálico e abafado de um podcast saindo dos fones. Será que isso conta como Dodi baixando a guarda?

O avião faz uma curva lenta pouco depois da meia-noite e vejo o extenso brilho de Las Vegas pela janela de Dodi. Damos voltas e mais voltas. E continuamos girando. Em círculos. Sem parar... Então uma voz áspera sai pelo alto-falante:

— Há alguns problemas em terra no LAS. Estamos aguardando instruções e agradecemos a paciência de todos.

Murmúrios discretos se transformam em suspiros e gemidos enquanto os passageiros consultam seus celulares.

— Ameaça de bomba!

— Não vamos conseguir pousar. Podemos ligar pra...

— Evacuaram o aeroporto inteiro...

Damos voltas por mais quinze minutos, então a voz retorna:

— Estamos sendo direcionados para pousar em...

Gritos irrompem, e Dodi se mexe.

— Fica a três horas de Las Vegas. Só pode ser *brincadeira* — alguém diz e bufa atrás de mim.

Quando as luzes se acendem com o início da descida, Dodi pergunta, sonolenta:

— Já chegamos?

— Não. Vamos fazer um pouso de emergência em outro aeroporto. Estamos a três horas de distância.

Ela me encara, esfrega os cantos dos olhos e olha ao redor do avião.

— É alguma espelunca que chamam de aeroporto no Fim do Mundo? Porque todo mundo aqui vai precisar alugar um carro.

Percebo que ela tem razão. O rosto dela endurece.

— Pega sua mala — ela diz, soltando o cinto.

— O quê?

Assim que o avião para, Dodi agarra sua bolsa, escorrega por cima do meu colo e dispara pelo corredor.

— Sai da frente! — ela grita.

Outros aviões também estão pousando: os carros vão ser ainda mais disputados. Dodi corre noite adentro, e eu a sigo. Arrombamos um par de portas duplas, viramos uma esquina, avançamos pelo saguão de bagagens, e ali, reluzindo como um farol sujo, está uma placa da Avis. Outras pessoas também estão indo para lá. Os olhos do atendente, ainda meio grogue, se arregalam ao ver que nos aproximamos em disparada.

Dodi se joga contra o balcão como se roubasse base num jogo de beisebol.

Quando conseguimos alugar um carro, a fila já tem cinquenta pessoas. Dodi lidera o caminho até o estacionamento. Ela está fervendo. Vibrando. Toda a energia diabólica que trouxe para esta viagem agora extravasa em rajadas.

— É um Nissan Rogue prateado — ela rosna para mim. — Qual o número da placa?

Consulto a papelada.

— PM...

— B?

— Não, P...

— Use código fonético!

— Pterodátilo, mnemônico, três...

— Pelo amor de Deus! — Ela se vira para mim, ofegante, o cabelo grudado na testa suada. — Três é "T" ou o número?

Ela está um caco. Uma criaturinha selvagem com a pata presa numa armadilha de urso. Estendo a mão e pego sua bolsa pesada. O corpo inteiro dela desaba de alívio. Ela encara minha mão, que segura a alça da bolsa.

— Aperta o botão da chave.

Ela olha para o chaveiro como se fosse um objeto alienígena. Aperta um botão e o carro ao nosso lado apita.

— Você precisa comer — digo. — Está cansada demais pra dirigir. Eu também estou. Podemos dormir em algum motel.

Ela se vira para mim, os olhos brilhando perigosamente na noite. Já faz meia hora que pousamos, mas ao ver a expressão assassina no rosto dela, sinto de novo aquela sensação de parque de diversões. Queda livre, queda livre, sem saber onde está o chão.

— Eu preciso chegar a Las Vegas — ela diz entredentes.

É aqui que uma pessoa normal, chata, perguntaria por quê.

Mas eu não sou normal. Sou o assassino em série calmo que não ergue as sobrancelhas diante dos surtos da vítima. O estranho cheio de segredos que não faz perguntas. O vigarista que consegue passagens de avião e executa planos sinistros. O garoto que estende a mão para segurar a de uma garota e fica encantado ao encontrar um punho fechado. *É por isso* que Dodi está me deixando acompanhá-la.

— Por favor — ela sussurra.

Não. Ela não está só me deixando ir junto.

Ela precisava que eu a levasse para Las Vegas. Ela não conseguiria fazer isso sozinha.

Meu cansaço evapora. Guardo a bolsa dela no porta-malas enquanto ela arranca o moletom suado e o joga no banco de trás. Pego as chaves das mãos dela e disparamos pela estrada escura, o motor uivando, a música no máximo. Ela abaixa os vidros, o vento ataca seu cabelo, e ela grita as letras de Johnny Cash e Elvis com toda a força dos pulmões. Eu me sinto leve. Eu me sinto livre. Como um balão de hélio que escapa, enquanto minha vida real vira a criança que esperneia no chão e vai encolhendo no horizonte, enquanto eu subo, subo, subo...

Eu me sinto *vivo*. Sempre volto à vida perto de Dolores. Grant, Andrew, meu emprego temporário — *e todo o resto* — são problemas de outra pessoa.

— *I will make you hurt...* — ela canta.

Piso fundo e deslizo para a faixa da esquerda. Acelero ainda mais e ultrapasso dois carros pela direita. Precisamos ultrapassar todo mundo. Nosso propósito é grande demais para permitir alguém à nossa frente. Estamos indo para *Las Vegas*.

O céu está escuro, estrelado, imenso. Dirigimos por horas, ou por anos, até que uma luz sobrenatural desponta no horizonte. Vai ficando mais intensa, mais brilhante, então Las Vegas inteira se materializa lá embaixo.

18

Chegou morto

DODI

Aos poucos, vou ressurgindo.

Tecido áspero na minha bochecha. Luz contra o meu rosto. O movimento de algo quente e vivo ao meu lado.

Um instante sem tempo, sem lugar, uma bolha entre o sono e a vigília, e, por um momento, não sei quem está deitado ao meu lado, nem em qual linha do tempo estou.

Jake.

A bolha estoura em silêncio.

Estou em um quarto de hotel em Las Vegas.

Estou em um quarto de hotel em Las Vegas, deitada atravessada na cama com as roupas de ontem, a luz da tarde seguinte atravessando minhas pálpebras.

Estou em um quarto de hotel em Las Vegas, na cama, com Jake.

Jake, que me trouxe até aqui. Jake, que aguentou minhas merdas o dia todo ontem. Jake, que é paciente, que entende. Faz muito tempo que não tenho alguém que entende.

Eu me apoio de leve num cotovelo, pisco e afasto o sono dos olhos. Ele está deitado ao meu lado, as mãos cruzadas sobre o peito como um cadáver num caixão, o rosto pálido, tranquilo, sem sonhos.

Toco sua bochecha, áspera da barba por fazer, e me inclino, pairando ali, a um fio de cabelo dos seus lábios.

Ele não está respirando.

Sinto um aperto no estômago, até que um tremor quase imperceptível passa pelas pálpebras fechadas e então se aquieta. Ele está acordado. Ainda nem abriu os olhos e já está de brincadeirinhas.

— Está morto? Sei um truque pra isso. — Dou um beijo lento, deliberado, um beijo para acordar a Branca de Neve, um beijo para devolver o cor-de-rosa à pele pálida de cadáver. As pálpebras dele se abrem, e ele me encara, bem de perto. Sem os óculos, parece diferente. O rosto parece exposto demais, os olhos maiores. É tão bonito que dói. Dá vontade de arrancar o rosto dele e usar em mim. Ver um homem desfilar por aí com maçãs do rosto dessas é como olhar uma criança brincando com uma faca de carne. Ele não faz ideia do estrago que pode causar.

— Seus olhos são verdes — sussurro.

— Castanhos — ele sussurra de volta, sonolento. — Como os do meu pai.

— Não — digo. — Verdes.

Ele balança a cabeça. Passo a mão pelo rosto dele, pescoço, peito, estômago... Enfio a mão dentro da calça dele...

Ele se enrijece.

— O que você está fazendo?

Tiro a carteira dele.

— Saqueando o túmulo. — Puxo a carteira de motorista e examino. — Verdes — digo. — Caso encerrado. — Finalmente descubro a data de nascimento dele. A diferença de idade não é tão estranha, acho. Jogo a carteira de volta na cama.

Ele fica ali, me observando.

— Você só gosta de receber, é? — Cubro o pescoço dele com a mão e aperto.

19

Profanação de um cadáver

JAKE

— Estou sentindo os batimentos — ela diz com os lábios bem perto do meu rosto, afrouxando o aperto. — Por um momento, fiquei preocupada.

Ela está pensando em morte nesse instante. Quanto a mim, estou sempre pensando em morte. Eu poderia virar levemente a cabeça e sussurrar meu segredo no ouvido dela. Mas, em vez disso, ela senta, e dessa curta distância seu rosto é um borrão. Tudo é um borrão. Vasculho a colcha em busca dos meus óculos, mas não os encontro.

— Por que você está usando luvas, seu esquisito? Estamos no meio do deserto.

Olho para baixo. Não faço ideia de quando as coloquei.

— É o ar-condicionado. Está congelando.

— Deveria estar perfeito para o Homem de Gelo.

Pelo jeito, ela não está com frio. Num movimento fluido, Dodi desliza sobre mim e tira a camisa. Percebo sua silhueta, um pouco indistinta.

Sinto como se tivéssemos pulado algumas etapas.

Ela puxa a ponta de cada dedo, um por um, e tira minhas luvas por mim. Flexiono os dedos, testando. Não consigo ler o rosto dela sem meus óculos. Não sei onde colocar as mãos, então as deixo sobre meu peito.

— Isso faz parte do seu charme virginal de colegial católico? — ela sussurra. — Me toca.

Não sei por onde começar, então ela começa por mim. Pega minha mão e a coloca sobre o coração dela, e meus dedos despertam. Traço o contorno da clavícula, até o ombro. Sinto melhor do que enxergo. Toco uma manchinha em seu ombro.

— Frio — ela diz, e inverto a direção do toque. — Mais quente — ela diz, quando meus dedos encostam na alça do sutiã. Estou prendendo a respiração de novo. Afasto uma mecha de cabelo do ombro dela e sigo com os dedos pela alça, descendo pelas costas...

É ao mesmo tempo previsível e surpreendente a forma como meu corpo reage ao dela. Faz tanto tempo. Fico chamando-a de vampira, mas sou eu quem parece sugar energia dela. É como ser regado depois de murchar. Estive ressecado como um esporo por tanto tempo, hibernando, esperando um motivo para voltar à vida, e agora eis a Dolores. Surpreendente. Interessante. *Vigorosa,* de uma forma animada e nada apologética.

Desisto de lutar com o fecho do sutiã dela antes mesmo de começar. Passo a mão pela lateral do corpo, tocando as velas borradas, apagadas, com fios de fumaça dançando no ar — e ela prende a respiração, como se sentisse cócegas. *Já chega disso.* Ela entrelaça os dedos nos meus e pressiona minhas mãos contra a colcha, de cada lado da minha cabeça, me prendendo no lugar, depois se deixa cair sobre mim, com força, cola a boca na minha e me beija, longa e lentamente. Ninguém nunca me beijou assim, como uma aranha sugando a vida da presa.

Quando se afasta, começa a abrir os botões da minha camisa depressa, rápido demais para mim. Meu cérebro ainda não acompanhou o momento. Eu a seguro pelos pulsos para fazê-la diminuir o ritmo, e é então que vejo, bem diante do meu rosto, uma tatuagem de lápide na parte interna do antebraço, com datas gravadas. As datas que a tia Laura mostrou. Toco com o polegar.

Dodi recua e afasta minhas mãos com um gesto seco. Quando olho para cima, o rosto dela está a poucos centímetros do meu... e ela está com a testa franzida. Como uma predadora no topo da cadeia alimentar farejando, com desdém, um anfibiozinho viscoso.

Ela escorrega para fora da cama e fica de pé. Do outro lado do quarto, ouço o abrir do zíper. A bolsa cai com um baque alto em cima da cômoda.

— Um tanto presunçoso da sua parte reservar só um quarto — ela diz, revirando o conteúdo. Finalmente encontro meus óculos na mesa de cabeceira e os coloco.

— Eu reservei dois quartos.

A mão dela ainda permanece dentro da bolsa. Ela pega os cartões do quarto que estavam ao lado da bolsa, sobre a cômoda, e dá para ver o exato instante em que repara nos números diferentes nas capinhas de papelão.

— Você me seguiu até aqui ontem à noite... ou hoje de manhã. Que horas são? — pergunto. Já estava quase amanhecendo quando chegamos.

Ela marcha para o banheiro, e eu fico ali, deitado, tentando entender o que aconteceu e me sentindo um idiota, como sempre. A água do chuveiro começa a correr. Infelizmente, não tenho uma faca, nem as roupas da mamãe. O relógio ao lado da cama marca uma da tarde, o que significa que dormi por sete horas. Faz anos que não durmo tanto.

Perdemos a primeira metade do treinamento. Tanto faz. Eu me levanto e jogo nossos crachás de conferência na cama. Então reparo na bolsa de Dodi.

O chuveiro ainda está ligado. Pego a bolsa e a peso na mão, testando. Coloco de volta sobre a cômoda, e ela faz um baque. O zíper está aberto, mas a aba cobre o conteúdo. Isso é diferente de uma fuçada vingativa na mesa de trabalho de alguém. Deixo a bolsa onde está.

Quando ela reaparece e rosna para eu sair do quarto para ela poder se trocar, vou tomar banho também. Quando volto, já vestido com a mesma camisa branca sem graça e a calça cinza de sempre, ela está virada para a janela, com o celular colado à orelha.

— Por favor, se certifique de que ela coma alguma coisa. Faz um carinho por mim — ela sussurra ao celular. Uma ligação para a vizinha, falando da gata. — Eu volto logo. — Ela nota minha presença e encerra a ligação sem me olhar. Engole o veneno preto aguado, cuspido pela cafeteira do quarto de hotel. — O que temos pra hoje?

— O seminário recomeça em quinze minutos.

— Recomeça?

— Perdemos a manhã.

Ela não parece muito preocupada com isso.

— E depois?

— Depois saímos.

Ela apoia o ombro na janela de vidro que vai do chão ao teto e olha para fora. Se o vidro quebrasse, ela cairia direto.

— Talvez eu fique aqui. Acho que vou pedir serviço de quarto. No meu quarto. — Há uma ênfase sutil nas duas últimas palavras.

— Isso seria falta de educação. Depois que eu comprei o ingresso pra você?

A cabeça dela se move, como se tivesse se contido de virar para me encarar.

— Ingresso? — diz com desprezo. *Ingresso*. Que ridículo.

— Achei que você fosse gostar. Que era um evento que te interessaria.

— Certo. — Ela fica em silêncio de novo, ainda encostada no vidro.

Dobro as roupas de ontem; fecho o zíper da mochila; calço um sapato; depois o outro…

— Um evento — diz, com despeito. Sorve o café com desdém. Ela está morrendo de curiosidade.

— *Assassinos em Ação: Mortos em Las Vegas*. Esse evento. — Uso um tom especial para deixar claro que ela está sendo idiota.

Ela se vira e derrama o café preto como água de louça no carpete.

— *Assassinos em Ação*?

— Sim. O evento ao vivo.

Ela me olha, sem entender.

— Você ouve *Assassinos em Ação*?

— Eu comecei.

— Quais episódios?

Que pergunta esquisita. É para eu listar os números de cada episódio que ouvi? Os ângulos duros dela se suavizam, a linha entre as sobrancelhas desaparece, e ela me observa com uma expressão indecifrável.

— Bom, eu não esperava por isso. Como vamos encaixar o descarte de um corpo na nossa programação se você encher a nossa agenda com surpresas assim?

Mas ela não parece irritada. Na verdade, não está nem um pouco abalada. É uma criaturinha volúvel, e nesse exato segundo, está em alta. Fiz a coisa certa. Ela se afasta do vidro e passa por mim com passos firmes, os saltos de sola vermelha batendo no chão. Abre a porta, e eu a sigo. No corredor, damos de cara com a... *Cynthia*.

Ela pisca como uma coruja para nós. Olha para o meu cabelo ainda molhado. Nota o cartão-chave na mão de Dodi. Levanta o pulso para ver as horas.

Las Vegas recebe milhares de conferências e feiras todos os anos. Então é claro que Cynthia está aqui fazendo sua conferência de RH ao mesmo tempo que nós, no mesmo hotel que lucra entupindo suítes e salas de conferência até o limite do que os bombeiros permitem. A natureza abomina o vácuo. Fico me perguntando se ela está aprendendo boas técnicas. O que será que os palestrantes dizem sobre identificar e acabar com romances no ambiente de trabalho, ou como lidar com comportamentos impróprios entre colegas em viagens de negócios?

Se ela aprendeu alguma coisa, não está aplicando agora. Apenas me encara com o mesmo olhar frio daquele dia no anexo. *Jacob*

Ripper? Ainda não consigo lembrar como nossos caminhos se cruzaram antes.

Cynthia entra no quarto em frente ao nosso e a porta se fecha atrás dela com um clique.

Dodi dispara pelo corredor e eu corro para acompanhar. Ela esmurra o botão do elevador com uma das mãos.

— Mas que *merda* — sibila.

As portas se abrem e entramos. Aperto o botão do segundo andar.

— Ela está no quarto em frente ao seu — Dodi resmunga. — Você só pode estar de sacanagem.

No segundo andar há uma multidão saindo de diferentes salas de conferência. Um grande painel avisa: "Las Vegas 2023 RH Expo". Estamos nadando com tubarões agora. Seguro a mão de Dodi e a puxo pelo salão. Um painel de palestras na parede ao fundo traz títulos como "Desmistificando o funcionário millennial: preguiçoso ou desmotivado?" e "Por que o trabalho remoto não funciona". Entramos num corredor tortuoso, deixando o barulho para trás, e chegamos a uma placa menor colada numa porta:

"PIVOT — Certificação em Sistemas Sinergéticos"

Uma mulher na porta masca chiclete e nos entrega um panfleto.

SEJA BEM-VINDO! Este curso leve, personalizado e orientado para buscar soluções vai equipar você com estratégias práticas e uma mentalidade voltada à resolução de problemas para implementar, com confiança, mudanças transformadoras em sua organização dentro de uma abordagem holística...

— O que isso quer dizer? — pergunta Dodi.

— Só distribuo os panfletos — responde a mulher, com um olhar tão indiferente quanto o de um animal sendo transportado em um caminhão.

Dodi e eu pegamos dois assentos no fundo da sala. As luzes se apagam e a sessão da tarde começa. Dodi cruza as pernas, descruza, cruza de novo. Ajusta a bolsa no colo. Então seu pequeno cotovelo encosta no meu. Ela não se afasta. Devagar, sua mão escorrega do colo até repousar na beira da cadeira, bem próxima da minha nessa sala lotada, e, um segundo depois, o dorso da sua mão encosta no dorso da minha, cujos dedos deixei enfiados debaixo da coxa para esquentar. Ela mantém a mão ali, e eu não registro uma única palavra do palestrante pelo resto da tarde.

20

Avião de papel

DODI

Borro o batom de propósito, devagar, ao redor da boca, ultrapassando levemente o contorno natural, preenchendo o arco do cupido para um visual um pouco desleixado, carregado de intenção. É mais fácil beijar uma boca que já parece meio bagunçada, e sinto que o Jake precisa de uma ajudinha. Eu me afasto do espelho para conferir. Sim, eu me pegaria.

Dou um tapa no celular e "Goodbye Horses" para de tocar. Jake está me esperando lá embaixo, no saguão. Espiei pela fresta da porta do banheiro enquanto ele trocava a camisa e a gravata, dobrava a roupa suja com todo cuidado, alinhava a bolsa ao lado da cama com *a mesma precisão*. Aposto que ele precisa arrumar a cama e alinhar os travesseiros antes de transar.

É útil manter uma lista mental de motivos para rejeitar alguém, até ter certeza de que a pessoa não vai rejeitar você primeiro. Mas talvez eu apague essa lista depois da noite de hoje, mesmo que ele seja do tipo que senta ao seu lado por três horas sem mover a mão um centímetro para segurar a sua. Porque Jake *é* o tipo de homem que te dá uma viagem roubada para Las Vegas, um ingresso para o *Assassinos em Ação* e uma oferta permanente de ajuda para esconder um corpo. A essa altura da minha vida, estou pronta para um homem que se dedique ao lado emocional. Ponho o vestido e calço os sapatos.

Espio pela janela a cidade se contorcendo lá embaixo, e um embrulho escuro, como uma trouxa de roupa suja, despenca no ar.

Fico olhando, sem piscar, os ouvidos zumbindo. Eu me pressiono contra o vidro, tentando ver o que aconteceu lá embaixo, mas não consigo.

O embrulho de roupa estava usando sapatos. Vi sapatos de verniz brilhantes. Era *um homem*. *Um homem* caiu na frente da minha janela.

Ouço um grito distante, de dentro do hotel ou da rua, não sei, e meu coração dispara, delicioso, no peito. Estico o pescoço para olhar para cima, e claro que não consigo ver nada lá também. Eu me afasto do vidro e saio pela porta num instante, a bolsa pesada batendo na lateral do quadril enquanto corro até o elevador. Meu dedo paira sobre a seta para baixo. Uma equipe de emergência vai chegar, e eu deveria dar um depoimento…

Mas de onde aquele homem caiu?

Como ele caiu?

A musiquinha do *Assassinos em Ação* toca na minha cabeça enquanto meu dedo sobe quase sozinho até o número mais alto, percorre o aro metálico em relevo e aperta. Copas com copas, ouros com ouros, e armas do crime com armas do crime. Eu não pertenço ao saguão, dando declaração. Eu pertenço ao último andar, fazendo amizade com alguém ainda pior do que eu. O elevador range e geme, e sou lançada para cima, as entranhas ficando um segundo para trás.

Quando saio, ouço o som de uma sirene de ambulância e as vozes confusas de uma multidão lá embaixo. O terraço está mal iluminado, e mal consigo ver meus próprios pés enquanto caminho devagar até a parede norte e olho por cima. Lá embaixo, a resposta de emergência já está em ação. Um andar abaixo de mim, uma mulher se debruça na sacada, aos gritos.

— Ele acabou de subir! — ela berra por cima do ombro, de dentro do quarto de hotel. A bebida em sua mão balança quando ela se vira de repente. — Você viu ele cair?

Ele caiu da sacada, não do terraço. Algum idiota bêbado fazendo festa em um quarto de hotel encontrou seu destino do outro lado da grade da cobertura.

Dou um passo para trás, afastando-me do parapeito, e atravesso o terraço até o outro lado, longe das sirenes, como se caminhasse por um campo aberto, repleto de cascalho. Meu sapato esbarra em algo metálico, bitucas de cigarro se espalham de uma lata deixada ali por funcionários do hotel, e eu me apoio no parapeito antes de tropeçar. A cidade brilha e vibra além da borda preta e reta do muro do terraço. Ostentação e decadência, um labirinto de possibilidades, uma máquina que transforma dinheiro em diversão, adrenalina e ressacas. Subidas vertiginosas e quedas trágicas, descuidadas.

No meu caso, uma chance de encerramento. E de me sentir viva de novo. Sempre aceitei as limitações do que existe entre eu e Jake. Não há espaço para ele na minha vida de verdade, e ele já deixou claro que não queria isso, de qualquer forma. O que temos nunca vai ser vida real, mas é o mais perto de viver que cheguei em anos.

Não acredito que ele conseguiu aqueles ingressos. Ele está mesmo me fazendo olhar essa situação de frente.

Sei exatamente como as coisas vão acontecer com Jake esta noite. Ele tem sido tão paciente comigo. Há coisas que eu preciso dizer a ele. E, depois, tem aquela coisa que eu preciso fazer. Aquela coisa em que ele vai me ajudar. Algo estranho, distorcido e que com certeza não é para fracos.

Nem todo mundo nasceu para ser cúmplice.

Algo corre aos meus pés, e dou um pulo para trás quando aquilo arranha o arco do meu pé com os dentes...

Volto a respirar ao perceber que não é algum roedor asqueroso do deserto americano no terraço. É um pedaço de papel dobrado, brilhando de um jeito estranho sob a luz difusa dessa cidade que nunca dorme, tremulando à frente com a brisa. Um lixo qualquer deixado pelos fumantes do terraço.

Pego o papel e passo o dedo pelas dobras, afiadas o bastante para cortar. Olho para a cidade viva, reluzente, esse coração que pulsa entre o caos, a confusão e, claro, o assassinato. Levanto o braço e lanço o avião de papel noite adentro.

21

Assassinos em Ação

JAKE

Quando Dodi entra no saguão, está usando um vestido que parece um traje de viúva, uma peça preta rendada, justa, na altura dos joelhos. As tatuagens brilham discretamente sob a transparência das mangas, e o batom que escolheu tem a cor de uma morte súbita e dolorosa.

— Houve um acidente — comento quando ela se aproxima e aponto com a cabeça a multidão lá fora.

— Uma pena — ela responde com desinteresse, como se fosse uma pena ser só um acidente e não algo um pouco mais premeditado, e seguimos na direção oposta, atravessando o saguão e saindo para a noite.

Vagamos sem rumo pelo inferno sensorial que é a Las Vegas Strip, a rua fervilhando de vida como se alguém tivesse virado um tronco de árvore e revelado uma cidade de insetos se contorcendo embaixo. O céu já está de uma escuridão sem fim, mas tudo ao nosso redor brilha, pisca e reluz, às vezes em cores espalhafatosas de Natal. Por todos os lados, letreiros disputam nossa atenção e nosso dinheiro, e estamos cercados de idiotas que acham isso divertido. Grupos de jovens, idosos, amigos tirando selfies, casais de mãos dadas. Dodi observa tudo ao redor como uma antropóloga estudando um fenômeno cultural estranho, e eu a observo.

Será que Dodi faria uma careta de nojo se eu estendesse a mão e pegasse *a dela*? Ou apertaria a minha mão com força, cravando as unhas afiadas na minha pele?

Dodi é a primeira a ver o cartaz do *Assassinos em Ação*. Ela acelera o passo, e eu vou atrás, mostrando os ingressos ao porteiro.

Lá dentro, o palco se eleva de um lado, e há mesas espalhadas. Na mesa dezesseis, Dodi joga a bolsa em uma cadeira com um baque, mas age como se nada estivesse fora do normal, como se carregar tijolos fosse algo comum. Pede coquetéis para nós, mas está constantemente inquieta, olhando ao redor, como se esperasse ver alguém conhecido. Ou ser vista por alguém conhecido.

E então, parece que é exatamente isso que acontece. Uma mulher magra, de rosto anguloso, na mesa diagonal à nossa, se vira e olha direto nos olhos de Dodi. Sua expressão se altera como se a reconhecesse, e em seguida ela assume uma fisionomia mais neutra e calculada. Ela se vira de volta, e, ao meu lado, Dodi congela.

É quando as luzes diminuem de intensidade. Quero perguntar quem é a mulher, mas uma música familiar começa a tocar, o jingle de xilofone que abre todos os episódios do podcast *Assassinos em Ação*, e duas figuras aparecem no palco com camisetas iguais, onde se lê: "MORTOS EM LAS VEGAS". A sala irrompe em euforia, e uma delas faz cena ao tomar um gole casual do coquetel enquanto a outra faz uma reverência e sorri timidamente. Não as reconheço até ouvir suas vozes.

— Muito bem, Assassinetes — diz Aya, e leva vários minutos até os aplausos e gritos cessarem.

— Como vocês viram naquela placa gigante na porta, estamos gravando hoje porque estamos comemorando *quinhentos episódios*...

Gritos e aplausos explodem.

— E para começar, vamos jogar "Adivinhe o Assassino"! — A sala vai à loucura.

Bex continua.

— Se vocês já ouviram as gravações dos nossos eventos ao vivo, sabem como funciona! Cada mesa vai mandar um representante quando for chamada. Mandem o melhor, o mais engraçado, o mais dramático. Atuem, façam mímica, monólogo, o que quiserem, e o resto de nós... vai tentar adivinhar o assassino! Não podemos impedir ninguém de usar o celular para procurar o nome, mas esperamos que seu instinto de autopreservação faça com que mantenham essa porcaria no bolso. Afinal, todo mundo aqui conhece umas quinhentas formas diferentes de lidar com vocês se não o fizerem!

— E animem-se! — grita Aya. — Vamos ver quantos conseguimos fazer em trinta minutos! — Ela leva as mãos à boca e grita. — Mesa um, VALENDO!

Uma mulher dispara da mesa um pelo salão em direção ao palco, e, quando olho de lado, vejo a mulher de rosto anguloso na mesa diagonal à nossa me observando por cima do ombro.

— Quem é ela? — pergunto a Dodi. — A mulher daquela mesa?

— Ninguém — Dodi responde, irritada, e vira metade do coquetel. Eu a conheço bem o bastante para saber que não adianta insistir.

— Você vai fazer o Empurra-Papel quando chamarem a nossa mesa? — pergunto.

Os olhos de Dodi voam até a mulher de rosto anguloso, que não está mais nos olhando.

— Não posso. Ainda não fizeram um episódio falando dela.

— *Ela*?

Ela me lança um olhar.

— É uma mulher, com toda a certeza.

Acho que não vamos mais brincar dizendo que o Empurra-Papel sou eu. Mas ela não tem motivo para ter tanta certeza. A questão é que eu sei um pouco mais que a maioria sobre a lenda urbana do Empurra-Papel.

Uma mulher pequena sobe ao microfone e todos ficam em silêncio. Tira um par de óculos do bolso, apoia-os na ponta do nariz e diz, com uma voz grave e masculina:

— Tome cuidado quando jogar pôquer comigo, porque minhas habilidades com as cartas vão te deixar sem fôlego...

— Ed Scully, o Estrangulador do Pôquer!

A sala explode em aplausos e gritos.

— Você não sabe se é uma mulher — digo à Dodi.

— Eu *sei* que é uma mulher — ela responde com impaciência.

Eu estava ansioso para revelar que a tia Laura arrumou quatro das "vítimas" dele, e que eu trabalhei como temporário em três dos escritórios onde os "assassinatos" aconteceram. A curiosidade que ela sente em relação a mim sempre foi minha única vantagem, e eu guardei essa informação no bolso como uma carta na manga, esperando o momento certo para usar.

Eu me inclino para contar, mas ela não está prestando atenção. Dá um suspiro inquieto e se vira, olhando os rostos ao nosso redor, como se tivesse acabado de ter um pensamento fascinante.

— Eu me pergunto quantos assassinos estão na plateia hoje.

— O quê?

— Ativos. Que ainda não foram descobertos. Que escaparam. Que já cumpriram pena. Nem todos estão presos, sabia?

— Você quer pegar um?

Ela me olha com nojo.

— Não tenho a mínima intenção de dar uma de heroína. Só quero conhecer um.

— Por quê?

— Eles não estariam em posição de me julgar, estariam? — Julgar o quê? Ela gira o corpo, como se procurasse um deles ali mesmo. — Onde mais você iria, se fosse um assassino em busca de algum reconhecimento? Este podcast glorifica assassinos, e as pessoas que estão aqui... são fãs. Eu poderia subir ali agora mesmo e te provar isso.

Não é necessário. Um homem da mesa dois corre até o palco e simula estar preso numa caixa de vidro, arrancando assobios da plateia. Essas são as pessoas que, duzentos anos atrás, teriam aplaudido quando alguém fosse enforcado.

— Jonathan Litsz, o Afogador de Palhaços!

A sala inteira cai na gargalhada. Todos ali compartilham uns dez anos de piadas internas. Dodi não ri.

— E não é o seu caso? — pergunto. — Você embebe o cérebro em crimes reais.

Ela franze a testa e, pensativa, passa os dedos elegantes pela haste da taça.

— Matar é uma coisa muito difícil de se fazer. Ainda mais quando é o certo a se fazer. É mais fácil pra quem faz pelos motivos errados.

A declaração é assustadoramente filosófica num ambiente cheio de devassos aos berros. Antes que eu consiga perguntar o que ela quis dizer com isso, outro homem sobe ao palco. Ele sacode uma bolsa imaginária, toca uma campainha e, no mesmo instante, alguém grita.

— Scott Leipke, o Entregador Estripador!

— Por que você achou que me trazer aqui seria uma boa ideia? — ela pergunta, em voz baixa.

— Era por isso que você queria vir até Las Vegas.

Dodi balança a cabeça devagar.

— Eu te disse por que precisava vir a Las Vegas. — Ela me encara, como se quisesse me forçar a lembrar, para não ter que repetir.

— Certo. Você precisa se livrar de um corpo.

Ela inclina a cabeça para o lado, expondo o pescoço daquele jeito sinuoso que só ela faz. Procuro uma resposta, mas não há nada com que trabalhar. Dodi está séria demais.

— Você prometeu que me ajudaria, se algum dia eu precisasse.

Espero por um sorrisinho de dentes afiados, mas ele não vem.

— De quem é o corpo? — pergunto, tentando puxar a outra metade da piada. Ela fica em silêncio, e isso não faz sentido algum, mas... não tem como ela estar só brincando. Ela lambe os lábios e os pressiona. Faz um gesto com o queixo, apontando para a sala em geral.

— Meu marido teria achado isso hilário. Ele era bem mórbido também. Como você.

Eu me encolho e congelo diante da palavra: “marido”.

— Seu... marido.

— Você nunca perguntou como ele morreu. Queria te contar eu mesma, do meu jeito, mas imagino que você já tenha descoberto, se me trouxe até aqui.

Eu a encaro e me pergunto se meu rosto está tão inexpressivo quanto o dela.

— Me conta com suas próprias palavras — digo. Sou um fantoche falando com a voz de outra pessoa. — Me conta como ele morreu.

É gratidão que vejo nos olhos dela?

— Não foi de causas naturais — ela diz baixinho.

Os pelos da minha nuca se arrepiam.

— Também não foi um acidente. A morte dele foi intencional. Calculada. Premeditada. — O rosto dela se torna feroz ao dizer isso. É o rosto de uma mulher que foi traída. De alguém que teve algo arrancado.

Ela é um quebra-cabeça que eu estava montando ao contrário, encaixando as peças às cegas, forçando-as juntas, mas agora virei uma delas e finalmente vi a imagem do outro lado, que une tudo.

— Seu marido foi assassinado.

Ela me encara com olhos mais duros que diamante.

— Sim.

Na minha mente, uma mão se estende e enrola um barbante em torno de uma tachinha presa sob a foto de um homem de traços borrados.

— E o assassino?

De novo, ela lambe os lábios. Está tensa. É uma mola comprimida. Atrás dela, a mulher de rosto anguloso da outra mesa lança outro olhar, afiado, inquisitivo.

— A promotoria não conseguiu montar um caso contra ela.

O barbante estica e a outra ponta é fixada numa nota adesiva: *É uma assassina...*

Vejo, num lampejo, um corpo despencando de uma sacada, aqui mesmo em Las Vegas. Empurra-Papel é uma mulher. Dodi *sabe* disso. Faço contato visual com a mulher estranha, e ela desvia o olhar.

Dodi continua:

— E agora ela está em Las Vegas, aproveitando a vida na plateia de um evento ao vivo de podcast de crimes reais. Uma bela de uma vadia, não é?

Nem todos estão presos, sabia? Alguns deles estão aqui esta noite, para se exibir. A mão rabisca "Empurra-Papel" na nota adesiva.

Outros pedaços de papel começam a aparecer no quadro de ideias. A propaganda do evento *Assassinos em Ação*. O calendário lotado de conferências do hotel, com participantes de todo o continente. Estamos em Las Vegas para nos livrar de um corpo. Estamos aqui para dar um fim na mulher que matou o marido da Dodi.

— A mulher da outra mesa ainda está me encarando? — ela pergunta.

— Não.

Dodi solta o ar.

Tenho tantas perguntas, mas a que sai é:

— Você seria capaz de matar alguém?

O alívio se espalha pelo rosto dela, alívio por eu ter entendido, alívio por eu ter ligado os pontos sozinho.

— Sim. Todos somos, Jake. *Você é* capaz de matar. Só precisa de um bom motivo.

Ela sustenta meu olhar.

Estou em Las Vegas com Dolores dela Cruz, em um evento de *Assassinos em Ação*, bebendo coquetéis, enquanto ela me pede para ser cúmplice de um assassinato.

— O que seria um bom motivo pra matar alguém?

A voz dela é baixa, rouca e crua. Frágil, feroz e terna ao mesmo tempo. A voz dela é muitas coisas.

— Amor.

A palavra leva um segundo para se enroscar no meu ouvido. Mais um segundo para eu perceber que ela me expôs. Ela viu uma sombra dentro de mim que nem eu tinha notado ainda, algo escuro, assustador, que se remexe no sono, se espreguiça e revela ser muito maior do que eu imaginava. Ela me encara, e eu encaro de volta.

E, nesse espaço barulhento e caótico, tudo o que vejo é ela. Seu rosto está contornado pela luz fria do palco, com pontos azul-gelo brilhando nos olhos e nos lábios pintados. Ela não pisca.

Eu faria qualquer coisa por ela, e ela sabe disso.

— Eu entendo — digo. Eu entendo tudo. Esse nosso flerte distorcido, desde o primeiro momento... foi uma entrevista de emprego disfarçada. Ela me estudando, me testando, vendo se eu sabia o que fazia, se dava para me manipular do jeito certo. Eu sou especialista em sumir com corpos. Já fiz isso por muito menos. Ela sempre quis alguma coisa de mim. E quer saber? Eu não me importo. Ela não me ama, e eu nem quero que ame. Só quero aquele olhar. O jeito que ela me encarou quando dei a boneca, quando montamos nossa encenação de assassinos em série, quando fiz as passagens para Vegas surgirem como mágica. Quero que ela me veja como se aquele cargo de temporário fosse só uma fachada, como se houvesse algo mais em mim. Algo que só nós dois sabemos. Um segredo entre nós.

— Eu entendo — repito.

Ela desaba de alívio quando eu digo.

— Eu sabia que você entenderia. — A mão de Dodi surge por cima da minha, embaixo da mesa, e ela a aperta com força, como se fosse espremer o sangue para fora. — Te conhecer foi tão inesperado, Jake. Você soube exatamente como chegar até mim. Sabia que eu precisava ver que você é tão estranho quanto eu. E, mesmo assim, ainda não sei o que pensar de você. Às vezes, ainda não me sinto pronta, você percebe isso. Acho que entro em curto, fico brava, perco o controle. Seguir em frente parece uma forma de traí-lo, viver parece errado, mas...

Ela engole em seco. De uma forma dolorosa, provavelmente.

— Agora eu estou pronta. Demorei muito pra chegar até aqui. — Pressiona os lábios. — Você fez esta viagem acontecer pra mim. Estalou os dedos e aconteceu. Chegou a hora. Estou pronta pra encerrar isso, Jake.

— Quando?

— Esta noite.

Tremo e faço que sim com a cabeça.

— Onde?

— Preciso de ajuda com essa parte.

— Eu cuido disso pra você. — Na verdade, o que eu quis dizer foi: "Eu vou cuidar de você".

— É algo que preciso fazer sozinha — ela diz. — Mas... quero que você me ajude.

— Não. Você não pode. Você não pode fazer isso — digo, e ela me encara, confusa. — Eu faço. Não tem problema se eu fizer.

Então eu conto. Digo a ela o segredo que vem me arranhando por dentro, como unhas que raspam as profundezas da minha mente. O segredo que eu nunca tive coragem de contar a mais ninguém.

— Eu vou morrer em breve, de qualquer forma.

A sala explode em aplausos bem na hora em que eu falo, e eu me assusto, mas Dodi nem registra o barulho.

— Você está morrendo — ela diz. — Você está *morrendo*.

— Sim.

Ela puxa a mão da minha como se tivesse tocado em fogo.

— Quanto tempo você tem?

— Mesa dezesseis! — grita uma voz do palco.

— Não importa — digo. — Estarei por aqui tempo suficiente pra cuidar da assassina do seu marido.

— "Não importa" — ela repete. Balança a cabeça devagar, atônita. — Você está *morrendo* e acha que... acha que eu quero que você mate a mulher que matou o meu marido.

— MESA DEZESSEIS! — repete a voz.

Dodi afasta a cadeira da mesa, e eu me movimento para me levantar também, mas ela me impede e desaparece na escuridão. A mulher da outra mesa observa tudo, depois se inclina para a frente e sussurra algo para as pessoas ao seu redor.

Eu me arrependo de tê-la deixado ir um segundo depois. Não consigo ver para que lado ela foi. Não sei se vai voltar. Eu me levanto de novo, e alguém atrás de mim solta um suspiro exagerado e se inclina de lado, só para deixar claro que me acha um babaca.

— Dodi! — sussurro, e um homem me manda fazer silêncio, e...

Lá está ela. Dodi.

Observo enquanto ela sai dos cantos da sombra azul e se posiciona no foco de luz no palco. Ela não desvia o olhar da claridade. Encarando a luz com uma expressão fechada, aperta a bolsa grande e pesada contra o estômago. A mulher na outra mesa fica completamente imóvel.

— Adivinhe *esse* assassino — Dodi murmura ao microfone.

A sala mergulha em um silêncio reverente. Há algo diferente nessa apresentadora, e todos sentem isso até nos ossos. Rostos se viram para ela e, na sala escura, o branco dos olhos dos desconhecidos brilha estranhamente sob a luz azul do palco, como os olhos refletivos de criaturas noturnas.

— Sou recém-casada, estou na metade do MBA, e meu marido é um estatístico que sabe contar cartas. Ele ama Las Vegas, embora eu sempre me recuse a acompanhá-lo nos torneios. Gosto de ter alguns princípios inegociáveis. É meu direito. Estamos procurando casas, pensando em ter um cachorro, começar uma família, talvez, e a vida é perfeita pra caralho. Só tem um problema: as costas dele doem.

As pessoas que se apresentaram antes de Dodi fizeram piadas, foram com tudo, buscando sua indicação ao Globo de Ouro. Dodi, por outro lado, é uma péssima atriz, e a sala fica desconfortavelmente silenciosa. Ninguém se levanta e aponta. Ninguém grita nomes. É só Dodi, recitando seu texto sem emoção. Mesmo no palco, é só ela mesma: irritada, entediada, cruel. Cruelmente bonita.

— Câncer de pulmão, estágio quatro. Ficamos teimosamente esperançosos por um ano, mesmo ele sendo estatístico e sabendo, no fundo, que não devia... mas aí descobrem metástases no cérebro. Isso muda tudo pra ele. É diferente quando é no cérebro. O cérebro *é* você. Ele começa a ter dores de cabeça. Fica confuso. Não consegue mais lidar com números. Não consegue mais jogar cartas. Um dia, o vejo preparando uma tigela de cereal. Ele coloca o leite primeiro, depois o cereal. Nunca consegui que ele colocasse o cereal antes. Estranho, né? Mas o mais estranho é que ele pegou a tigela por último, depois de já ter derramado leite e cereal direto na bancada. Ele me olha e diz: "Acabou pra mim". Vai ter dor demais. Humilhação demais. Perda de controle demais. Vai ser demais pra mim também, a esposa, que estou claramente desmoronando. Estamos virando outras pessoas. Ele está se tornando um estranho à medida que o cérebro piora, e estou virando o que for preciso pra sobreviver a isso. O problema é que ele está fraco demais pra fazer isso sozinho. Então ele se volta pra mim.

A sala inteira prende a respiração. Está tão quieto que sinto como se todo mundo pudesse ouvir meu coração batendo forte no peito.

— Vocês, Assassinetes, estão péssimos hoje — Dodi solta no microfone. — Episódio sessenta e três?

Não é que ninguém tenha reconhecido a assassina pelo monólogo; é que *todos* a reconheceram. A mulher de rosto anguloso, sentada na mesa na diagonal da nossa, se levanta, e todos se viram para olhar enquanto ela ergue o braço e aponta para Dodi, como um fantasma.

Ela inspira fundo, e sinto um aperto no estômago quando escuto:

— Dolores dela Cruz, a Viúva do Blackjack!

22

Se livrar do corpo

DODI

Finalmente tive a chance de contar o meu lado. Por um instante, acredito que consegui estragar a diversão deles — mas então começa um burburinho ofegante e animado. “Uma assassina! Uma assassina entre nós!”

— É *ela*. É *ela*, com certeza — diz uma voz logo abaixo do palco. — Eu a reconheço daquela matéria...

— Puta merda. *Puta merda*.

— Será que conseguimos um autógrafo?

A sala enlouqueceu, e todos querem um pedaço de mim. Um bando de malucos degenerados. Percorro a multidão com o olhar, e no meio daquela massa agitada e em movimento, Jake se destaca, imóvel como uma estátua. Lábios entreabertos, expressão vazia, a imagem de um homem lançado em um mundo onde o alto é o baixo. Ele, a plateia congelada e solitária, e o que me dá medo. Ele me olha como se me visse pela primeira vez.

Isso me abala, como aconteceu cinco anos atrás, quando um e-mail aleatório com um link para um podcast apareceu na minha caixa de entrada. Senti muitas coisas, o que era curioso, já que eu havia jurado abrir mão de sentir qualquer coisa — se bem que o que mais eu poderia fazer ao descobrir que o pior momento da minha vida era entretenimento para um monte de desconhecidos? — mas, depois de anos sozinha, eu, uma pária social, uma eremita, de repente tinha companhia. Eu tinha pessoas. Pessoas muito sórdidas, ferradas, como eu. Ouvi um episódio atrás do outro. Elas estavam por aí, passando despercebidas, como tubarões nadando em águas escuras. Gente que não me julgaria. Gente que entenderia. Se eu pudesse encontrar uma única pessoa, só uma, eu me contentaria com isso.

Achei que tivesse encontrado. Não um assassino, mas alguém que compreendia.

Dou um passo para trás, de volta para as sombras. Deve haver uma saída em algum lugar por aqui, atrás das cortinas do palco — *ali*. Um passo robótico, depois outro, antes que eu comece a acelerar. Já estou correndo quando alcanço a saída. O alarme de incêndio dispara no momento em que escancaro a porta e irrompo na noite como um morcego saído do inferno.

— Espera! — uma voz me chama enquanto avanço pela calçada. Meus ombros esbarram em turistas, e a bebida de alguém cai no chão, perto dos meus pés.

— Dodi...

Empurro a multidão à minha frente e fico presa em um emaranhado de senhoras idosas, todas vestindo camisetas rosa com flamingos, posando para fotos em frente às Fontes do Bellagio, que agora espumam e jorram água para todo lado. Dou meia-volta quando uma mão toca meu cotovelo.

— *O quê?* — grito.

Jake recua um passo e se dobra, com as mãos nos joelhos, sem fôlego após a perseguição. Eu me dou conta de que também estou ofegante.

— Dodi...

— Não me chame assim!

— Eu não sabia...

— Sabia, sim! — berro. — *Sabia!*

Minha voz é quase animalesca.

— Aquele dia no terraço, você me disse que eu era um fantasma. Foi como se alguém finalmente tivesse *me enxergado*. Você *sabia* o que eu estava passando. Você perdeu seus pais, entende o que é perder alguém. Desde que ele morreu, eu me sinto como se também tivesse morrido... eu estou só... assombrando os vivos... resolvendo coisas... — Minha respiração falha, e demora um momento até eu conseguir dizer algo. — Você *sabia*. Eu te contei. Eu te *contei* que era viúva. Você me disse... me disse que sabia do segredo que eu deixo em cima da minha mesa. Você me deu ingressos pro show deles. Você *sabia*.

Jake me encara. Ele não sabia.

Eu me sinto como se tivesse sido assaltada. Algo precioso e especial que mantive fechado na mão desde aquele dia no terraço foi arrancado de mim. A compreensão de outra pessoa. A aceitação de outra pessoa.

Outra *pessoa* — ponto-final. Ele está *morrendo*. Eu poderia matá-lo.

Se ele está me olhando assim, então já o perdi. Dou meia-volta, cercada pelas senhoras com camisetas de pássaros.

— Fico feliz que você tenha feito isso — ele diz, a voz elevada acima da gritaria alegre da Tropa Rosa de Flamingos.

Paro no lugar e me viro de volta.

— Não *feliz* — Jake corrige, baixando a voz. Abre a boca para dizer algo, mas logo a fecha. — Estou morrendo — ele diz baixinho, e eu não entenderia as palavras se não visse os lábios dele se movendo. Ele fala como se testasse o impacto da frase, mas fica claro que não tem prática em dizê-la. Mostra as mãos para mim: dedos pálidos, quase translúcidos, iguais aos do nosso encontro de assassinos em série.

— É uma condição neurológica degenerativa. É hereditária. Não tem cura. Nem tratamento. Tenho vinte e nove anos. Se o que aconteceu com o meu pai serve de referência... — Deixa a frase morrer. — Vai ser ruim — diz apenas.

Sinto o peito se fechar, apertado, como um buraco negro se contraindo. Um homem bonito, cheio de vida, ou pelo menos parecia. No fundo, não tão saudável assim. Tenho um talento especial para escolher, certo?

— Ele teve sorte por ter você ao lado — Jake diz.

Não consigo responder.

Estende a mão para me tocar, mas qual o sentido disso? Ele está morrendo. Eu me afasto, me desvencilho.

— Aonde você vai? — ele pergunta.

— Tenho coisas pra fazer. — Havia um motivo para eu ter que vir a Las Vegas. Eu me esgueiro entre duas mulheres que esticam os celulares para tirar fotos que nunca mais vão olhar e enfio a mão na bolsa para ter certeza de que o token ainda está lá, *sim,* mas ele escapa dos meus dedos quando puxo a mão de volta. Vira no ar, cintilando com a luz refletida, e cai em algum ponto do chão, aos meus pés. Jake é mais rápido. Ele se ajoelha e o encontra numa fresta entre as pedras do calçamento. Quando acha, levanta e examina o objeto.

Ao nosso redor, os estranhos recuam, se viram, engasgam e apontam seus celulares para nós. Jake e eu congelamos e observamos a multidão em volta, alarmados.

— É um pedido de casamento! — uma mulher do grupo de flamingos grita para as amigas de cabelo prateado. — É um *pedido de casamento!*

A boca de Jake se abre e eu crio raízes. As velhinhas se aglomeram em torno de nós, gritando de empolgação, nos envolvendo como uma cerca de prisão com seus enormes bustos magenta, enquanto a fonte toca "Dança da Fada Açucarada", a luz prateada e azul piscando de forma espalhafatosa, e tenho certeza de que isto é o limbo, que morremos agora há pouco, e que provavelmente estamos presos aqui nessa bolha claustrofóbica de tortura sensorial para sempre quando...

— Diz sim! — outra mulher grita no meu ouvido. Sua amiga me empurra do outro lado. — *Diz sim*!

Arranco o token das mãos de Jake e a Tropa Rosa de Flamingos aplaude, grita e agita as mãos.

— Espera até eu mostrar pra Ruth o que ela perdeu! — exclama a primeira senhora de cabelo prateado, ofegante atrás do celular, gravando tudo.

Jake se levanta depressa e me conduz, com uma mão fria, até um canto isolado com vista para a fonte. Seu rosto está pintado pelas luzes espalhafatosas do show, os reflexos nos óculos escondendo os olhos. Ficamos em silêncio por um momento. Meu coração ainda bate descompassado. Fico imaginando o que o coração dele está fazendo.

— Por que você precisava vir a Las Vegas? — ele pergunta, por fim.

É impressionante quantas vezes preciso me repetir. Coloco minha bolsa no chão, abro o zíper e tiro um vaso quadrado de pedra. Aquele que ele já viu na minha mesa no trabalho. Entrego a ele.

— Coisas pra resolver.

Ele demora um instante para entender o que está segurando: o segredo que venho mantendo à mostra.

— Ele queria que as cinzas fossem espalhadas em algum lugar de Las Vegas — digo.

Jake levanta os olhos para os meus, entendendo tudo, finalmente. Desta vez, ele de fato me vê.

Mordo a bochecha.

— Não é você o especialista em se livrar de corpos?

23

Um vampiro em Vegas

DODI

JAKE VIRA A URNA NAS MÃOS.

O espetáculo das fontes terminou e o Esquadrão Flamingo saiu em disparada em busca de novas travessuras, nos deixando completamente a sós. Uma brisa quente do deserto nos recebe com uma névoa leve enquanto as luzes do show se apagam, banhando-nos com um brilho verde fosforescente. É estranha e inquietantemente bonito por um breve instante, quando as duas linhas do tempo da minha vida se tocam.

Neil, este é o Jake. Jake, este é o Neil.

Jake levanta os olhos para mim.

— Como vamos fazer? — pergunta, erguendo levemente a urna.

Suspiro, trêmula.

— Não faço a menor ideia. Isso é com você. Mas antes preciso fazer outra coisa.

Mostro a ele a ficha prateada ainda fechada na minha mão. Tenho carregado isso comigo nos últimos sete anos.

— Ele sempre trazia uma ficha das viagens ou algum token — explico. — Ficava com ela até poder voltar, então retomava no cassino de onde tinha parado. Ele me deu isso pra trazer de volta.

Olho para a fonte ao nosso lado. Moedas cobrem o fundo como escamas de peixe brilhantes. Seria fácil me desfazer disso aqui. A mão de Jake se fecha sobre a minha antes que eu jogue.

— Então ele queria que você fizesse a última aposta por ele — diz, e sei que ele está certo.

Ele a pega de mim e aperta os olhos para ler as palavras minúsculas:

CIRCUS

CIRCUS

Jake pesquisa algo no celular.

— O Circus Circus fica a três quilômetros e meio daqui.

Ele segura minha mão de novo e me conduz até a calçada, onde chama um táxi. Aperto com força. Minhas unhas devem estar cravadas na pele do dorso da mão dele, mas ele não se importa. Jake me empurra gentilmente para dentro do carro, e seguimos pela Strip, Neil sentado no colo dele, a ficha prateada espremida entre minhas palmas.

Desembarcamos em frente ao Circus Circus quinze minutos depois. Lá dentro, o cassino é frio, claro e barulhento. Parece um daqueles experimentos sobre sono. Será que os humanos seguem um ritmo circadiano normal na ausência de sinais luminosos diurnos? Não. Com certeza não. Nós vamos beber, apostar e correr atrás da próxima dose de dopamina até cairmos mortos de exaustão.

Jake observa tudo com um olhar indiferente e se vira para mim.

— E agora?

— Não sei — respondo automaticamente.

— É só uma ficha para os caça-níqueis, não é? — diz Jake.

Eu sei que é para os malditos caça-níqueis. Jake inclina a cabeça, e eu acompanho seu olhar: uma máquina antiga, com alavanca lateral e tambores de verdade nos rolos, com o busto farto de Dolly Parton estampado nela. Como bônus, é a Dolly de *Como eliminar seu chefe*.

Uma parte de mim achava que talvez eu fosse andar por aí até sentir alguma máquina me chamando, *aquela* máquina em que meu marido jogava. Só restam algumas dessas máquinas antigas com ficha por aqui. Mas, em vez disso, Jake escolheu uma máquina que pisca para nós dois com nossas piadas internas.

Não importa. Eu preciso me livrar dessa ficha e encerrar esta parte da noite. Enfio a ficha na máquina e... eu não preciso puxar a alavanca, preciso? Já me livrei disso. Guardei meu azar num jogo de sorte, e agora quem quiser que fique com ele. É o artefato amaldiçoado de um filme de terror, e o mau agouro pode ir embora de Las Vegas com outra pessoa, não comigo.

— Você esqueceu de puxar a alavanca — diz Jake quando me afasto da máquina. Antes que eu o impeça, ele a puxa por mim.

— Eu ia deixar assim — digo, enquanto os rolos começam a girar.

— Por quê?

— Nunca fui muito de apostas. — Não como Neil. Se ele estivesse aqui, saberia dizer as probabilidades da casa em cada aposta, em cada jogo.

Por cima do ombro de Jake, uma cabeça de Dolly se encaixa no visor.

— É só uma máquina caça-níqueis — ele diz. — Você coloca a ficha e, se ganhar...

Inacreditável.

— Eu sei como funciona uma máquina caça-níqueis. Sei jogar todos os jogos de azar daqui. Neil fez questão de me ensinar.

Além dele, o segundo rolo para. Tem algo errado com essa máquina. Duas cabeças de Dolly.

— Sabe mesmo? — Jake me olha como se tivesse descoberto um novo e glamoroso lado meu. Ele varre o salão com os olhos, observando os jogos ao redor. — Por que você não gosta de apostar?

— Porque apostar é uma baita estupidez. O sistema é manipulado. Você não vence a casa — digo. Para Neil, tudo o que importava era vencer a casa.

Sabe como se vence a casa, Neil?, eu lhe disse certa vez. *Não jogando. Essa é a única forma de vencer.* Eu não ganhava mais partidas do que o Neil, mas, pelo menos, não perdia tanto.

O terceiro rolo desacelera. Fecho os olhos — e devo estar imaginando —, mas sinto outra brisa quente do deserto...

O tilintar começa, e, quando abro os olhos, vejo três cabeças de Dolly. As fichas jorram como confete de casamento em tamanho exagerado.

Troco o prêmio no caixa, de forma quase automática. A atendente conta as fichas e desliza uma única nota de cem dólares engordurada pelo balcão, a transação mais suja da qual já participei. Saio na frente, e seguimos noite adentro, sob o brilho rastejante e cintilante da cidade. Respiro fundo o ar da noite, o coração acelerado.

Um pequeno token prateado de amor de um homem morto, carregado nas bolsas e bolsos durante sete anos, finalmente jogado neste poço dos desejos barulhento e feio onde as coisas mais estranhas se realizam. Com toda a certeza não é o desejo que pedi. Sinto falta da ficha, mas estou tão aliviada por não estar mais com ela. É o mesmo sentimento que tive quando Neil finalmente morreu. Eu sentia falta dele mais do que tudo, mas fiquei tão *aliviada*... ninguém nunca fala do alívio. Todo o suspense e o medo de um diagnóstico sombrio desaparecem, e o que resta é apenas luto, puro e simples.

— O que fazemos com as cinzas dele? — pergunto a Jake.

— Ainda não — responde Jake.

— Como assim, ainda não?

— Ainda não é hora.

Ainda não é hora. Paro no meio da calçada, e o mundo gira ao meu redor, passando por mim em uma corrente invisível de diversão, vida e prazer que me cuspiu anos atrás. Nunca consegui encontrar o caminho de volta. Tenho girado à margem, presa num redemoinho, olhando para dentro desde então, como um fantasma excluído pelos vivos. Eu poderia gritar o mais alto que pudesse, e ninguém ouviria. Estou pronta para voltar a viver.

Ainda não é hora.

— Ele queria uma última noite na cidade — diz Jake. Consigo ler nas entrelinhas. Ele está protegendo o último desejo de um companheiro à beira da morte. Fica ali parado, me espelhando, como se ele também fosse um fantasma por onde a vida noturna líquida escorrega sem tocá-lo.

— Mas ele não está aqui — digo. Essa é a tragédia. Ele não está em lugar nenhum.

Jake me observa.

— Por que você veio até Las Vegas?

— Ele queria que eu o trouxesse até aqui.

— Acho que ele queria te trazer até aqui. Queria que *você* tivesse a última noite dele na cidade — Jake diz.

À minha volta, pessoas riem, gritam, tiram fotos. Neil adorava toda essa loucura. *Adorava.* E eu sei que Jake está certo. A ficha, as cinzas — isso não era um gesto que Neil queria para si mesmo. Ele queria para mim.

Queria que eu viesse até aqui quando estivesse pronta e perdesse tudo. Tenho que continuar jogando até que tudo acabe, até que cada centavo e cada grão de poeira tenham ido embora. Da riqueza à ruína. Um renascimento na Las Vegas Strip.

Não vai demorar, e Jake está aqui para me ajudar a fazer isso. Ele estende a mão como um teste, e, quando a pego, parece que estamos selando um acordo.

Dentro do Wynn, Jake diz:

— Que tal um jogo de gados?

Ele fala com tanta naturalidade.

— Você quis dizer dados?

As bochechas dele estão coradas ou é coisa da minha cabeça?

— Sim — ele responde. — O que achou que eu disse?

Eu odeio jogos de dados, mas sou muito boa neles. Boa o bastante para saber como fazer uma aposta ruim. Quando o marcador vira para "desligado", em vez de pedir fichas de dez ou de cinco, algo que me daria tempo de jogo, peço uma única ficha preta. Coloco na doze, a pior aposta da mesa e, na minha cabeça, ouço Neil berrando sobre a vantagem da casa.

O crupiê empurra os dados na nossa direção, e deixo Jake fazer as honras.

— Só dois! — grita o crupiê quando Jake, sem saber, pega os cinco dados de uma vez. Ele devolve três sobre o feltro verde, e o crupiê os recolhe com o gancho. Jake sacode os dados como se estivesse em uma aula de Clichês das Apostas 101 e os lança. Eles batem na parede oposta da mesa, onde não consigo vê-los, e param. As pessoas vibram, murmuram e gemem, e o crupiê e os dois negociadores se lançam sobre a mesa, recolhendo apostas perdidas, movendo fichas, empilhando outras junto às apostas vencedoras. *Tap, tap, tap.* Os demais jogadores já começam a posicionar novas fichas e gritar novas apostas.

Puxo a manga de Jake para irmos embora.

— Espera — ele diz. — Precisa pegar o que ganhou.

Por algum motivo incompreensível, o negociador mais próximo junta algumas pilhas de fichas do caixa — alguns milhares de dólares, pelo menos —, então as empurra na nossa direção, direto para nós.

Meu problema aumentou trinta vezes em questão de segundos.

— Retira a nossa aposta! — grito. — Quero que você retire a nossa aposta!

Sacamos de novo. Lá fora, a temperatura começa a cair, e eu me encolho e apresso o passo. Jake coloca o casaco sobre meus ombros e meu coração acelera.

— Você está com sorte hoje — ele diz.

— Não existe essa merda de sorte — respondo com desprezo.

Seja jogando dados, enfrentando o câncer ou perdendo na loteria genética para uma doença neurodegenerativa. Apostadores são idiotas supersticiosos. Repetem máximas e filosofias que parecem inteligentes num biscoito da sorte, frases como: “Para vencer, é preciso estar disposto a perder tudo”. Eu estive disposta a perder meu marido, por ele. E não ganhei nada.

Jake dá de ombros, com aquele discreto sorriso assimétrico surgindo no rosto.

— Com certeza nós dois acreditamos em *azar*.

Logo na entrada do Venetian, paramos diante de uma roda-gigante da fortuna. Aposta para crianças pequenas. Neil teria detestado isso. Entrego o dinheiro ao negociador, que me lança um olhar de pena depois de olhar duas vezes, como se dissesse: "Mais um turista idiota torrando dinheiro". Ele gira a roda, tão grande que ocupa todo o meu campo de visão. Sinto enjoo só de olhar. Fecho os olhos. Vinte e quatro por cento de vantagem da casa, lembro de repente. A informação surge do nada. Quando abro os olhos, a roda parou e Jake me encara como se eu fosse uma ilusionista. O negociador também.

Observo Jake recolher o dinheiro com o negociador, a cabeça escura inclinada, as mãos, aquelas que agora eu reconheceria em qualquer lugar, pegando as notas com calma. Minha maré de sorte não vai se estender a ele. Neste jogo com Jake, não tem vitória para mim.

Minha cabeça lateja. Eu me sinto agitada, cruel, magoada.

No Caesar's Palace, procuro uma mesa de roleta com aposta mínima alta e chego a tempo de ouvir a bolinha cair na casa. O negociador anuncia:

— Cinco preto, par!

Ao redor da mesa, as pessoas gemem, suspiram ou riem, enquanto ele limpa o pano. Troco meu dinheiro por várias pilhas organizadas de fichas roxas.

Os outros jogadores deixaram fichas amarelas, laranja e verdes espalhadas pela mesa. Algumas dentro dos quadrados numerados, outras nas bordas. Pequenas pilhas se acumulam nas caixas marcadas "par" e "ímpar".

— Coloca tudo no 1 — digo a Jake, sem nem olhar para ele. É a melhor forma que conheço de perder tudo de uma vez. Abraço as chances péssimas. Eu me entrego à casa. *Levem tudo.*

E, nesse momento, uma voz dolorosamente familiar surge na minha mente.

Você não vence a casa deixando de jogar, Dodi, Neil disse uma vez com um sorriso, o último sorriso dele. E a gente não estava falando de dados ou de roletas. *Nós perdemos essa mão, mas um dia você vai conhecer alguém que vai te fazer querer jogar de novo.*

Como pedi, Jake pega nossas fichas e empurra todas para o quadrado marcado com o número 1, o número mais solitário, e a roleta começa a girar.

A roda gira, gira, e o tempo se estica até virar uma eternidade. Finalmente, a bolinha começa a saltar, pulando pelas divisórias de metal, procurando onde pousar, e...

Eu não sei bem por que preciso dizer isso, só sei que o luto se agarra a coisas bobas, como números, para continuar existindo dentro da gente. E o número 1 é um dos meus.

— Meu marido morreu no dia 1º de dezembro.

24

Valete de espadas

JAKE

Dia 1º de dezembro também é meu aniversário. Imagino minha tia e meu tio me esperando naquele restaurante, Dodi sentada sozinha em uma mesa para dois do outro lado.

Olho para Dodi, e há algo em seu rosto enquanto me observa, como se calculasse uma aposta. Uma suspeita floresce.

— Você disse que ele estava morto pra você — digo.

— O quê?

— Seu acompanhante, o que te deu o bolo no restaurante. Você estava jantando com o seu marido.

Dodi inclina a cabeça e desvia o olhar.

— Eu faço isso todo ano.

— Vermelho ímpar! — grita a crupiê, e os outros jogadores e espectadores soltam um suspiro coletivo, mas eu mal reparo em nada disso.

— Senhor... — começa a negociadora, e eu a interrompo. Já sei o procedimento.

— Vamos sacar.

Uma cor nova de ficha agora: marrom. Fichas demais para segurar. A crupiê nos entrega um comprovante em vez disso, e a multidão — *a multidão?* — se abre para nos deixar passar. No entanto, a imagem de Dodi no restaurante me ocupa a mente.

Tento imaginar se isso é algo com que um namorado estaria de boa. *Desculpa, tenho um compromisso esta noite. Vou jantar com meu marido que morreu!*

— Faz quanto tempo que ele morreu?

Seu passo vacila.

— Sete anos.

— Você ficou sozinha esse tempo todo? — Ela não precisa me responder. Sua cara fechada me diz a resposta.

— Quando você descobriu o diagnóstico? — me pergunta com frieza.

Não respondo.

— *Você* esteve sozinho esse tempo todo, principezinho?

Não preciso dizer. Ela já sabe a resposta.

— E agora? — pergunto.

— Temos que continuar. Temos que nos livrar disso.

— Nos livrar disso? — repito.

— Do dinheiro. Temos que perder tudo.

Paro no lugar. Ela vem jogando como uma predadora a noite toda, uma vitória atrás da outra.

— Você estava tentando *perder*?

Eu me dou conta de que não conferi quanto ganhamos na última rodada. Reviro a bolsa dela atrás do comprovante que a crupiê nos deu.

O número escrito nele não faz sentido.

Olho para trás. Ainda há um grupo de pessoas na mesa da roleta, nos observando, apontando.

Eu a chamo e ela se vira.

— Você...? — Estendo o papel para Dodi.

— Eu o quê?

— Olha.

Ela mal olha para o papel.

— E daí? Temos que continuar.

— Você chegou a olhar quanto...

Ela estava meio aérea desde o Circus Circus, mas agora parece recobrar o foco.

— Eu *sei* quanto! Trinta e cinco para um! — explode, apontando o dedo para a mesa da roleta atrás de mim. Puxa de lado um homem de cara fechada e colete e murmura algo no ouvido dele.

Ele assente e segue na frente. Corro para alcançá-los.

— Blackjack no escuro — ela diz para mim, sem olhar. — Cartas viradas pra baixo. Baralho único. Apostas altas.

Subimos um pequeno lance de escadas e seguimos até onde três homens estão curvados na beira de uma mesa enquanto uma mulher distribui as cartas. O jogo é mais lento que nas outras mesas de blackjack que passamos. São quantias maiores de dinheiro, e o suspense das cartas viradas para baixo é algo a ser saboreado. Os jogadores revelam suas cartas diante de nós, e um deles dá uma risadinha, outro termina a bebida, e a crupiê resolve as apostas.

Dodi se vira para mim, com a expressão dura, e estende a mão para pegar o comprovante. Não entrego.

Ela arranca o papel da minha mão e o amassa na palma, mas me recuso a soltar — seguro sua mão antes que ela faça alguma besteira. Algumas cabeças na mesa de blackjack se voltam na nossa direção, e eu respondo com um sorriso despreocupado.

— Você devia ficar com o dinheiro — sussurro entredentes. Esse dinheiro não significa nada para mim. Por que significaria? Mas é uma quantia que pode mudar a vida de alguém como Dodi, alguém que ainda tem a vida inteira pela frente. — Você devia parar enquanto ainda está ganhando.

Ela fecha a cara de novo.

— Você acha que estou ganhando?

Sem querer, acabei cutucando uma ferida. Ela dá meio passo na minha direção e fala em voz baixa.

— "Para vencer, é preciso estar disposto a perder tudo", era o que meu marido costumava dizer. Satisfeito, feliz, saudável... ele tinha tudo o que queria na vida, tinha *tanto* que nem dava valor, e ainda por cima costumava dizer isso, como se arriscasse corajosamente *tudo* toda vez que jogava um daqueles joguinhos de cartas idiotas. Você faz ideia do que é perder tudo de verdade?

Agora foi ela quem cutucou a ferida.

— Não — digo. — Eu não tenho nada a perder.

Ela pisca, percebendo o erro, e sua mão amolece na minha. Ela tenta se soltar, mas eu seguro firme.

— Vou te entregar, mas esse é seu último jogo — digo a ela.

Seus olhos brilham, escuros. Aos poucos, seu corpo relaxa.

— Meu último jogo — concorda.

Entrego o comprovante, e ela o segura e ergue o queixo.

— Você sabe jogar? — ela pergunta.

Na verdade, esse eu sei jogar. O objetivo é chegar o mais perto possível de vinte e um. As figuras valem dez, as outras cartas valem o que mostram, e os ases podem valer um ou onze.

— Sei — respondo.

— Então você sabe que esse jogo não é como os outros. Eu posso escolher perder. Não preciso vencer, se não quiser. — Seus olhos estão sombrios. — Você *sempre* perde tudo no fim, de qualquer jeito, se joga por tempo suficiente. A única sorte que existe é o azar, certo? Então de que adianta?

— Então saca agora, antes de perder tudo.

— Eu não estou falando da droga do jogo.

Ela se senta na cadeira vazia, na extremidade direita. Coloca o pedaço de papel sobre a mesa, e o homem mais próximo a observa com interesse, reparando no vestido, nos sapatos, nas joias. Esses homens reconhecem riqueza e seus sinais. Dodi é uma impostora entre eles.

Os olhos da crupiê demoram um segundo a mais no comprovante, então ela insere um cartão plástico preto no baralho e começa a distribuir. Uma carta virada para baixo para cada jogador, depois para Dodi e, por fim, para ela mesma. E mais uma vez, até que todos tenham a segunda carta, e essa segunda carta dela é apresentada virada para cima.

Todos conferem suas cartas, e, à minha frente, Dodi levanta discretamente as pontas voltadas para ela. Vejo sua coluna enrijecer, os dedos pararem. Espio por cima do ombro dela, e um metrônomo começa a bater no meu peito.

Dama de ouros e ás de copas. Blackjack. Ela venceu.

A crupiê distribui mais uma rodada de cartas.

— Paro.

— Mais uma.

— Mais uma.

A crupiê se vira para Dodi, que não diz nada. Ela apoia a palma da mão na mesa e arranha o feltro verde com uma unha vermelha e afiada. *Mais uma*. Ela vai cumprir a ameaça. Vai perder de propósito, mesmo tendo recebido uma mão vencedora. Quero agarrar a mão dela e prensá-la contra o feltro, mas já é tarde demais.

A crupiê manda uma carta na direção de Dodi, que nem se dá ao trabalho de olhar. Em seguida, vira uma carta para si mesma, revela a que estava virada para baixo, faz as contas e compra mais uma. Cinco de paus, três de copas, sete de copas, cinco de ouros. O total dela é de vinte. Os outros jogadores bufam, viram as doses e mostram suas cartas. A crupiê cuida das apostas deles — todos perderam, claro — e se volta para Dodi, que permanece sentada, me encarando, saboreando o próprio momento de triunfo.

Viu? Sorte, destino e finais felizes não passam de mitos.

Ela vira as cartas, uma a uma.

Dama de ouros.

Ás de copas.

Os outros jogadores se calam, confusos. Todos encaram a carta restante, ainda virada para baixo sobre o feltro verde.

Dodi encosta a ponta dos dedos na última carta, saboreando o momento. Não consigo olhar. Não consigo deixar de olhar. Ela desliza a unha sob a borda da carta e a vira.

25

Desejo de morrer

JAKE

Las Vegas brilha aos nossos pés. Estamos no terraço do último andar de um hotel, um espaço exclusivo para pessoas que podem pagar duzentos dólares por coquetéis servidos por contorcionistas que deslizam em collants dourados, enquanto uma trapezista gira preguiçosamente acima das nossas cabeças em um aro e um tigre ronda de mau humor com uma coleira lá embaixo. O espetáculo nunca termina.

Uma corrente de ar levanta o cabelo de Dodi enquanto ela se debruça sobre o parapeito e olha para baixo, e o brilho da luz vindo da rua tinge seu lindo rosto em tons estranhos e nuances submersas. Sua bolsa repousa na mureta entre nós, volumosa e pesada, e, ao lado dela, a urna. Outro garçom se aproxima, andando de lado como um caranguejo e depois se levantando sem derrubar a bandeja de bebidas. Ele acende um isqueiro sobre elas, as chamas se tornam azuis, e Dodi tira um maço de notas de cem dólares da bolsa para ele. É dinheiro de banco imobiliário, tudo isso. Nem parece real.

Uma dama de ouros, um ás de copas e um valete de espadas. Vinte e um. Ela fez vinte e um duas vezes na mesma mão. Ficou encarando as cartas por um bom tempo, como se estivesse lendo um tarô, então recolheu seus ganhos em silêncio e nos guiou de volta à Strip. Andamos por muito tempo sem falar nada, as palmeiras, as luzes e os turistas do outro lado de um vidro. Olhei para os prédios altos iluminados contra o céu preto, peguei sua mão e a trouxe até aqui.

— O que acontece a seguir? — ela pergunta. Sua voz é calma e séria. Entendo muito bem o que ela perguntou.

— Por enquanto são só as mãos. Elas ficam dormentes e me deixam desastrado. Agora que começou, vai piorar bem rápido.

— Como seu pai. O que aconteceu com sua mãe?

— Acidente de carro, quando eu tinha nove anos. Ela era professora. Ela...

Quase continuo falando, mas não há muito mais a dizer, na verdade. Ela dava aula na mesma escola em que eu estudava, então estava sempre *por perto*, o dia todo, todas as noites, até que um dia não estava mais. Nunca me trouxe conforto pensar nela, então evito.

— E aí seus tios te criaram. Eles vão te ajudar?

— Eles não sabem que estou doente. Meu pai não fazia parte da minha vida, e eles não sabem como ele morreu. — Talvez seja a primeira vez que falo do meu pai com alguém.

— Qual era o nome da doença dele? — Ela pega o celular como se fosse procurar.

— Acho que vai se chamar doença de Markham.

Ela franze as sobrancelhas, confusa.

— Como assim?

— É o nome do neurologista que me atendeu. — Jovem e ambicioso, ele ficou empolgado quando entrei no consultório há oito anos em busca de respostas.

Ele me disse: "Sem mapear geneticamente a doença do seu pai antes, não dá pra testar em você pra ver se foi passada adiante. Nem saberíamos por onde começar a procurar. Temos que esperar os sintomas aparecerem. Neuropatia periférica primeiro. Depois você vai começar a ficar estabanado... talvez perceba nas mãos ou quando se movimentar. Todo mundo já ouviu falar das grandes, como ELA ou Huntington, mas existem outras também, que surgem em uma linhagem familiar, com tão poucos casos que nunca foram estudadas direito. Essa pode ser uma nova doença neurodegenerativa, ainda sem nome".

Nunca mais voltei lá. Tirando algumas terapias experimentais, não há nada a ser feito, e eu não sou nenhuma cobaia. Existe uma baixa probabilidade de conseguir prolongar isso, que não me tenta nem um pouco.

As chamas nas nossas bebidas se apagam, ela arrisca um gole e faz uma careta.

— Por que você está tão sozinho no mundo, Jake?

— O quê?

— Sem um amor, sem amigos, sem bens. Pra quem você já contou do seu diagnóstico?

Para ninguém.

Na minha mente, vejo os olhos tristes da tia Laura e os ombros curvados de Bill. Não sei como colocar tudo em palavras. Que é arriscado, perigoso, deixar alguém se aproximar.

Encontro uma forma de dizer.

— Não quero tornar tudo isso ainda mais difícil.

— Mas você permitiu que eu me aproximasse — ela diz.

— Você me odeia.

Ela ignora.

— Quem vai cuidar de você?

Penso na imagem que Bill pintou para mim. *Ele foi perdendo as funções, até não conseguir mais se mexer. Uma forma terrível de morrer.*

— Eu vou cuidar de mim mesmo.

Ela me olha, e sei que ela entendeu exatamente o que quero dizer. O marido dela, sentado ali entre nós, também sabe.

É surreal finalmente dizer tudo isso em voz alta, os pensamentos que ficam martelando na minha mente à noite. É... eletrizante liberar tudo. Como um gênio que escapa da lâmpada. Talvez eu nem consiga mais esconder de novo.

— Não posso impedir meus tios de me empalharem como um guaxinim e me exibirem num caixão, ou de vasculharem minhas coisas depois, mas posso controlar essa parte. Como eu vou morrer.

— Agora é permitido por lei — ela diz baixinho. — Você pode conseguir ajuda médica.

— É verdade. — Penso se conto a ela a parte seguinte, a que me assusta. Penso no marido dela derramando leite e cereal direto no balcão. — Mas isso vai afetar minha cognição em algum momento.

Ela entende isso também, sem que eu precise explicar. Se minha capacidade de decisão for colocada em dúvida, nenhum médico vai me deixar decidir nada.

— Você precisa de um defensor, alguém que garanta que sua morte seja digna — ela diz. — E... o que vai vir depois também.

Nunca tinha pensado em ter um defensor. Não há ninguém na minha vida a quem eu pudesse pedir isso. Grant é um narcisista. Andrew é católico. E Laura... Laura entenderia, mas eu não poderia fazer isso com ela.

Penso em como acordo toda manhã antes do despertador tocar. O teto se forma acima de mim, a lembrança do que está por vir volta, e por um minuto não consigo respirar. Começo todos os dias assim. Não tenho controle sobre meu futuro, sobre como tudo vai acontecer. A dor, a humilhação e a incerteza que me aguardam. É como você acordar e perceber que está no banco da frente de uma montanha-russa, bem no topo da maior subida, já começando a descer, centímetro por centímetro, então o pânico se instala. Não durmo direito há oito anos.

É aí que Dodi entra. Minha bela distração reluzente desde o momento em que ela pisou naquele elevador.

Quando ela me olha, sou o assassino em ação, não aquele outro Jacob Ripper triste e patético. E agora estou em Vegas, no terraço de um prédio, com uma bolsa cheia de dinheiro e um homem morto num pote. Estou com a pessoa mais interessante que já conheci e ela acha que *eu* sou interessante. Penso em nós dois. Um sujeito apagado, um peso morto atravessando a vida em modo econômico. Uma mulher cortante como Dodi, dobrada sobre si mesma repetidas vezes como aço, ficando cada vez mais resistente e forte. Quando nos conhecemos, foi como a pedra riscando o aço. Uma faísca. Tudo se tornou interessante. Criamos um mundo de fantasia juntos, um para o outro.

— Como você vai gastar seu dinheiro? — pergunto, com a voz diferente. Suave, charmosa, com uma curiosidade educada, enquanto puxo minhas luvas de estrangulador e meço o pescoço dela com os olhos.

Ela se sobressalta, puxada de volta dos pensamentos em que estava imersa.

— Meu dinheiro?

Aponto com o queixo para a bolsa, e seu rosto se apaga por um instante antes de voltar à sua expressão entediada, com um toque de "vai se foder, querido". A Viúva Negra debochada está online de novo, afiando sua navalha. Ela é exatamente como aquela dama de ouros que recebeu, e tudo o que eu quero é continuar voltando, me cortando em tiras nessas arestas duras e afiadas.

— Você adoraria saber. Já gastei tudo — diz ela. Sinto um arrepio ao perceber que há outro segredo ali. Mais um corpo enterrado perto dos outros.

A brisa seca do deserto surge de repente, erguendo os cabelos de Dodi. Ela se encolhe, apesar de estar calor.

— Por que você me trouxe aqui? — pergunta.

Entrego a urna, e seu rosto se fecha.

— Você tem razão. Ele teria adorado isso. — Ela olha novamente para a cidade pulsante, viva e cheia de luzes. Tira a tampa da urna e a apoia na mureta, depois rasga o lacre do saco interno.

— Adeus, Neil — sussurra, espalhando as cinzas lentamente no vento morno.

Neil.

Dedico um minuto de silêncio ao anônimo e destemido Neil — o estatístico, o jogador, o homem que Dolores amou e ainda ama —, agora reduzido a cinzas, espalhado pela Las Vegas Strip por um vento do deserto, agarrando-se aos cabelos, à pele e às roupas de milhares de desconhecidos, seguindo com eles até os quartos de hotel, impregnando os lençóis, sendo levado de avião para casas por todo o continente, por todo o mundo. Um pote de poeira estelar explodindo numa supernova pelo globo.

Que maneira de partir.

26

Joguinhos de assassinato

DODI

POUCO ANTES DO AMANHECER, LEVANTO A CABEÇA E TIRO UM pedaço de papel grudado no meu rosto. Benjamin Franklin me encara com os lábios franzidos, desaprovando. Ao lado da cama há um vaso de rosas vermelhas. Jogo as flores no chão e viro a água num gole só.

O quarto é branco. Carpete branco felpudo, sofá branco, tudo branco, e pétalas de rosas vermelhas por toda parte. Há velas queimadas até a base; a cera escorreu pela mesa de centro, onde estão largados meias, sapatos e cartas de um jogo de strip poker interrompido. Camisinhas infladas como enormes balões rolam devagar pelo carpete, feito plantas secas levadas pelo vento do ar-condicionado.

Estou esparramada em cima de uma pilha de dinheiro na cama nupcial de uma suíte extravagante de lua de mel, com um anel enorme brilhando na mão esquerda. Outra coisa também brilha: o macacão de Elvis com strass que ganhei no strip poker. Eu estava falando sério quando disse que Elvis faria o meu casamento.

Foi um pedido excêntrico, talvez. Quantos homens se ajoelham com uma ficha de caça-níquel na mão enquanto uma multidão de turistas em Las Vegas aplaude? Mas algumas horas depois, quando tive tempo para pensar, aceitei mesmo assim. Nada me abala. Sou uma profissional. Já vi de tudo. E isso combina muito bem com meu *modus operandi*: um casamento de conveniência para ajudar um homem doente a manter a dignidade. Claro, deveríamos fazer os papéis de procuração também, mas esse foi o começo impulsivo, movido a álcool.

Ele merece o melhor de mim. Tive certeza disso ontem à noite, quando me explicou tudo. Ele já me deu o melhor de si.

Jake está dormindo pesado. Cílios escuros tocando as bochechas, barba por fazer. Perdeu a maior parte da roupa nas últimas horas da madrugada, quando humilhei ele e o Elvis no strip poker, e agora vejo seu corpo pálido e magro pela primeira vez, deitado ao meu lado, ainda forte e saudável, pelo menos por enquanto. Fico me perguntando quantos quilos vai emagrecer. Neil virou só pele e osso. Vai ser a minha última olhada. A possibilidade de rolar algo sexual morreu. Esta Viúva Negra não se apega a seus clientes.

A perda é o preço a pagar. Diferentemente daqueles idiotas que lotam os cassinos, eu sempre soube que não existia vitória. Só a ilusão temporária de estar vencendo. A casa sempre tem vantagem, e, no fim, todo mundo perde. No fim, todo mundo morre.

Eu o observo enquanto o quarto vai se enchendo de luz. Fecho os olhos e escuto. A respiração lenta, tranquila, e, por debaixo dela, um batimento cardíaco. Talvez seja o meu, ou talvez eu esteja imaginando. Eu me aproximo, me aninho, sinto o cheiro dele. Algo quente, vivo, convidativo, que me dá vontade de enterrar o rosto em seu ombro. A aparência dele, os sons que faz, o aroma... e mais do que isso, sua gentileza, sua paciência, seu humor sombrio, são meus troféus. Vou guardá-los em uma caixa debaixo da cama.

Há coisas que Jake precisa fazer antes de morrer. Uma lista completa de pendências, de pontas soltas para amarrar, de experiências para viver. Já vi isso antes. Mas, por causa da vida real que me espera em casa, não posso acompanhá-lo. Preciso incentivá-lo a ir em frente com cuidado. Ele não pode se dar ao luxo de perder tempo. Vou estar aqui quando ele precisar de mim — precisar de verdade

— e não apenas quando me quiser por perto. Porque agora entendo bem por que ele esperou para ir para a cama comigo, mesmo que eu estivesse tentando pegá-lo desde o começo. Para ele, nunca foi só uma paquera para matar o tédio. Jake quer que algo especial aconteça com ele antes de morrer.

Jake quer se apaixonar.

Mas eu não posso ajudá-lo com isso.

Jake se atrapalha com o cartão magnético, e, assim que a fechadura finalmente libera, a porta do outro lado do corredor se abre. Cynthia observa, com expressão séria, as roupas amarrotadas dele, meu macaquinho do Elvis, e nossa bolsa com algumas notas soltas para fora. O olhar dela me arrepia a espinha, mas ela não diz nada. A porta do quarto de Cynthia se fecha com um clique suave.

O avião sai em breve. Não temos tempo para tomar banho. Trocamos de roupa miseravelmente, os dois com uma tremenda ressaca. Checamos o banheiro, a roupa de cama, as gavetas, só para garantir que não esquecemos nada. *Deixamos algo pra trás?* Só um marido.

Jake arruma a cama e dobra as toalhas compulsivamente, e eu deixo uma gorjeta generosa. Somos adultos responsáveis, caso a noite passada tenha deixado alguém confuso. Ele me entrega os cartões de embarque e os passaportes, e pega as malas. Somos tão práticos, banais e... *casados*.

Um casal que ainda não conseguiu se olhar nos olhos desde que acordou, e Jake mal encarou o anel no dedo. Um casal que ainda não conversou sobre o incrível fato de estarem casados.

No balcão de check-in do aeroporto, encontramos o nosso pessoal, os de olhos inchados, cabelos ensebados, todos de ressaca, sendo mentalmente atacados por funcionários das companhias aéreas, animados, eficientes e sorridentes, que entregam más notícias como canapés envenenados numa bandeja. "Posso lhe oferecer um voo superlotado? Que tal perder o seu assento?"

— Que caralho você quer dizer com *o voo foi cancelado*? — pergunto.

Os olhos da agente saltam, e seus lábios pintados de rosa congelam em um sorriso vazio.

— Não, não pode ser.

Ela pisca.

— Sim. Posso colocá-los no primeiro voo amanhã…

— Não.

Jake me puxa da fila pelo cotovelo. Protesto, firmo os pés, mas a agente já virou para o próximo passageiro. Estou tão furiosa que não escuto o que Jake diz em seguida.

— O quê? — pergunto.

Ele franze os lábios por um instante, como se não tivesse certeza se seria muito ousado repetir o que disse. Seu olhar desliza pelo meu rosto.

— Não precisamos voltar pra casa. Vem comigo.

O pedido me tira o fôlego.

— Pra onde?

— Pra qualquer lugar.

— Pra baía de Guantánamo?

Ele sorri, um daqueles sorrisos divertidos e tímidos, um sorriso verdadeiro, e sinto um aperto no estômago. Estamos em um dos maiores hubs aeroportuários da América do Norte, com passaportes nos bolsos. Tenho na minha bolsa roupas suficientes para alguns dias, produtos de higiene — não. *Nós temos quatrocentos mil dólares americanos.* Não precisamos de mais nada. Examino os painéis de partidas: Honolulu. Seul. Amsterdã. Cidade do Panamá.

Consigo imaginar nós dois, um casal de assassinos fugindo após seu mais recente massacre em Vegas. Ou talvez… talvez duas pessoas finalmente se conhecendo melhor por um breve período, enquanto veem o mundo juntos. Ficando bêbados na primeira classe, tomando espumante. Aterrissando em Guadalajara, onde pedirei casualmente nosso jantar em espanhol, e ele vai descobrir que eu sei falar a língua; tenho certificado de espanhol para negócios, muito obrigada. Naquela noite, na cama, ele vai querer saber quantas línguas eu falo, então eu o levarei a Manila depois, onde ele vai saber mais sobre mim…

Fecho os olhos e me permito saborear a fantasia. Ele sempre cria as melhores.

Mas a vida real me chama.

— Não posso — digo. Não digo que não quero, então o sorriso dele desaparece.

— Por que não?

Por que não?

Uma voz impessoal anuncia algo na minha mente, *sei lá o quê, sei lá o quê, terminal*. Eu odeio aeroportos.

— Se você quer viajar, acho que deveria fazer isso — digo.

Preparei meus argumentos nesta manhã enquanto ele dormia. Ia ter essa conversa com ele quando chegássemos em casa. Por algum motivo, imaginei que seria no terraço do prédio onde trabalhamos. Eu ia dizer que a gente precisa ficar separado um tempo, que ele precisa focar em si mesmo um tempo, mas que eu vou estar preparada para agir quando ele precisar de mim.

Mas isso é ainda melhor. Consigo imaginá-lo em alguma praia tropical ou andando pelas ruas de alguma cidade europeia. Ele poderia até conhecer alguém. Ainda há tempo para essa coisa especial acontecer com ele. Não vou ser o tipo de esposa ciumenta.

— Acho que você devia viajar, Jake. E acho que devia fazer isso sozinho.

Ele suspira.

— Seria muito entediante. — Sua voz e atitude mudam. Ele volta a vestir a máscara que o protege: o Assassino em Série em Ação. Engraçado, impassível, invulnerável. — E o tédio já é um problema crônico...

— Para um minuto com esses joguinhos de assassinato.

Ele me encara por trás da máscara, mas aprendi a ler rostos impassíveis com a melhor pessoa que existe.

— O tédio não é exclusividade de sociopatas — falo. — Sabe quem mais sofre de tédio crônico? Pessoas muito inteligentes.

Ele faz um som que denota impaciência, mas eu continuo. Há coisas que precisam ser ditas. Ser uma boa esposa é mais do que apenas estar disposta a colocar alguns comprimidos na mão do seu marido e apertar um travesseiro no rosto dele.

— Você é inteligente, então sei que vai me entender. Você está entediado, solitário e deprimido. Sempre soube que você não é assim... — Faço um gesto amplo na direção dele, dele todo... a monotonia, a falta de amigos, o jeito dele se agarrar como uma lampreia ao estímulo de dopamina que nossa paquera lhe deu, o desespero para se perder num mundo de fantasia, basicamente, tudo que vejo refletido em mim mesma. — Você não está assim porque é um sociopata. Está assim porque está deprimido. Você precisa fazer algo a respeito disso.

A máscara desaparece repentina e dramaticamente. É a primeira vez que vejo algo parecido com raiva no rosto dele, e é um alívio ver isso. É humano. É supernormal. É *saudável.*

— Não estou deprimido — ele diz com calma. — Não é um desequilíbrio químico. Tenho um motivo totalmente válido pra me sentir assim. Tomar remédio ou falar com um terapeuta não vai me deixar *mais feliz*.

— Não estou sugerindo que você *fique feliz*. Você tem todo o direito de se sentir péssimo. Você merece viver esse luto de uma maneira intensa em vez de evitá-lo. Tem se esforçado muito pra convencer as pessoas de que está bem. Os sorrisos falsos, o golden retriever falso, a fachada de normalidade. Você até me usou pra mentir pra sua tia sobre ter uma namorada.

— *Você* falou pra ela que era minha namorada...

— E ela pareceu tão feliz que você aceitou a mentira. Você não pode viver assim, não se estiver morrendo. Seu colega de quarto? Cuidar dele é uma distração pra você. Me diz se não é verdade.

Ele fica me encarando, e eu continuo. *Sei* que estou certa. Venho montando esse quebra-cabeça na minha mente desde que acordei hoje de manhã, ao revistar os bolsos dele e vasculhar seus segredos enquanto ele estava apagado para o mundo.

— Você cuida melhor dele do que de você mesmo. É mais fácil se deixar levar pela loucura de outra pessoa e administrar a vida dela como se fosse responsabilidade sua em vez de lidar com os seus próprios problemas, não é?

Ele fica imóvel.

— Você quer viver numa fantasia, se distrair com qualquer coisa pra não pensar no que está por vir, mas precisa cuidar da sua vida real. Precisa se livrar das pessoas que te deixam infeliz, como o seu colega de quarto e o seu tio. Precisa contar pra sua tia que está doente...

— Não...

— Está claro que ela te adora. Com certeza iria querer te ajudar da melhor maneira que pudesse.

— Ele não ia deixar, e ela *nunca* ficou do meu lado contra ele.

Há tanta raiva e dor dentro dele, como se houvesse uma ferida que precisa ser drenada, que o mais gentil agora é continuar perfurando-o com a minha lança.

— Você precisa descobrir o que quer fazer com o tempo que ainda tem.

— Não tem *nada* que eu queira fazer...

— Você precisa descobrir. Precisa entender o que te deixa remotamente feliz e fazer exatamente isso.

Eu me ajoelho no chão sujo do aeroporto, abro minha mala de mão e puxo a fronha do hotel que contém metade do dinheiro ganho na noite passada. Eu já tinha dividido tudo quando Jake estava no banheiro do quarto, dobrando toalhas em formato de cisnes, ou seja lá o que estava fazendo. À luz fria e nauseante do dia, me sinto tão grata por Jake ter me impedido de ir adiante com as apostas ontem à noite. Preciso desesperadamente desse dinheiro, mas metade é suficiente para o que tenho a fazer.

— Aqui — digo, pressionando a fronha contra o peito dele.

— Não quero.

— É seu. *Pega.* Entra num avião e vai conhecer o mundo. Encontra alguma coisa que te faça feliz.

— Você me faz feliz.

Ele ergue a mão como se fosse pegar a fronha, mas só mantém as mãos sobre as minhas, contra o peito dele, e vejo o desastre chegando como um trem descarrilando, um vagão depois do outro saindo dos trilhos, e tenho vontade de gritar para esse idiota desmiolado: *Ah, não, não fala isso!*

— Estou apaixonado por você.

Meu coração dispara da pior forma possível, porque se ele acha que vou dizer o mesmo de volta...

— Eu sei que você não sente o mesmo — ele diz rapidamente. — E nem quero que sinta.

Descolo a língua do céu da boca.

— E o que você quer que eu faça com essa informação?

— Imprime numa caneca.

Tento soltar as mãos, mas ele não deixa.

— Quero ficar com você. Acho que você também quer ficar comigo.

Estou corada e transpirando. Meu couro cabeludo formiga.

— Quero passar o resto da vida com você.

Jake teve uma vida infeliz, mas deve ter havido um momento na infância em que alguém cuidou muito bem dele, para que hoje consiga expressar exatamente o que sente desse jeito.

Não é uma oferta ruim. Ter o amor, a atenção, a diversão dele, ser o centro do foco intenso desse homem inteligente e bonito... e ele não está pedindo nada em troca além da minha presença. Deixo que ele segure minhas mãos e me permito imaginar isso uma última vez.

— Somos casados — ele diz baixinho, como se ainda tentasse entender e tivesse medo de falar alto demais. — Vamos sair em lua de mel. A gente larga o emprego. Sem trabalho, sem nenhuma responsabilidade, sem colega de quarto maluco e, com certeza, sem a gat...

A gata.

A Gata.

Fico tão feliz por ele dizer isso, porque é aí, nesse *exato* momento, que ele passa dos limites e me facilita a dizer "não". Só o fato de ele sugerir que eu a deixe por ele, que eu a abandone por algumas semanas enquanto me entrego a um capricho, como se eu fosse o tipo de pessoa...

Esse último pedaço que restou de Neil é o motivo pelo qual me levanto todas as manhãs. O motivo pelo qual fico metade da noite acordada no meu laptop idiota. O motivo pelo qual me agarro àquele emprego insuportável. Eu fiz coisas terríveis, mas o meu amor por ela é a melhor e mais redentora parte de mim.

De repente percebo como tenho sido terrível.

Tenho me esforçado tanto para construir uma vida nova, a que eu deveria ter tido com Neil, uma vida que honrasse sua memória, e aqui estou eu, agindo feito uma idiota, deixando-a para trás, arriscando meu emprego, me unindo legalmente a alguém que mal conheço. Tenho andado fora de mim nessas últimas semanas.

Fico enjoada só de pensar.

Meu celular vibra no bolso, e sei muito bem quem é. Arranco minhas mãos das de Jake. Poderia vomitar. Ele precisa saber qual é o nosso limite. Preciso lembrar a mim mesma qual é o meu limite.

— A questão é que — digo — eu tenho uma vida.

A frase soa muito mais ríspida do que eu queria, mas parece que só tenho dois modos. O cruel e o ainda pior. Seu rosto se fecha. Enfio a faca mais uma vez e torço com força.

— Eu tenho uma vida de verdade. Tenho amor, um lar, um propósito. — Tenho tanta *sorte*, apesar de todo azar que veio antes. Tenho muito agora, mesmo já tendo perdido tudo uma vez. A coragem dos cassinos evaporou como névoa à luz clara do dia, e agora posso admitir para mim mesma que lutaria com unhas e dentes para não perder tudo novamente. Lutarei contra Jake se for preciso. — No fim do dia, quando terminamos nossas brincadeiras idiotas de assassinos em série no escritório, eu vou pra casa e minha vida real começa.

A expressão em seu rosto é da mais pura traição. Ele tem sido o outro esse tempo todo, aquele com quem eu traio a minha vida real. Mas já decidi que ou eu sofro, ou ele sofre. Só que eu ainda estou sofrendo. Meu celular vibra outra vez. Enfio a mão no bolso e o aperto.

Ele me encara, seu rosto ficando vermelho.

— Essa é a mesma vida real da qual você foge desde que te conheci?

Ataco de volta no mesmo instante.

— Você nem tem uma vida real.

— *Isso* poderia ser uma vida real — ele diz, e sinto uma sensação dilacerante no peito, os órgãos se retorcendo até se partirem.

— Pelo resto da *sua* vida, imagino.

Foi legítima defesa, Meritíssimo. Jake solta minhas mãos.

Buzz, o celular vibra.

— Vida real chamando? — Jake diz, com sarcasmo.

Levo o telefone à orelha e ando até o outro lado da banca de jornais.

— Recebi o e-mail avisando que cancelaram o voo — minha vizinha diz sem rodeios.

— Já estou embarcando em outro voo — minto, e minha vizinha suspira, aliviada.

— Ótimo. Ela sente sua falta. Hoje cedo, quando acordei, ela estava encolhida aos pés da minha cama.

Espero até ter certeza de que minha voz não vai falhar.

— Posso dar um "oi" pra ela?

— Ha. Não. Ela está muito ocupada.

— Isso é... — Forço para ouvir melhor. — Um latido?

— Estamos no terraço.

Meu Deus.

— Na área de pets?

— Não se preocupe. Só tem cachorro pequeno aqui hoje.

— Não é seguro aí. Os muros são muito baixos.

— Ou eu a trago aqui pra cima, ou ela sobe escondida quando não estou vendo. Ela adora os cachorros. Acho que você vai ter que arrumar um amiguinho pra ela.

Cerro os olhos com força. Quero tanto dar a ela um amiguinho cachorro.

— Assim que tivermos uma casa com quintal.

A mítica casa com quintal. Nunca vai acontecer. Estou tão feliz por Jake ter me feito ficar com o dinheiro, mas preciso usá-lo para outra coisa. Spencer & Sterns. Meu laptop. Minha vida dupla.

Do outro lado, Jake se aproxima do balcão.

— Dá um apertão nela por mim — digo e encerro a ligação.

Vejo a máscara dele reaparecer. Ele liga seu sorriso bonito, charmoso e psicopata, e a agente derrete como cera sob uma chama. Ela sorri de volta. Ele diz algo, e ela dá uma risadinha, então ele diz mais alguma coisa, e seu rosto se enche de preocupação com qualquer mentira que ele habilmente contou. Um instante depois, ela imprime um cartão de embarque e entrega para ele. Uma passagem internacional só de ida, primeira classe, para uma grande aventura.

Ele volta até mim e segura o cartão bem na minha cara.

— Seu assento é na janela — ele diz.

Pisco e pego o bilhete com dedos dormentes.

— O quê?

Fico olhando. Um assento no próximo voo para casa, ainda hoje.

— E você?

Ele olha para o painel de partidas. Londres. Cidade do México. Paris.

— Vou pegar outro voo. — Ele me lança um grande e falso sorriso psicopata, então se afasta.

27

O estertor da morte

JAKE

TOMO MEU CAFÉ FAZENDO BARULHO ENQUANTO ANDO DE UM lado para o outro, inquieto e transpirando. A cobertura de Grant escurece, clareia e escurece de novo, e os números verdes do despertador parecem olhos de um animal noturno à espreita. Não tomei banho nem fiz a barba desde que voltei de Las Vegas.

Você precisa descobrir o que quer fazer com o tempo que ainda tem.

O prédio dorme. Grant dorme. Todos dormem, menos eu. Já é segunda-feira de novo, e finalmente posso vê-la, ainda que seja do jeito dela. Tomo banho. Faço a barba. Minha pele parece pálida e brilhante no espelho.

Precisa entender o que te deixa remotamente feliz.

Ouço os ruídos de Grant se mexendo no quarto ao lado. Ele espirra. Tosse. Murmura sozinho, praticando falas que vai usar no tribunal hoje. Faz pausas para permitir ao júri um momento dramático. Bate com as mãos na bancada do banheiro para dar ênfase.

— Protesto... *protesto*... — Tenta algumas variações até decidir. — Pro*tes*to, Meritíssimo!

Ele caminha com passinhos curtos até a sala, que mantenho limpa para ele, com o terno que peguei na lavanderia para ele usar, e seus olhos param no café da manhã que preparei. Sorri um sorriso sedutor e cheio de dentes, e começa a devorar as claras de ovo.

Você cuida melhor dele do que de você mesmo.

— Você está péssimo — ele comenta, casualmente, e, nesse instante, tomo minha decisão.

— Vou me mudar.

Claras de ovo caem da sua boca, de volta para o prato.

— O quê? Vai se foder. O quê?

— Vou morar sozinho.

— Não acredito que você ficou chateado! Eu só quis dizer que você parece doente!

Meu café está frio. Eu me sirvo de uma nova xícara e aproveito para completar a do Grant, mas ele derruba acidentalmente a xícara da mesa, e o líquido preto respinga pelo chão branco.

— Você *não pode* fazer isso. Quem vai cozinhar e limpar? *Eu* não sei fazer essas coisas. E você ficou de consertar a sauna...

Encaro as manchas de café no chão e, na imagem que se forma, vejo um homem desperdiçar sua curta e patética vida se camuflando às paredes, como um autêntico coadjuvante.

— É a minha vida, Grant.

— Você não pode fazer isso comigo.

— Ter uma vida?

Ele surta e joga o prato e os talheres no chão, ao lado do café.

— Você está me *abandonando*! — Aperta a cabeça com força, como se a dor fosse insuportável. É por isso que ele deveria se limitar a bonecas.

Levo apenas dez minutos para encher uma mochila enquanto Grant desaba na cozinha. Pego uma chave na gaveta e saio. No estacionamento subterrâneo, clico no botão da chave até encontrar o carro, entro e dirijo. Mas para onde eu vou? O trabalho só começa daqui a duas horas. Dirijo sem rumo pela cidade. Atravesso a ponte e volto pelo mesmo caminho. Estou agitado e transpiro. Minhas mãos estão brancas, então coloco as luvas. De repente, percebo que estou passando pelo prédio da Spencer & Sterns, no automático. Uma quadra adiante há um viaduto, e embaixo, próximo ao rio, um pedaço desagradável e deserto de terreno urbano, repleto de sinais de acampamentos improvisados. Estaciono o carro e observo o rio lá embaixo, marrom, lento, espumoso. Não parece água, mas algum fluido que sairia de uma pessoa doente, ou algo que a tia Laura limpa no final do dia na funerária. Se me torcessem como um pano, é isso que sairia de mim.

28

Demitida

"DOLLY"

MANHÃ DE SEGUNDA-FEIRA. ESTACIONAMENTO NO SUBSOLO. Quando percebo quem está comigo no elevador, já é tarde demais.

— Haha, Dolly!

— Bom dia — respondo, seca.

— Não é um bom dia sem um sorriso seu.

Eu me imagino escancarando os dentes num sorriso, meus lábios se abrindo para revelar várias fileiras de presas, minha mandíbula deslocando para engoli-lo inteiro, para algumas horas depois cuspir seu esqueleto frágil e parcialmente digerido. Se pelo menos Jake estivesse aqui, trocando um olhar comigo do outro lado do elevador… mas ele não está. Eu o deixei num aeroporto em Vegas e não faço ideia de quando vou vê-lo novamente. Ele nunca me deu um prazo para sua doença.

Doug fica desconfortável com meu olhar silencioso e ri que nem bobo mais uma vez antes de abrir o jornal gratuito da cidade.

HO-HO-HO-MICÍDIO

Pegadinha de Natal com "assassinato" de boneca sexual desmembrada sob investigação

Sinto as entranhas desabarem no chão.

— Preciso disso — solto de repente.

— O quê?

Agarro a ponta do jornal e o puxo no mesmo instante em que as portas se abrem no térreo. Saio depressa antes de ser encurralada pelas pessoas que entram e me enfio no outro elevador, o jornal pressionado junto ao peito para conter a manchete e meu coração aos pulos.

Jake fez o certo: sumiu da cidade. Imagens de policiais arrombando minha porta flutuam diante dos meus olhos. Gata acordando do sono e me assistindo ser levada algemada no meio da noite. Ah, sim, a bravata de Las Vegas se foi de vez. Estou apavorada com a possibilidade de perder tudo.

Mas que inferno é esse. Foi só um *entulho* jogado fora.

As portas se abrem no meu andar e caminho com determinação até o anexo, evitando qualquer contato visual, ocupada demais para parar por causa de alguém, entrando em pânico, entrando em pânico, *entrando em pânico*. Estou quase em cima dele quando finalmente o noto.

Jake.

Piso em falso, e minha bolsa desliza do ombro até o cotovelo. Eu o encaro. Ele deveria estar com os pés na areia em algum lugar, relendo seu livro favorito, escrevendo cartas.

— O que você está fazendo aqui?

Ele ergue rapidamente os olhos do monitor para me avaliar.

— Digitando dados pro Doug.

Tenho vontade de dar um tapa nele.

— *Por quê?*

— É meu trabalho.

Seu tempo está acabando, e ele está sentado aqui sob luzes fluorescentes, engessado num típico traje empresarial, anestesiando o cérebro com planilhas.

Ele nota o jornal nas minhas mãos.

— Tem um novo psicopata à solta.

Sua voz é suave, tranquila, e sinto os ombros relaxarem. Olho mais uma vez para a manchete. Cinco minutos atrás, achei que isso fosse o mais puro desastre, mas agora, com Jake aqui, parece quase engraçado.

— Ainda não li a matéria — digo.

— Sabe o que eu acho? — ele diz, inclinando-se de forma conspiratória.

Ele quer voltar aos nossos joguinhos de assassinato. Quer apertar o botão de resetar e voltar exatamente ao ponto onde estávamos antes. Tenho vontade de sacudi-lo. *Não.*

— Sim?

Ele olha para a direita e para a esquerda, num exagero cômico na sala deserta.

— Acho que são duas pessoas trabalhando juntas.

Talvez ele não faça ideia de como é triste que esteja disposto a se contentar com isso, com esse joguinho patético, com essas distrações patéticas.

— É uma teoria interessante. Suponho que duas cabeças pensam melhor que uma.

Ele se recosta na cadeira e cruza os braços.

— Ah, não, nem uma cabeça. A cabeça ainda está desaparecida. O que estou morrendo de vontade de saber é se isso foi algo isolado ou… se vão continuar trabalhando juntos.

Finalmente percebo o que ele está fazendo aqui hoje, mexendo em planilhas em vez de pegar um avião para a Tailândia. Ele está tentando passar o resto da vida comigo.

— Não faço ideia do que esses lunáticos estão pensando — sussurro.

— Mas o que *você* acha? Sei que você teria que usar muita imaginação pra se colocar na mentalidade dos psicopatas que fizeram isso…

Meu peito dói por ele, e não sei se estou sendo generosa ou egoísta ao permitir essa brincadeira. Se é o que ele realmente quer, é *tão* pouco que posso dar isso a ele…

Estamos prestes a pressionar o botão de resetar, quando Doug entra arfando no anexo, feito um cachorrinho. Ele nunca tinha me seguido até meu esconderijo antes. Observa o jornal roubado nas minhas mãos e eu o seguro mais forte.

— Oiiii, Jack! Dolly — ele diz com uma risada vazia. Seu rosto já está rosado e brilhante, como se tivesse correndo pelos corredores, fugindo de funcionários enfurecidos do RH. Jake e eu o encaramos. — Então a Cynthia resolveu tocar o terror, haha.

Meu palpite foi certeiro.

— Ah? — O rosto de Jake é uma máscara de preocupação, cuidadosamente montada.

— É, alguma coisa sobre a viagem de trabalho de vocês — diz Doug, e o medo se acumula no meu estômago. A manchete apertada contra o meu peito já não é mais engraçada. Nada disso é engraçado.

Doug nos encara como uma criança nervosa. Jake cruza os braços e se inclina na cadeira, projetando toda a sua atenção em Doug. Doug poderia derreter de tanto alívio.

— O que foi que ela disse? — Jake pergunta.

Doug suspira de forma exagerada.

— Alguma coisa sobre falta de profissionalismo, imagem pública e relações impróprias entre funcionários.

Jake me lança um rápido olhar. Definitivamente, Doug não deveria nos contar isso agora.

Eu sabia que meu emprego na Spencer & Sterns ia acabar explodindo na minha cara um dia. Só achei que eu mesma causaria isso. Pensei que teria tempo de preparar um plano B antes de acontecer. Mas Jake acendeu o pavio, primeiro com o boneco Ken, depois com essa viagem, e foi o mais curto dos pavios.

Estou enjoada.

— Você sabe o que dizem — diz Jake, num tom relaxado e alegremente conspiratório. — O RH só se contenta quando te vê numa pior. Pra ser bem sincero, Doug, você aprovou essa viagem. Parece que ela está passando por cima de você. Não é você o supervisor aqui?

As sobrancelhas de Doug se erguem.

— Sim. Sou eu o supervisor aqui.

— Você está aqui há muito tempo.

Doug fica mais ereto.

— Há quinze anos.

— Você é um profissional dedicado. Todo mundo percebe isso.

Doug se infla.

— O trabalho é tudo pra mim.

— O trabalho liberta — cito entredentes. Jake me lança um olhar rápido, com um grande sorriso idiota, e o inaudível clique do botão de resetar soa entre nós.

— Exatamente! — exclama Doug. — De quem é essa frase?

— Acho que do Dalai Lama — responde Jake. — Escuta, Doug, eu sou só um temporário. Não acho que minha opinião vale muito por aqui. Mas se alguém me dissesse que a Cynthia está te perseguindo, tentando derrubar o general eliminando um por um os soldados dele — ele faz um gesto para nós dois —, eu acreditaria. A Cynthia é tão… tão…

— Metida — Doug completa.

Faço uma careta.

Jake sorri que nem um bobo para ele. Manipular o Doug é tão fácil quanto colocar uma moeda na bunda dele e girar sua perna. De repente, Doug se assusta, gira a cabeça como se detectasse um som inaudível para o restante de nós, e foge rapidamente do cubículo de Jake como um rato a caminho do esconderijo.

Jake e eu nos encaramos.

— Estamos prestes a ser demitidos? — ele pergunta, erguendo uma sobrancelha.

Merda.

Jake me segue até o meu escritório.

— Merda. Merda. *Merda*! — grito. Arremesso o jornal, mas as folhas apenas deslizam suavemente sobre o tapete, sem nenhum drama. Estou enjoada. Localizo a lixeira com os olhos, para o caso de precisar vomitar.

— Qual é o problema?

Essa confusão toda é só mais uma brincadeira para ele.

— Não posso perder esse emprego!

— Você mal tem um emprego. Eles não vão te demitir...

— Vão sim. Se descobrirem... — Paro de falar. Não sei o quanto *ele* já descobriu. Sobre servir a dois senhores. Sobre as tarefas que venho realizando na mesa em frente à dele o tempo todo. Sobre o que a Cynthia está farejando como um cão de caça do RH bem treinado.

— Se descobrirem o quê? — Jake pergunta.

Não respondo.

— Achei que teria tempo de bolar um plano. — Tenho trabalhado tanto por nós, por ela. Era por ela. Estava tão perto. E agora...

— Você não precisa de nenhum plano. Você tem dinheiro.

— Não posso gastar aquele dinheiro — rebato. Estou realmente prestes a vomitar.

— Podemos arranjar emprego em outro lugar...

— Você acha que minha prioridade é essa? Conseguir outro emprego com *você*?

Minha prioridade é ela. Sempre foi ela...

— Podemos pegar trabalhos temporários.

— Preciso manter *esse* emprego!

— Você não...

Eu me viro para ele, furiosa.

— *Eu preciso pensar na minha filha!*

É a primeira vez que a trago à tona. Ela é a coisa mais preciosa da minha vida, um tesouro que mantenho cuidadosamente escondido, e é estranho e desconfortável falar dela aqui, como páginas de um diário secreto espalhadas ao vento. Jake está igualmente abalado. Ele me encara, inexpressivo, a boca em uma linha reta, imóvel feito uma estátua, como se lamentasse internamente todas as decisões que o levaram até esse momento, no qual é forçado a ter uma conversa real comigo sobre minha verdadeira vida. Ele nunca quis nada disso. Sempre deixou isso claro.

Minha voz sai rouca quando volto a falar.

— Quando você apareceu, tudo começou a desmoronar. As pessoas começaram a reparar em mim. — Penso em Doug, que subitamente voltou a se interessar em mim no elevador com Jake, para quebrar o gelo; em Cynthia, atraída ao meu anexo como um míssil em busca de assédio; em todos os subordinados da S&S me olhando com estranheza após o novo temporário constrangedor apontar para mim na sala de descanso ou no corredor. Minha voz treme ligeiramente de raiva. — Tudo isso tem sido uma brincadeira pra você, mas eu trabalhei *muito* pra reconstruir a minha vida. Por causa *dela*.

Jake olha para um ponto atrás de mim e abre um sorriso desconcertante. Eu me viro para olhar e dou um pulo quando vejo Cynthia avançando entre os cubículos vazios.

— O que quer que aconteça... — Jake murmura, ainda sorrindo, e eu volto a olhá-lo. Seu sorriso é largo e contagiante, mas seus olhos estão sérios. — O que quer que aconteça, joga a culpa em mim.

Cynthia chega e bate rapidamente no batente da porta.

— Vocês dois, venham comigo.

Ela nos conduz por corredores estreitos até o andar do RH, para um escritório reservado no fundo com uma plaquinha onde se lê: "Marie Simon", e, logo abaixo, numa folha improvisada: "Escritório temporário de Cynthia Cutts, consultora". Lá dentro, encontramos Doug encolhido numa cadeira, parecendo pálido e nervoso. Nada de bom jamais aconteceu em uma sala do RH, pelo menos na opinião de Doug. Contra a parede está sentada uma mulher pequena, com traços finos e um punhado de papéis nas mãos. Ela se levanta rapidamente, hesitante, enquanto Cynthia nos convida a sentar diante da mesa.

Meu estômago revira e o coração acelera. Examino em volta. Um pôster motivacional emoldurado com os dizeres: "PERSISTÊNCIA é a arte de transformar um 'não' em um 'sim'! — Robert Spencer, Fundador da Spencer & Sterns" está no chão, substituído acima por um quebra-cabeça também emoldurado mostrando um patinho num regador. Um saco de lã cinza, peluda e embolada transborda de uma prateleira lateral, ao lado de agulhas de tricô espetadas em vários ângulos. Uma fileira de bichinhos de origami feitos com notas adesivas enfeita a borda da mesa.

— Marie? — Cynthia chama.

Marie pigarreia.

— Funcionários em viagens de trabalho financiadas com o dinheiro da empresa são representantes dessa empresa. É importante manter as aparências. Dividir um quarto é antiprofissional e totalmente contrário às políticas de fraternização entre empregados.

Por um instante, eu me deixo acreditar que isso pode não passar de uma simples bronca do RH. Cynthia nem está me olhando. Seus olhos estão grudados em Jake, que exibe um sorriso irritante de tão tranquilo.

— É claro que, nesse caso, o verdadeiro problema aqui é ainda mais sério — Cynthia continua, e meu coração afunda. — Dinheiro da empresa foi gasto em uma viagem para um temporário que só opera impressoras e insere dados no sistema e — ela aponta para mim — outra funcionária, cujo papel na empresa me parece pouco claro. Qual era o objetivo dessa viagem?

Doug encara Cynthia feito um coelhinho assustado cujos instintos dizem que, se não se mexer, será esquecido.

Jake responde por ele.

— Fazer um curso leve, personalizado e orientado para buscar soluções, que nos equipe com estratégias práticas e uma mentalidade voltada à resolução de problemas, permitindo implementar, com confiança, mudanças transformadoras na nossa organização, dentro de uma abordagem holística.

Cynthia o encara. Todos nós o encaramos. Ela se vira para Doug.

— Doug, qual exatamente é o cargo da Dolores dela Cruz…

Jake eleva a voz e fala por cima dela.

— Aliás, por que não dividiríamos um quarto? Nós estamos num relacionamento — ele diz, colocando uma mão no meu joelho. Eu endureço e, por reflexo, afasto sua mão. Eu poderia esbofeteá-lo.

Cynthia observa a cena com um interesse sombrio. Pega um papel da impressora e anota o nome de Jake. Com alguns cliques no mouse, lê o nome da agência à qual ele pertence. — É essa a sua agência?

— Sim — Jake responde, com um sorriso charmoso, e ela anota isso também.

— Seu endereço é Rua 556...

De repente percebo o que Jake está fazendo. Ela não pode nos penalizar por fraternizar no trabalho se estivermos *casados*. Jake confirma com a cabeça, mas interrompo rapidamente fornecendo o meu endereço, e Cynthia o anota. Se ela verificar minha ficha depois, nossa mentira fará sentido.

Mas, ao meu lado, Jake pigarreia e, ao encará-lo, vejo que ele balança ligeiramente a cabeça.

Paro. Virei passageira, e Jake assumiu o volante.

Ele se recosta na cadeira de modo displicente e aperta novamente meu joelho. Com ou sem relacionamento, ele não tem permissão para ficar me agarrando em uma reunião profissional. Empurro mais uma vez sua mão. Agora Marie nos observa desconfortavelmente.

— Declaração de relacionamento — Marie sussurra para Cynthia.

— Me mostre onde assinar — Jake diz, cruzando as pernas com uma risada excessivamente carismática, e isso é tão pouco Jake que chega a ser constrangedor...

E agora ele começa a cantarolar baixinho feito um idiota. "O voo do besouro"?

— Doug — Cynthia diz num tom uniforme — , parece que você não é capaz de descrever a função oficial da Dolores, apesar de ser supervisor dela, e também me parece que você não estava ciente ou optou por não informar ao RH sobre a necessidade de uma declaração de relacionamento, seja lá por que motivo.

Doug se remexe e transpira, mas ao seu lado Jake abre um grande e falso sorriso psicopata. Funcionário do ano.

— Quero deixar registrado que o Doug é o melhor supervisor que eu já tive, e já trabalhei em muitos escritórios.

Doug lança um olhar agradecido para Jake, que sorri de forma encorajadora. Isso parece acender uma chama em Doug. Ele se inclina para a frente, as mãos nos joelhos, e começa um discurso atrapalhado inspirado no incentivo prévio de Jake.

— Eu trabalho aqui na SS há quinze anos. Meus subordinados são como soldados da SS, e sou tipo um general da SS...

Cynthia interrompe como um cachorro raivoso.

— É S&S! Você não pode falar SS!

— Mas SS é mais rápido de dizer — ele insiste.

— *De fato*, é mais rápido — Jake concorda, pensativo.

— Não pode dizer SS! Vocês sabem o que significa SS?

— Spencer e Sterns — Doug responde.

Cynthia crava o dedo indicador na mesa.

— Você não pode dizer que é um general da SS!

Algo se rompe dentro de Doug.

— Levo meu trabalho a sério. "O trabalho liberta" é meu lema pessoal.

Marie solta um gritinho.

— Pra quem você já falou isso? — Cynthia sussurra com ferocidade, e Doug leva um susto, mas Jake acena, encorajando-o. Ainda está cantarolando. Não é mais "O voo do besouro", agora é "O voo das valquírias". O pé batendo delicadamente, os dedos tamborilando inquietos e, de repente, percebo a identidade que Jake assumiu: o advogado *criminal* criminoso, o especialista em bonecas sexuais, o romântico trágico... Grant Velazquez, o magistrado.

— Você está... policiando o que eu falo agora? — Doug continua. — Está censurando minha liberdade de expressão?

Cynthia agarra a beirada da mesa.

— Não é uma questão de liberdade de expressão. Toda vez que você abre a boca, precisa ter consciência do desequilíbrio de poder. Você é um *gestor*. É *branco*. É *mais velho*. É *homem*...

— Não pedi pra nascer com um pênis! — Doug berra, com um pouco de saliva grudada no lábio. — Vocês são sempre assim. Têm inveja quando alguém tem algo bom.

Não dá tempo de entender se o que Doug considera "algo bom" é seu cargo ou seu pênis, porque ele está inspirado hoje. É um absurdo atrás do outro saindo daquela boca.

— Sabe o que vocês são? Vocês são um bando de... um bando de feminazis!

Marie abre a boca num O perfeito, e um músculo se contrai no rosto de Cynthia. O cantarolar irritante de Jake é o único som na sala por um momento. Já não é mais "O voo das valquírias". A melodia que Jake está cantarolando agora é infantil, idiota e dolorosamente familiar. Já ouvi minha filha cantar essa música um zilhão de vezes.

As rodas do ônibus giram sem parar...

Olho para ele, ele olha para mim, e de repente compreendo o que ele esteve fazendo esse tempo todo. Ele tira as mãos do volante, abre a porta e se joga. Agora quem está dirigindo sou eu, minha filha presa com segurança no banco traseiro, e chegou a hora de jogá-lo aos lobos. Ele assente, me encorajando. Coloca mais uma vez a mão no meu joelho, e dessa vez eu a afasto com um tapa.

Eu me viro para Cynthia.

— Está vendo o que tenho enfrentado aqui? — Minha voz sai firme e poderosa. — Não estou segura neste lugar. Essa empresa falhou em me proteger de assédio e bullying no ambiente de trabalho. Ele fica falando espanhol comigo, me chama de Dolly, manda eu sorrir, e ainda...

Olho para Jake. *Ele salva minha pele.*

— ... ele deixa Barbies decapitadas na minha sala e finge que estamos num relacionamento amoroso. Desde o começo ele tem essa fixação comigo.

Ao meu lado, Jake dá risada.

— Dolly, sério? — Ele se vira para Marie. — É isso que eu ganho por cultivar a boa e velha *persistência* da Spencer & Sterns, é? — Aponta para o pôster motivacional encostado no chão. — Vou transformar o "não" dela em "sim".

Marie encara o pôster, horrorizada.

Agora o RH vai ter uma verdadeira crise para resolver. Todo o escrutínio reservado a mim foi redirecionado para Doug e Jake. Daqui para a frente, só vou receber gestos apaziguadores e falso apoio até que tenham certeza de que não irei escalar essa situação ou buscar um advogado. Jake comprou para mim o tempo de que preciso.

E porque sou uma idiota surfando na onda de alívio, continuo falando:

— Tudo que fiz aqui foi tentar me manter discreta e fazer o meu trabalho...

Mas Cynthia, que não larga o osso por nada e ignora a chuva de merda que cai do céu, me interrompe:

— E que trabalho é esse mesmo?

Fecho a boca no mesmo instante.

— Aquela planilha dela? — Jake dá uma risada desdenhosa. Cynthia e eu olhamos para ele ao mesmo tempo. — Ela me colocou pra digitar as informações pra ela.

— Que planilha? — Cynthia pergunta.

Jake balança as sobrancelhas com um olhar travesso. Pega o celular, e logo o computador de Cynthia apita. Ela clica por um instante, então seu rosto se suaviza em surpresa.

— Essa lista... — diz Cynthia, e percebo que Jake lhe enviou sua misteriosa lista. — É o que eu estou pensando?

Jake assente quase imperceptivelmente.

— Sim — digo. — É óbvio.

Marie se inclina para olhar a tela, mas Cynthia minimiza a janela.

— E... — digo, saltando no escuro e rezando para aterrissar em segurança — fazer aquele curso em Las Vegas... fazia parte disso. *Mudanças transformadoras* — afirmo, e as palavras idiotas quase me sufocam.

Cynthia recua lentamente na cadeira e me avalia com olhos duros e frios como concreto. O relógio na parede faz *tic-tac*, Doug respira pela boca, Jake gira e sacode o pé como um advogado que cobra novecentos dólares por hora e se acha no direito de fazer o que bem entende, e Cynthia avalia meu destino.

— Você estava trabalhando nisso sozinha. Um projeto de iniciativa própria. Ele não estava envolvido nisso, estava? — Ela indica Doug com a cabeça.

Faço que não, e Cynthia exibe uma expressão que poderia ser sinônimo de azia ou, talvez, um sorriso.

Ao meu lado, Jake tira do bolso um maço de cigarros.

— O que você pensa que está fazendo? — Cynthia dispara.

Ele acende um.

— Você está fumando? No meu *escritório*?

Jake dá de ombros com um sorriso de desculpas.

— Acho que é hora de parar — ele diz, segurando o cigarro entre os lábios. Então se levanta, guarda o maço no bolso e sai andando.

— Ele acabou de pedir demissão? — Marie pergunta, cheia de esperança.

Não fico para descobrir. Levanto e corro atrás dele, mas Jake já desapareceu. Corro de volta ao anexo e o alcanço bem a tempo de vê-lo vestindo o casaco e colocando a bolsa no ombro.

— Jake!

Ele se vira para mim, mas não sei o que acontece agora, e ele também não, então ficamos ali parados, só nos encarando. As olheiras dele estão profundas, e sua pele está pálida e úmida. Não sei quando ele ficou assim. Tenho vontade de levantar a mão e tocar sua testa.

Ele dá uma tragada experimental no cigarro.

— Por que diabos... — Tosse. — Que coisa nojenta.

— Jake.

Ele tosse mais uma vez e apaga o cigarro na mesa. Ficamos nos encarando, dizendo coisas um ao outro sem abrir a boca.

Desculpa.

Obrigada.

Eu me apaix...

Eu já tenho a caneca.

Ele gira nos calcanhares e vai embora.

29

Na saúde e na doença

JAKE

Uma batida forte na janela me assusta e me acorda. O céu já está escuro e o relógio do painel marca 17h15. Estou no carro, estacionado perto do rio de aparência oleosa. Vim para cá depois que saí e... adormeci.

Estou morrendo de frio. Meu corpo dói. Estou encharcado de suor.

Outra batida.

É a Dodi.

— Que *porra* é essa — ela diz. Como sempre, não há ponto de interrogação no fim da frase.

Abro um pouco a porta.

— O que está acontecendo aqui? — ela exige saber. — Por que você está acampado perto dessa cidade de barracas como um sem-teto?

— Eu sou sem-teto. Saí da casa do Grant.

— Você é sem-teto — ela repete, sem expressão. — Num Lamborghini.

— Um o quê? — Olho ao redor, para o interior do carro. Nunca entendi como as pessoas identificam as marcas dos carros. Para mim, carros são a coisa menos interessante do mundo.

Observo enquanto ela respira fundo duas vezes pelo nariz. Parece frenética e furiosa.

— O que você está fazendo aqui? — pergunto.

— Foi meio difícil não notar o supercarro preto gigante parado a uma quadra do trabalho. Você vai ser assaltado. Precisa ir pra um hotel.

— Acho que não consigo dirigir agora.

Ela me encara mais de perto.

— Você está péssimo. O que está acontecendo? Bebeu?

— Não.

— Está doente?

— Mais ou menos.

— Não vou ficar insistindo.

— Bom, eu estou morrendo, sabe.

Ela estreita os olhos para mim, e então, surpreendentemente, toca minha testa e minha bochecha. O toque dela é tão gentil.

— Meu Deus — ela murmura. — Você pegou alguma coisa no avião? Sabe que não pode lamber a bandeja, né.

— Estou bem — respondo.

— Seu esquisito — ela diz em troca, sem olhar para mim. — Você não pode ficar aqui. Vai acabar levando uma facada.

— Está tudo bem.

— Vou adiantar os planos do funeral, então. Cremado ou numa caixinha de cogumelos no meio da floresta?

Inclino a cabeça contra o encosto do banco e olho para o rosto dela.

— Então você ainda vai me ajudar?

— Claro que vou te ajudar.

Sinto tanto alívio que poderia me deitar e recuperar todas as horas de sono perdidas nos últimos oito anos.

— Quero ser cremado, e quero que você faça sabonetes decorados com as minhas cinzas e distribua no escritório.

Ela aperta os lábios, formando uma linha fina.

— Acho que você vai aprender a amar cogumelos venenosos. — Ela olha para a esquerda e depois para a direita, como se procurasse inspiração na vizinhança. — Consegue me seguir?

Abro a porta do carro para sair, mas ela me interrompe.

— Eu quis dizer no carro. Você não pode deixar o carro aqui.

— Por que não?

— Você não entende porra nenhuma de carros, né?

— Não.

Ela pragueja baixinho.

No fim das contas, deixamos meu carro onde está e pegamos o dela em direção à rodovia. Ela liga o aquecedor do banco para mim e eu adormeço com a cabeça apoiada no vidro gelado da janela. A próxima coisa que percebo é que ela está me sacudindo para me acordar. Estamos em um estacionamento cercado por uma floresta familiar de prédios pequenos. No elevador, noto que ela segura minha mochila de emergência, e no terceiro andar me leva a um apartamento que não poderia ser mais diferente da cobertura de Grant. É pequeno, apertado e tem cheiro de comida e do perfume de Dodi. As luzes são amarelas e aconchegantes, os móveis baratos e gastos, e cada superfície é uma placa de Petri para uma colônia viva e crescente de bagunça. Uma bagunça especial, colorida e predominantemente de plástico.

Brinquedos. Brinquedos por toda parte. Lego, materiais de arte e Barbies. Barbies *por toda parte*.

— Eu sei que está uma bagunça — Dodi diz, na defensiva. — Impossível manter tudo arrumado com uma criança de seis anos em casa.

— Você tem remédio pra alergia? — pergunto.

— O quê? Por quê?

— Tenho alergia a gatos.

Ela me lança um olhar irritado e sai sem dizer nada. Remexe no banheiro, abre e fecha portas de armários, enquanto examino a sala. Dou uma volta até a porta da frente e enfio a cabeça na cozinha minúscula. Nenhum arranhador, nem potes de comida. Nada de pelos ou brinquedos de gato.

Será que algum dia existiu uma gata? A gata se transformou numa criança humana? Porque eu ainda tenho a impressão de que tivemos conversas reais sobre uma maldita *gata*...

Piso em algo e descubro um boneco Ken desmembrado no chão, com os óculos agora tortos.

— Ágata estava brincando de Frankenstein com o seu boneco — Dodi diz, parada na minha frente com uma toalha dobrada.

Ágata. Não era a gata, mas sim uma menina, chamada Ágata.

Silêncio, um silêncio que se abre amplo e profundo e infinito e...

— Nunca esteve nos planos que ela te conhecesse, e não quero que fique nervosa com um homem estranho no apartamento. Pode passar a noite aqui, se ficar no meu quarto. Se colocar um pé pra fora, é um homem morto. — Ela enfraquece a ameaça colocando gentilmente uma toalha nos meus braços e deixando uma aspirina na minha mão para a febre.

— Onde ela está?

— Preciso buscá-la na aula de dança. Faça o que precisar fazer e fique trancado no quarto quando voltarmos. Pode usar o chuveiro e lavar suas roupas. Se tiver algo comestível na geladeira, pode comer. Acho que tem um belo frasco de mostarda lá dentro. Confira a data de validade.

Dodi vira e sai sem olhar para mim, a porta se fechando suavemente atrás dela.

30

Bruce Wayne e Mulher Ágata

JAKE

Durmo feito uma pedra e, quando acordo, não sei onde estou. A cama é macia, o quarto está escuro, exceto por alguns feixes de luz do sol que entram pelos cantos das persianas. Quando me viro, sinto um perfume familiar. Estou na casa de Dodi.

Ela não precisava ameaçar a minha vida para eu não sair do quarto. Adormeci quase no mesmo instante em que encostei a cabeça no travesseiro. Abro a porta e semicerro os olhos contra a luz do sol. O relógio da cozinha marca dez horas, o que significa que a noite passada foi a mais longa que dormi em anos. Eu me sinto… leve. Descansado. Confiro o celular: mais cinco chamadas não atendidas de Andrew e várias mensagens de voz, que apago. Nada do Grant. Em cima da mesa da cozinha, um bilhete escrito à mão com uma chave por cima. A letra dela é angulosa e escura:

> *Faça o que precisar fazer, tranque tudo e deixe a chave com a vizinha. Não esteja aqui quando eu voltar.*

Não tenho ninguém para quem preparar um café da manhã saudável, então despejo um cereal açucarado na tigela. Quando abro a geladeira, vejo que ela não estava brincando sobre o estado das coisas. Uma caixa de leite vazia e meia dúzia de condimentos. Checo a mostarda por curiosidade: vencida. Sento à mesa de cueca, piscando feito um idiota na luz forte, mastigando o cereal seco.

Sobre a mesa à minha frente tem um monte de elásticos de cabelo e uma escova. Uma folha de dever de casa com a caligrafia saltitante da professora no topo, onde se lê: "Por favor, me ligue. Ágata Catriona está contando histórias sobre Hades e Perséfone de novo". Uma Barbie com o cabelo raspado rente ao couro cabeludo está jogada na cadeira à minha direita. Na geladeira, um quadro branco de calendário lotado de lembretes: balé às terças e quintas. Apresentação de Natal nesta sexta. Consulta no pediatra na próxima quarta. É fascinante. Esta é a cozinha da Dodi. Esta é a vida da Dodi.

Coloco a tigela na lava-louça quando termino e, como já estou com a mão na massa, ponho também toda a louça suja da pia e aperto o botão de iniciar. O fundo da pia está cheio de cereal encharcado, então limpo tudo e jogo no lixo, que está transbordando, amarro o saco e deixo junto à porta, onde há um monte de sapatos. Depois que os organizo, começo a juntar as Barbies, mas paro. Tem algo muito deliberado na forma como elas estão dispostas. No balcão da cozinha há uma caixa vazia de barrinha de granola, que parece ter sido rasgada de lado por um cachorro. Amasso a caixa e separo junto com as outras coisas para reciclagem. Cuido também da caixa de leite vazia e de uma faca com pasta de amendoim.

Elas são duas porquinhas.

A manhã vai derretendo, envolta numa névoa fina do limpador em spray, cristalina à luz do sol forte. Um segundo saco de lixo se junta ao primeiro. Depois da primeira hora, a geladeira brilha, os balcões da cozinha reluzem, a lava-louça ronrona. Após a segunda, o chão cintila e os insetos mortos das luminárias agora se juntam dentro do lixo. A máquina de lavar borbulha com as roupas sujas de Dodi da nossa viagem a Vegas na semana passada — que, claro, estavam até agora na mala, no meio do quarto. Estou reconstruindo a cena de Barbies em estilo *Massacre de Jonestown*, conforme a foto no meu celular, depois de passar o aspirador no carpete, quando o telefone fixo toca. Atendo sem pensar.

— Você ainda está aí — diz Dodi. Olho para o relógio e percebo que já passou do meio-dia. Era para eu ter ido embora. Penso em desligar sem dizer nada, mas há alívio na voz dela ao dizer: — Estou com um problema.

— O que você precisa que eu faça?

Ela demora, como se não esperasse que eu fosse me oferecer assim tão fácil.

— Minha vizinha, duas casas depois da minha, é quem ia buscar a Ágata na escola, mas o carro dela quebrou de novo...

— Onde e a que horas?

De novo, aquela pausa surpresa do outro lado da linha. Ela pigarreia, e a voz surge, nítida e fria:

— Nossa Senhora das Dores. Tem uma fila de carros. Você tem que estar lá às duas e meia. Eu ligo pra avisar.

— Como ela é?

Ouço outra voz ao fundo... várias vozes... parece uma discussão... e então a voz de Dodi, distante, como se ela tivesse enfiado o telefone no bolso...

E a ligação cai.

Encontro o carro onde tinha deixado, sob o viaduto, agora com um pau enorme rabiscado no porta-malas e um "Morte aos Ricos" na lateral.

A Nossa Senhora das Dores é um prédio sisudo com um parquinho do lado de fora e um Cristo esfolado e retorcido na cruz, logo na entrada. Eu estudei numa escola assim, é claro, cortesia do Andrew. Uma escola horrível, onde os professores conheciam o meu tio e os valentões reinavam no recreio. Só de lembrar, já sinto uma dor de cabeça subindo pela nuca. Vou examinando a área enquanto me aproximo. A escola parece um formigueiro, com crianças saindo por todos os lados. Um caos. Gritos, buzinas, e todas as crianças usando o mesmo uniforme. Vou passando devagar, olhando o rosto de cada menininha. Então vejo um respingo de vermelho Dodi.

É ela, claro que é ela: uma menininha carrancuda de casaco carmesim que parece saída de um sanatório abandonado. Provavelmente não tinha nenhuma foto dela no apartamento porque ela não deve tirar fotos. Cabelos longos, lisos e escuros, presos com uma faixa de fita, ela está com as mãos cruzadas à frente do corpo, as costas perfeitamente eretas, olhando para algo invisível ao longe. Enquanto todas as outras meninas da idade dela estão desgrenhadas e agitadas depois de um dia de brincadeiras, o cabelo arrumado e a roupa impecável fazem parecer que ela foi guardada com cuidado entre as páginas de um livro antigo empoeirado. Um grimório.

Paro o carro diante dela e abaixo o vidro.

— Ágata!

Ela se assusta quando me nota. O rosto é um oval perfeito, os olhos desconfiados e escuros como os de Dodi. Dá alguns passos curiosos em direção ao carro.

— Entra, Ágata.

— Eu prefiro Gata.

— Então entra, Gata.

Ela franze a testa, pensativa, e então...

— Ai!

Uma menininha loira e encardida dá um soco no ombro dela ao passar correndo e vai para o carro atrás do meu.

— Miau! — grita a loira quando se afasta. Viro para olhar, esperando que o homem ao volante reaja de alguma forma, mas ele não faz nada. Claro que não. Provavelmente é um valentão igual à filha.

— Por quê? — pergunta Ágata esfregando o ombro.

Não me passou pela cabeça que haveria resistência, ou que Ágata faria qualquer coisa além de entrar no carro e sentar em silêncio com as mãos no colo enquanto eu a levaria para casa. Acho que não falo com uma criança de seis anos desde que eu mesmo tinha seis.

— Sua mãe pediu pra eu vir te buscar — digo, com o sorriso mais tranquilizador que tenho.

Ela permanece desconfiada.

— É isso que os pervertidos dizem. A mamãe me contou.

O carro atrás de mim buzina, e eu me estico para abrir a porta do passageiro.

— Entra no carro.

— Não.

A buzina dispara novo, um apito longo que me dá nos nervos.

Dou um sorriso simpático e exagerado para Ágata.

— Eu... eu te dou um chocolate.

Uma mulher corpulenta com colete refletivo laranja e uma ruga permanente entre as sobrancelhas desenhadas a lápis se aproxima. Uma voluntária da saída. Lembro das voluntárias da saída — bisbilhoteiras, cheias de si. *É seu pai, Jake? Ah, é seu tio...*

— Quem é esse, gatinha? — ela pergunta.

— Ele disse que vai me dar doce se eu entrar no carro.

— Ah, pelo amor de... — Mordo a língua quando os olhos da mulher quase saltam das órbitas. — Meu nome é Jake Ripper.

Nem sinal de reconhecimento. A voluntária me encara com desconfiança.

— Era pra eu saber quem você é?

Atrás de mim, o motorista começa a apertar a buzina sem parar. *Bi-bi. Bi-bi. Bi-bi.* E meus ombros vão subindo cada vez mais. Não faço ideia do que a Dodi falou a meu respeito. Sou um colega de trabalho? Um amigo? Então me lembro de repente, como acontece uma dúzia de vezes por dia, que eu e a Dodi somos casados.

— Sou o marido da Dodi. — A palavra trava na garganta, estranha e constrangedora.

— A gatinha aqui não tem padrasto — afirma a mulher, elevando a voz por cima da buzina, e meu cérebro entra em curto-circuito. Eu não disse "padrasto". Essa palavra é ainda pior. A gatinha parece concordar. Ela me encara com uma expressão de nojo.

A mulher usa uma mão larga para empurrar Ágata para trás do corpo, como se a protegesse de ver alguma coisa nojenta. Vai se afastando com a menina escondida atrás, mas engato a ré e ando dois metros para trás, até parar ao lado delas. O carro atrás de mim toca a buzina de novo, e piso no freio com poucos centímetros de distância entre os para-choques.

— A Dodi disse que ia avisar a professora disso.

— Não faço ideia de quem é Dodi.

— Dolores.

— Agora está mudando a história. É Dodi ou Dolores?

A buzina atrás de mim berra de novo.

— Dodi é o apelido dela. Você chama seu marido pelo nome completo?

— Eu não sou casada. E ela também não é.

Mais uma vez, a buzina, e meu sangue ferve. Ergo o dedo anelar para mostrar a aliança. A boca dela se abre e ela chega a dar um suspiro, e aí percebo, tarde demais, que parece que estou mostrando o dedo do meio.

Nesse instante, o homem no carro de trás enfia a cabeça para fora da janela e grita:

— Vai tirar o Babacamóvel do caminho, Bruce Wayne?

Piso no acelerador para avançar e encostar mais na calçada, para deixar o idiota passar, mas ainda estou em marcha à ré. Bato com força na frente do carro dele.

Ergo os olhos e vejo Ágata encarando o amassado na frente do outro carro com a mesma expressão malévola e satisfeita que já vi no rosto de Dodi uma meia dúzia de vezes. Os olhos brilhando, a boca se curvando num sorriso maldoso enquanto ela observa sua pequena nêmesis sentada atrás dos vidros escuros do banco traseiro. Ela cruza o olhar comigo, e vejo o vão de um dente faltando no meio do sorriso. Eu sou o herói dela, e a saída triunfal está prestes a acontecer, bem na hora do acerto de contas com a valentona. A voluntária se joga para tentar segurá-la, mas Ágata escapa com facilidade. Desvia, gira ao redor dela, abre aquela maçaneta absurda como se tivesse nascido para andar de supercarro e desliza para o banco do carona, enquanto a responsável pela saída começa a gritar.

31

Assassina de carreiras

DODI

OLHO PARA O RELÓGIO E ME PERGUNTO, COM UM NÓ NO ESTÔMAGO, como foi a hora da saída. Tenho cinco chamadas perdidas da escola.

— Só estou tentando entender. Em que projetos a Dolores foi designada nos últimos dois anos? — pergunta Cynthia ao Doug.

Há outra pessoa presente além de Cynthia, Marie e Doug: um superior que já vi no elevador. Ele me observa com atenção enquanto Doug transpira e se atrapalha.

— Vamos perguntar a Dolores — sugere o homem, e minha língua cola no céu da boca. Não faço a menor ideia de como descrever o "projeto" que o Jake mostrou à Cynthia.

— Não — diz Cynthia rapidamente, com firmeza. — Isso é um problema de gestão. Temos um líder de equipe que não sabe o que sua principal analista de dados está fazendo.

Principal analista de dados. Ela está falando de mim.

— Cynthia... — o superior começa a dizer.

Ela se vira para ele, cravando o dedo na mesa.

— Você *me* contratou como consultora. Eu identifico essas dinâmicas tóxicas no ambiente de trabalho, corrijo e entrego de volta um time funcional.

O homem ergue as mãos num gesto conciliador. Acima da cabeça dele, o ponteiro dos minutos se arrasta além da hora. Preciso ir para casa.

— Temos uma funcionária subaproveitada, cujas oportunidades de crescimento foram prejudicadas por uma dinâmica de gestão disfuncional — continua Cynthia. Os olhos de Doug estão arregalados enquanto encara os próprios sapatos. — E além disso…

O ponteiro dos segundos completa mais uma volta. Não aguento mais.

— Já passou das cinco — digo. — Preciso ir.

— Você precisa ir pra casa, pra sua filha — adivinha Cynthia.

Congelo por um momento. Não faço ideia de como ela sabe sobre Ágata.

— Sim.

O homem levanta as sobrancelhas para mim.

— Estamos quase terminando…

— Vá — diz Cynthia, olhando de volta para ele. — Aliás, esse é outro ponto — continua, girando sobre os calcanhares —, a cultura organizacional para pais e mães nesta empresa…

Saio da sala disparada, tremendo e enjoada. No meu escritório, guardo minhas coisas na bolsa. Notebook, chaves, carteira… mas nada do celular. Esqueci na sala da Cynthia.

Desativei a senha ontem à noite para deixar Ágata ver desenhos. Com o coração afundando, imagino Cynthia bisbilhotando meus e-mails, descobrindo no que estive metida esse tempo todo, quando Doug não me ocupava com trabalho de verdade como a "principal analista de dados".

Corro de volta até a sala da Cynthia, mas agora está vazia. E trancada. Espio pelo vidro vertical da porta e vejo meu celular em cima da cadeira. Já são cinco e quinze.

De volta ao anexo, pesco dois clipes de papel da gaveta de Jake. Estão meio desdobrados e com fita adesiva enrolada para facilitar o manuseio. Estou suando quando volto à sala da Cynthia. Enfio os clipes na fechadura e... nada acontece.

Não tenho a menor ideia do que estou fazendo.

Um zelador dobra o corredor com um esfregão, e enfio os clipes na cintura da saia. Disfarço, tirando um batom da bolsa. Ele se aproxima, passa por mim...

— Com licença — solto de repente.

Ele se vira, e eu sorrio. Franzo o nariz. É uma sensação horrível, estranha, como usar a calcinha de outra pessoa.

Toco a porta com a ponta dos dedos e sorrio como se estivesse encantada com a minha própria burrice.

— *Que cabeça* a minha. Fiquei presa do lado de fora. — Franzo o nariz de novo. Será que estou exagerando?

Ele se enche de galanteria, puxa um molho de chaves do bolso e me deixa entrar. Quando dobra o corredor, já esqueceu completamente nossa interação, e percebo que aprendi mais um truque com o Jake.

A porta se abre suavemente, sem nenhum ruído, e eu a fecho atrás de mim sem acender a luz. Está escuro, mas dá para ver o suficiente para pegar meu celular.

Mas não saio logo de cara. Examino o escritório dela. Há uma fileira de animais de origami ao longo da borda da mesa, todos feitos com notas adesivas. Até no tempo livre ela é uma ratinha de papelada. Uma administradora chata e meticulosa. Ela é uma esquisita. Estava me esperando hoje de manhã quando cheguei, sentada no meu escritório, na minha cadeira, fazendo um tsuru com uma das minhas notas adesivas. Já tinha acessado meu computador e revistado minhas gavetas. Está determinada a me demitir.

Tenho um interesse especial por você, Dolores.

Penso em fuçar as gavetas dela, mas esta não é uma missão de reconhecimento. É uma visita social. Também sei ser esquisita. Posso invadir o escritório dela, sentar na cadeira dela e deixar mensagens perturbadoras e indecifráveis para ela encontrar.

Tenho um interesse especial por você, Cynthia Cutts.

Tlin, tlin, tlin.

Ela gosta de origamis. Pego uma folha rabiscada na mesa e a estico à minha frente.

Só conheço um modelo.

Uma dobra no sentido do comprimento, só para marcar o meio e poder dobrar os cantos — duas vezes, lembro. Dobro de novo na linha central, depois dobro, viro e dobro. Uso a unha para deixar os vincos bem marcados.

Lembro que tinha um truque para dar impulso: reviro as gavetas dela até encontrar um clipe. Prendo na ponta e está pronto. Afiado, anguloso, reluzindo como uma faca no ambiente escuro.

Encaixo o corpo do avião de papel numa fresta do teclado e empurro a bandeja deslizante de volta sob a mesa. Ela vai encontrar amanhã de manhã: uma oferenda humilde a uma colega ilustre. Um convite para jogar.

32

O especial pós-escola

JAKE

— Você está me sequestrando? Pode me contar a verdade — pergunta Ágata, soprando o cabelo para longe do rosto e se endireitando no banco enquanto saio da área de desembarque.

— Não, eu não estou te sequestrando.

— Ah. — Ela parece decepcionada, mas se recompõe bravamente. Aperta botões aleatórios no painel e no console. Música clássica sai pelos alto-falantes do carro, e meu banco começa a massagear minha lombar.

Há uma coragem meio inquietante aqui que precisa ser tratada.

— Você não devia entrar no carro com alguém se acha que essa pessoa vai te sequestrar. — Dou uns tapas nos botões iluminados até o banco se ajustar para uma vibração mais administrável. — Você não devia sair por aí com estranhos.

Ela me olha.

— Mas eu não sou um estranho — completo depressa.

Ela dá um aceno curto, de quem já sabe tudo.

— Você é meu padrasto. — Meu estômago dá outra volta com essa palavra. Ela aperta mais um botão, mas infelizmente não é o de ejeção de emergência estilo James Bond. O vidro do lado dela sobe.

Estou pronto para mudar de assunto.

— Quem era aquela criança que miou pra você?

— Era a Charlotte. Ela tem uma mãe e um pai e uma irmã e um irmão bebê e uma casa enorme e um coelho de estimação. — Dá para ver pelo tom de voz que esses fatos tornam Charlotte insuportável. — Eu odeio ela. Odeio muito.

A voz dela é engraçada, rouca. Voz de sapo. Combina com ela. É esquisita e inesperada, não tem nada a ver com a carinha dela. Ágata fuça dentro do porta-luvas e encontra um par de óculos escuros. Coloca no rosto.

— Você odeia alguém?

Penso no Andrew.

— Sim.

Ela suspira, feliz, e se encosta no banco ao meu lado. É absurdamente pequena. As perninhas ficam esticadas para a frente. Acho que ela deveria estar presa em algum tipo de cadeirinha, no banco de trás.

— Cadeirinha? — ela ralha, quando tento expressar isso em voz alta. — Eu não uso mais cadeirinha — mente, com total naturalidade. — Pra onde a gente vai?

— Pra casa?

— Estou com fome.

Lembro da geladeira e da caixa de leite vazias, e, ao avistar um supermercado, viro bruscamente para o estacionamento. Outro carro buzina para mim.

Lá dentro, Ágata se pendura na ponta do carrinho de compras e pega carona como se fosse uma coisa rotineira.

— A mamãe deixa eu tomar leite com chocolate — informa quando escolho uma caixa de leite integral.

Eu a ignoro.

— A mamãe compra os de chocolate — insiste quando pego exatamente a mesma caixa de barrinhas de granola que vi no balcão de Dodi.

Eu a ignoro.

— Não gosto de você — ela diz.

Eu a ignoro.

Uma senhora se afasta para nos deixar passar e me dá um sorriso — daqueles sinceros, que enrugam os olhos. Olho por cima do ombro, mas não tem ninguém atrás. Isso é preocupante. Ninguém nunca sorri assim para mim.

— Que pai maravilhoso — murmura ela. — Dando uma folga pra mamãe?

Ágata lança um olhar de nojo para a mulher e eu viro bruscamente à direita, entrando na seção de produtos a granel, deserta. Quando saímos na seção de carnes, a visão de vacas, porcos e frangos desmembrados e arrumados bonitinhos nas bandejas de plástico provoca uma pergunta.

— O que sua mãe vai fazer pro jantar?

De nariz empinado e olhos no horizonte, Ágata me ignora do alto de sua posição na ponta do carrinho. Aprendeu com os melhores.

Pego um pacote família de peito de frango — acho que nunca comprei um pacote família de nada — e coloco no carrinho.

— Eu odeio frango. Odeio muito.

Eu a ignoro.

Mas então algo chama a atenção dela.

— O que tem de errado com aquele frango?

Ela franze o nariz para um bicho embalado mais adiante. É magrelo, e, no lugar das asas, tem patas da frente.

— É um coelho.

Assim que falo, me arrependo. Crianças pequenas não gostam de saber que tem gente que come coelho. Ágata está prestes a perder a inocência bem aqui, sob a minha supervisão, no setor de carnes, e...

— Quero comer.

É claro que ela quer.

— Por quê?

— Parece delicioso.

Carne crua não parece deliciosa.

— Isso tem a ver com o fato de a Charlotte ter um coelho de estimação?

— Não — ela mente.

— Você vai pra escola amanhã contar pra Charlotte que comeu coelho no jantar?

— Não — ela mente.

Grant gostava de coelho. Conheço várias receitas de coelho. Posso fazer *lapin à l'istrettu*, ou *lapin à la moutarde*. Ou só um ensopado básico mesmo.

— Promete que vai comer?

— Sim. — Dessa vez parece que ela está dizendo a verdade. Não dou a mínima para Charlotte, mas me importo com alguma pirralha torcendo o nariz para o que eu cozinhar.

Troco o frango pelo coelho, e, na seção de hortifrúti, pego cogumelos, cebolas, salsinha, legumes robustos de inverno...

— Eu odeio cenoura branca — diz Ágata.

— Isso é cherivia.

— Eu odeio isso.

— Irrelevante.

— *Você que é* um elefante — retruca, desafiadora. Ela estreita os olhos e me fuzila com um olhar que praticamente corta minha garganta.

No caixa, jogo uma barra de chocolate na esteira, e Ágata a observa com o canto do olho.

— Isso é porque eu entrei no carro, né? — pergunta.

— É porque você entrou no carro e vai fazer tudo que eu mandar até sua mãe chegar. — Levanto a barra bem alto, fora do alcance. — Temos um acordo?

As narinas dela se dilatam, mas ela praticamente pula de volta para o carro. Lá dentro, devora duas barrinhas e meia de cereal, depois pisa sem querer na metade restante, esmagando-a contra o carpete do carro. É o menor dos meus problemas.

— Tem suco de coelho — ela comenta quando estacionamos em frente ao prédio, apontando para o banco de trás, onde estão as sacolas de compras. Tem mesmo, vazando da embalagem da carne e se acumulando no banco de couro.

Ela vai na frente, subindo as escadas, tamborilando os dedos no corrimão e cantarolando para si mesma uma melodia triste em tom menor. Deixamos um rastro de suco de coelho até o apartamento de Dodi. Abro a porta e jogo a sacola com a carne na pia.

— Eca — ela diz, espalhando uma gota de sangue pelo azulejo com a ponta da bota.

— Cai fora. Vai enfiar alfinetes nos olhos das suas Barbies ou sei lá.

Ela parece encantada com a sugestão e sai correndo sem dizer uma palavra. No silêncio que se segue, levo um minuto para perceber que meus ombros estavam tensos até as orelhas desde que entrei na área de embarque da escola. Aos poucos, os músculos vão relaxando. Solto o ar e me apoio no balcão. É assim que são as noites de Dodi, um dia após o outro. Todos os dias. Olho para o relógio. Não são nem quatro da tarde.

Tempo de sobra para fazer uma refeição decente, pelo menos. Dodi tem uma panela de ferro grandona, daquelas pesadas, que eu coloco no fogão. A faca de chef dela está cega, então afio... Aproveito para afiar todas as outras também, já que peguei o afiador. Parece que nada nesse apartamento funciona direito.

Não sou um cozinheiro bom o bastante para me arriscar com algo complexo numa cozinha desconhecida, então resolvo fazer tudo de forma simples. Frito algumas fatias grossas de bacon enquanto corto as cebolas com precisão quase mecânica. Quando termino, tiro o bacon da panela e jogo na gordura quente as cebolas e o alho amassado. Quando ficam translúcidos e o cheiro toma conta da cozinha, adiciono os pedaços de coelho e deixo dourar. Depois entram os cogumelos, as cherivias e as cenouras, uma pitada de farinha, mais um pouco de cor, e então o caldo e o vinho tinto. Eu despejo, dou uma girada, acrescento um ramo de tomilho, salsinha fresca picada, folhas de louro e, no impulso, uma pitadinha de noz-moscada... Deixo ferver em fogo baixo, tampo a panela e passo para as alcachofras ao molho.

Limpo e aparo os corações e os talos, esfrego limão por cima, então as alcachofras e as cenouras vão para uma panela que mal dá conta de comportá-las, junto com o alho. Enxáguo, seco com cuidado e coloco tudo de volta na panela com tomilho e uma única folha de louro. Vinho, água, sal e pimenta...

Nesse instante começo a revirar os armários, em pânico, quando me dou conta, tarde demais, de que alguém tão pouco doméstica quanto a Dodi talvez não tenha o básico para assar nada. Mas acho. Um único pacotinho de fermento, quase vencido. Misturo a massa, sovo, deixo crescer, divido, deixo crescer de novo na assadeira e levo ao forno.

As horas passam, e agora só resta a bagunça para limpar. Jogo as sobras dos vegetais no lixo orgânico, limpo as bancadas, esfrego as tábuas e pego a embalagem ensanguentada da carne que deixei na pia. Quando viro para jogar no lixo, Ágata surge do nada, toda vitoriosa, com uma Barbie sem olhos na mão — e eu tropeço nela. Ela solta um grito ofendido, a embalagem ensanguentada voa da minha mão e o suco de coelho espirra pela cozinha. Ao mesmo tempo, a porta da frente se escancara.

— O quê...? — grita Dodi. Ela entra com uma sacola de papel abarrotada de compras apertada contra o peito e para no meio do caminho ao nos ver. O cabelo grudado na testa suada, o delineado borrado de um lado, as roupas amassadas, o fundo da sacola de papel cedendo, a mão tentando segurar uma lata de sopa que escapa por um rasgo... essa é a Dodi no fim de um dia longo, voltando para casa, para o segundo round, lutando pela própria sobrevivência.

Ela dá uma olhada lenta em volta da cozinha. Vê Ágata com a Barbie mutilada, as facas enfileiradas no balcão, o sangue respingado nos armários e eu, usando aquele avental absurdo, todo florido.

Estou tão aliviado por vê-la.

33

Caldo de coelho

DODI

— VOCÊ CHEGOU — ELE DIZ, COM UM SORRISO DE PSICOPATA estampado no rosto.

Deixo minha sacola de papel cair, quase se desintegrando sobre o balcão com um baque, e o conteúdo se espalha dramaticamente pelo tampo.

— O que está *acontecendo* aqui? Cadê minha vizinha? E por que tenho cinco chamadas perdidas da escola da Ágata?

Elas chegaram uma atrás da outra enquanto eu estava presa com a Cynthia. Quando consegui retornar, a escola já tinha fechado.

O sorriso de Jake se apaga, e Ágata dá meio passo para trás, ficando parcialmente atrás dele.

— O que você ainda está fazendo aqui? — pergunto.

— Você precisava que eu buscasse a Ágata — ele responde devagar, com cuidado.

— Eu precisava que você levasse *a minha vizinha* pra buscar a Ágata. Eu disse pra ela te esperar.

A gente se encara por um segundo. Estou enjoada. As ligações da escola, a mensagem confusa da minha vizinha: **"Seu amigo tá** vindo". Procuro agora no celular para confirmar. Sim. Foi o que ela escreveu.

Mas perdi a mensagem seguinte, enviada logo depois: "?"

E ainda passei no mercado antes de vir direto para casa, só para garantir que Ágata estivesse bem. Olho para ela agora, tentando avaliar se passou por algum trauma por ter sido buscada por um homem estranho. Ela sai da cozinha correndo, como se achasse que está encrencada.

Isso tudo é culpa do Jake.

— Por que você está usando o meu avental? — disparo.

— Estou fazendo o jantar.

Claro que não está.

— Eu já tinha planejado algo — digo.

Ele lança um olhar para o macarrão instantâneo espalhado pelo balcão, com uma sobrancelha arqueada. O esnobe. Não faz ideia do que é tentar alimentar uma criança de seis anos que só come coisas bege.

Levanto a tampa da panela de ferro para ver que tipo de prato de solteirão nojento ele preparou, mas o que sobe é um cheiro surpreendentemente apetitoso. Ensopado.

— Ela não vai comer isso — digo, vitoriosa.

Ele me lança um olhar, como se dissesse: "desafio aceito". Pega a panela e leva até a sala de jantar. Vou atrás e paro, em choque. Jogo americano, talheres, descansos de panela — tudo arrumado com uma precisão geométrica. Minha mesa nunca esteve assim. E não é só isso. Fico boquiaberta.

Meu sofá está... arrumado, com as almofadas lisas, as mantas dobradas. A mesa de centro está livre de tralha, e os peitoris das janelas também. Tudo parece mais claro, mais limpo. Sinto cheiro de produtos de limpeza. Olho para baixo. *Ele passou o aspirador.* Disparo pela sala e enfio a cabeça no meu quarto. A cama está arrumada como se fosse serviço de camareira. A mala sumiu do chão e, com o coração na garganta, marcho até o canto da lavanderia. Deu trabalho montar um guarda-roupa decente com pouco dinheiro, garimpando brechós e liquidações, e se esse *babaca*...

Mas não. As roupas que secam penduradas estão ali, secando exatamente do jeito que mandam as etiquetas.

Dou a volta até a sala de jantar.

— Que porra você fez no meu apartamento? — sibilo, tentando me obrigar a sentir raiva. Ele passou dos limites. Com certeza passou. — Eu não te dei permissão pra limpar nada!

Jake me olha, inexpressivo.

— Você gostava da imundície? — pergunta, sem mudar o tom.

A fúria dá lugar à vergonha, que logo volta à fúria de novo. Mas, antes que eu consiga retrucar, Ágata aparece e se joga na cadeira com um baque. Ele serve ensopado na tigela dela e joga um pãozinho como se estivesse alimentando um animal no zoológico, e ela ataca.

Ela ataca, de verdade.

Isso nunca aconteceu antes. Eu nunca consegui criar essa cena de paz doméstica no jantar. Sempre vira briga e greve de fome, com Ágata comendo bolacha no chão enquanto eu como direto da panela, tomando goles de vinho de uso culinário para acalmar os nervos.

Fico olhando para Ágata, espantada. Ela mastiga, engole, um milagre fisiológico.

Jake serve uma porção para mim, depois para ele. Meu estômago ronca e disfarço com uma tosse antes de me sentar, a contragosto. Ficamos em silêncio por um momento, mas tem algo tão ridiculamente normal nessa cena que os personagens acabam entrando nos papéis sem perceber. De avental, Jake, o dono de casa, serve comida, limpa respingos da Ágata, diz que ela devia experimentar a cherivia. E eu, toda amarrotada na roupa de trabalho, viro a figura de autoridade da casa. Pigarreio.

— Falei com a sua professora hoje cedo — digo para Ágata. — Ela disse que você e a Charlotte se desentenderam.

Ela fica tensa.

— Ela disse que você pediu desculpas de forma muito educada.

Ágata encara o prato, as narinas infladas.

— Ágata?

— A professora me obrigou a pedir desculpa! Mas a culpa foi da Charlotte — ela protesta, venenosa. — É sempre ela que começa!

— Exatamente! — digo. — Você não pode deixar a professora te obrigar a pedir desculpa. Pedir desculpa é o mesmo que admitir a culpa. — Estou do lado dela, mas nesse momento ela me olha como se eu estivesse atacando. Suas garrinhas saem rápido demais. Não sei por que ela é assim.

Ágata me fuzila com os olhos, e já sei que vou receber o tratamento de silêncio pelo resto da noite, mas aí Jake se mete.

— Legalmente, isso não conta como admissão de culpa no Canadá. O país onde as pessoas pedem desculpa quando você dá um soco nelas. Mas esse não é o ponto.

— Isso não é uma questão legal — digo entredentes. — É uma questão de princípios. Eu não vou criar minha filha pra sorrir, ser boazinha e dar a outra face.

— Mas a Charlotte é uma pestinha malvada e vai sacar rapidinho que se *ela* pedir desculpa e a Ágata não, a Ágata vai parecer uma sociopata pros professores. O seu método vai ferrar com ela.

Ágata olha para ele, de boca aberta. Jake não tem a menor noção de como se fala na frente de uma criança de seis anos.

Jake continua.

— Se você quer que ela defenda os princípios dela, pode dizer: "Você está bem?". Demonstra preocupação, mas sem assumir a culpa. — Ele passa manteiga num pão com lentidão calculada e joga para Ágata. O primeiro já desapareceu.

— Você está passando dos limites — digo, gélida. Mas, ao meu lado, Ágata o observa com olhos atentos e inteligentes.

— E eu não preciso me importar de verdade se ela está bem? — ela pergunta, buscando uma confirmação.

— É claro que não — Jake solta, com desdém. — Você tem que ser esperta com esses valentões. Não pode deixar que eles percebam que você está revidando. Precisa estudá-los e ser mais esperta que eles. Anotar tudo. Fazer uma lista e focar nela.

Eu o encaro, horrorizada, mas Ágata fica toda reluzente. Acabou de receber uma missão, um plano de ação. Um sorrisinho perverso floresce no rosto dela. Ela remexe o ensopado, pensativa.

— Posso levar as sobras pro almoço amanhã? — pergunta.

Não faço ideia do que isso quer dizer. Estou surpresa que ela esteja falando comigo. Jake a encara por um momento, depois se inclina para a frente, apoia os cotovelos na mesa e me lança um olhar.

— Ela vai dar trabalho pro RH no futuro.

Eu já sabia disso, mas o sorriso torto e radiante que Jake me dá agora parece um elogio à minha forma de criá-la. Os olhos dele são realmente muito verdes. E tem uma mancha de farinha nos óculos. Meu rosto esquenta e desvio o olhar.

Ainda não provei o ensopado. Dou uma colherada e derreto.

— Esse frango está delicioso — digo, contrariada. Jake me lança um olhar alarmado, e Ágata sorri com malícia para ele, mordiscando um osso todo torto.

Ágata lambe a tigela e desaparece, nos deixando a sós. Por baixo da mesa, desabotoo o cós da saia e como uma segunda tigela, uma alcachofra e dois pãezinhos, tudo isso sem olhar na direção dele. Quando termino, levanto e começo a empilhar a louça, mas Jake a tira da minha mão com firmeza. Tento lavar uma panela, mas ele a arranca em silêncio e me afasta da pia com um dos braços nus. Eu nunca o tinha visto de camiseta antes. É indecente o jeito como os músculos e tendões do antebraço se contraem e se movem sob a pele.

— Eu devia lavar. Você que cozinhou — digo, mas ele me ignora. Aperta o detergente na esponja com movimentos rítmicos, depois esfrega a travessa da alcachofra com vigor, capricho, e, no fim, passa a mão devagar, como quem verifica se ainda tem algum resíduo. Seca com o pano de prato numa espécie de massagem lenta, atenciosa, e depois, com esse cuidado pós-operatório completo, coloca a travessa no escorredor como quem a deixa descansar para recuperar o fôlego.

Mordo a bochecha e desvio o olhar dessa performance erótica de autossuficiência masculina. Fico imaginando se ele tem uma calça de moletom que combine com a camiseta. Completaria a imagem de domesticidade confortável. Eu podia comprar uma para ele. Vesti-lo como se fosse meu boneco. Eu achava que meninas ganhavam bonecas para se prepararem para a maternidade, mas, quando cresci, percebi que era treino para cuidar de uma série de namorados-homens-crianças. Mas Jake não é um homem-criança. Eu o observo enxugar cuidadosamente a pia, pendurar o pano úmido na alça do forno, alinhar um ímã torto na geladeira. Provavelmente ele dobraria e penduraria minhas roupas conforme fosse tirando.

Isso é tipo uma preliminar. Estou de barriga cheia, numa casa quente e limpa, com a cabeça livre o bastante para pensar em outras necessidades físicas pela primeira vez em muito tempo. Balanço a cabeça. Há facas dispostas no balcão com o afiador. Vou guardar, mas ele mudou o suporte de facas de lugar. Eu o encontro ao lado do fogão. Na verdade, faz mais sentido ali, perto das tábuas de corte.

— Como foi seu dia?

Eu me viro para ele, que se apoia no balcão, de olho nas minhas mãos. Abaixo as facas afiadas.

— Você está me perguntando como foi meu dia? — A frase sai como um rosnado. Não era minha intenção.

De repente estou quente, confusa, irritada. O cabelo dele está todo bagunçado, de um jeito adorável. Ele vasculhou minha casa inteira. Eu nunca pedi para ele cozinhar. A Ágata *sorriu* para ele.

— Quem você pensa que é? Chega aqui, cozinha, limpa, faz a Ágata comer alguma coisa que não seja uma maldita barrinha de granola ou uma tortinha? Quer me mostrar como se faz? Mostrar que é fácil?

Mas Jake continua sendo Jake: frio, imperturbável, como se meus surtos não significassem nada. O assassino em série impassível vendo a vítima se debater e gritar.

— Eu não tinha nada pra fazer hoje. E parece que você estava ocupada. — Aponta com a cabeça para o calendário colado na minha geladeira.

Fico exausta só de olhar. Estou tão cansada. Dormi na cama da Ágata ontem à noite. É o único momento em que ela me deixa abraçá-la.

— Eu só queria agradecer por me deixar ficar — ele diz, baixinho.

Com raiva, percebo que, se eu piscar, talvez caia uma lágrima. Não sei por quê. Não estou triste. Eu o encaro, tentando vencer na força do olhar.

— Além disso, tem o fato de que vocês são duas porquinhas, e eu não resisto a uma boa bagunça. — Ele tira as facas da minha mão e desliza no suporte.

— É *meu* trabalho cozinhar e limpar. Eu sou a mãe dela. Sempre fiz tudo. Sozinha.

Jake me ignora e varre o chão, reunindo uns dez grãozinhos de poeira na pá.

— Como foi seu dia? — repete.

Amasso um pedaço de papel-toalha nas mãos e começo a despedaçá-lo, pedacinho por pedacinho.

— Hoje de manhã, cheguei e encontrei a Cynthia sentada na minha mesa, me esperando.

Jake me observa com atenção enquanto bate a pá de lixo na borda da lixeira. Não tenta me dar conselhos.

— Ela está obcecada com aquela lista.

— Claro que está — responde Jake, com um tom suave, quase enigmático. Tira o papel-toalha destroçado das minhas mãos.

— A lista que tem o meu nome. Bem no topo.

— Ah, tem, é? — ele diz, sem interesse. Franzo a testa. *Será que ele tirou?*

— Ela está obcecada comigo.

— No mau sentido? — ele pergunta, e quase rio da absurda inocência da pergunta. — Ela está se fazendo de protetora.

Dou uma risada seca.

— Você não sabe nada a respeito dela.

A expressão de Jake muda, pensativa.

— O quê?

Ele dá de ombros.

— Acho que a reconheço de algum lugar. De um lugar onde trabalhei. Ela era assim. Protetora de um jeito esquisito. Talvez, depois de décadas sendo *persona non grata* tanto pros funcionários quanto pros chefes, tenha resolvido investir em uma pupila antes de se aposentar.

Ele sempre gostou de inventar essas fantasias. Joga os pedacinhos de papel na lixeira.

— Vai relaxar ou sei lá — ele sugere, e de repente eu murcho, como um colchão de ar rasgando na costura, soltando todo o ar de uma vez numa baforada velha e estagnada. — Não dá pra eu limpar se você ficar espalhando bagunça por onde passa.

Espio pela quina da cozinha e vejo Ágata sentada no chão da sala, rodeada pelas bonecas. Ela inventa diálogos, fazendo as Barbies saltarem na ponta dos pés enquanto conversam entre si.

Saio da cozinha devagar, atravessando o carpete em silêncio. A três passos dela, paro. Ajoelho no chão, lentamente, de forma meio desajeitada, logo atrás. O cabelo dela está todo embaraçado. Ela precisa me deixar pentear, mas isso vai ser outra briga, mais tarde. Por enquanto, é bom me sentar perto dela e ouvi-la brincar com os brinquedos que eu comprei após guardar cada centavo.

Mas então Ágata olha por cima do ombro, surpresa, como se ver a mãe se abaixando no chão fosse algo estranho para ela. Acho que é mesmo. Não existem horas suficientes no dia para ser uma mãe boa e divertida. Encolho diante daquele olhar, mas então ela desliza até mim e se acomoda no meu colo — macia e quente, sem garras, alimentada e tranquila nesse apartamento cheiroso e arrumado — e me entrega uma Barbie.

— Você pode ser a Charlotte — diz, com aquela vozinha rouca e engraçada. — Seu coelhinho sumiu.

34

Viúva negra

JAKE

INCLINO A CABEÇA NO ENCOSTO DO SOFÁ E FECHO OS OLHOS. Consigo ouvir a voz de Dodi e Ágata murmurando no outro cômodo, se preparando para dormir, o som da água, as TVs dos vizinhos, o elevador subindo e descendo. Eu me desligo. Fico naquele espaço entre estar acordado e pegar no sono. Então… os pelos da minha nuca se arrepiam. Abro os olhos e Dodi está encostada na quina da parede, onde o corredor dá na sala, me observando. Já trocou de roupa e usa uma camisola preta de manga comprida, curta o bastante para deixar à mostra a tatuagem na lateral da coxa — um punhal, no exato lugar em que uma mulher esconderia um na liga. Tento não encarar.

— Já pensou em algum lugar pra ir? — ela pergunta.

— Não.

Ela não menciona o fato de que eu tenho uma fronha cheia de dinheiro e poderia muito bem procurar um hotel. Em vez disso, desliza até a cozinha e volta com duas taças de vinho e uma garrafa pela metade. Liga a TV, e a imagem de uma cena de crime, com o contorno de giz numa calçada do centro, toma a tela. Ela assiste, dá goles no vinho, e eu a observo. Se eu ficar em silêncio e ela esquecer que estou aqui, posso passar mais uma noite. Poderia virar uma espécie de morador de armário, saindo durante o dia para usar o chuveiro e a cozinha dela, passar o aspirador no carpete, cozinhar suas refeições, e voltar correndo, igual ao Gollum, para o vão embaixo do piso quando ela chegar. Seria uma boa vida.

— Vai ficar me encarando a noite toda, seu esquisito? — ela pergunta, sem me olhar.

— Vou.

Ela coloca a TV no mudo e se vira para mim, enrolando as pernas nuas na almofada ao lado.

— Vai me contar do que se trata a sua lista?

— Não.

— Por quê?

— Porque você quer saber.

— Eu preciso saber, se quiser manter meu emprego.

— Pra que você vai querer isso? Você não precisa mais trabalhar num emprego corporativo sem alma. Usa o que ganhou e começa do zero.

Ela franze a testa para mim.

— *Eu quero* um emprego corporativo sem alma.

— Por quê?

— Eu *gosto* de trabalhar no centro. Gosto do brilho, do dinheiro, da adrenalina. Gosto de andar por aí de salto alto e saia lápis. Quero ganhar rios de dinheiro e ter um escritório de canto com uma vista linda e sair pra comprar lenços de seda caríssimos na hora do almoço, só pra nunca usar nenhum deles e todos acabarem embolados numa gaveta. Quero uma assistente e um carro bacana, e quero colocar minha filha numa escola particular cheia de arte, bem metida, onde eu possa pagar pros professores darem espaço pra ela florescer como a gótica esquisitinha que nasceu pra ser.

Imagino que seja bom para Ágata ter alguém no seu time.

— Mas você não é assim — diz Dodi.

— Assim como?

Ela apoia um braço no encosto do sofá, os dedos parando a uns quinze centímetros do meu ombro.

— Você não liga pra coisas brilhantes e caras. Não gosta de prédios altos nem de carros velozes, nem de viagens pelo mundo ou coberturas luxuosas.

Não gosto mesmo. Não gosto *de nada* dessa merda.

— E do que você gosta? — ela pergunta baixinho.

Eu gosto de você, eu poderia dizer, como uma criança que come cola.

Fora isso, não faço ideia do que eu gosto. Teve uma época, quando eu era mais novo, em que tentei descobrir, antes de perceber que no fim das contas não importava muito, porque não haveria um fim das contas. Ela não insiste. Só me olha como se eu fosse misterioso e fascinante. Já fiz e disse tanta besteira para conseguir que ela me olhasse assim, e aqui está ela, me lançando esse olhar só porque estou largado no sofá dela depois de um dia brincando de dono de casa. Fico pensando... pensando se esta noite foi *vida real* o bastante para ela. O que ela pensa de eu fazer parte da vida real dela. Ela toma um gole de vinho, e eu também.

— Você tem duzentos mil dólares e uma doença terminal. Tem gente que compraria um carro esportivo e sairia dirigindo pelo país, ou daria uma festa gigante na suíte mais cara que conseguisse, ou pegaria um avião pra conhecer o mundo. Mas olha você aqui, no meu apezinho que fede a suco de maçã vencido e meia suja, cozinhando e dobrando mantas de sofá.

Talvez não tão misterioso e fascinante assim. Sou só o temporário entediante que se mistura às paredes do escritório. Mas Dodi escorrega pelas almofadas do sofá na minha direção, e os pelos da minha nuca se arrepiam de novo.

— Descobri qual seria o seu *modus operandi* — ela diz, a voz mais baixa agora que está tão perto. Ela apoia o cotovelo no encosto perto do meu ombro e inclina o rosto, o encostando na mão, e a linha que vai debaixo da orelha até a curva do ombro nu, onde a blusa caiu de lado, forma um traço longo e sinuoso.

— É mesmo?

— Você seria conhecido como "o cuidador". Imagino um erro na entrevista de emprego: te contratam pra "cuidar" de umas pessoas pra máfia, e você faz exatamente isso, entra na casa delas uma por uma e *cuida delas*. Limpa, dobra roupa, dá comida. — Enquanto fala, ela não sorri, mas também não *está séria*. É para eu ceder primeiro.

— E como eu as mataria?

Ela suspira, dramática.

— Ainda não descobri essa parte. Só sei que, quando elas sentam pra jantar com a louça boa posta na mesa, percebem que estão ferradas. Sabem que tem algo horrível esperando por elas.

— Limpeza, boa alimentação e um momento de lazer à noite.

Ela dá uma olhada no cômodo, desconcertada, e qualquer sinal de sorriso desaparece. Eu a ofendi. Ela é como um porco-espinho, que se enrola toda em volta do próprio ponto fraco ao menor sinal de ameaça.

Recua, recua, recua...

— Mas você sempre tem que fazer tudo sozinha — digo. — Nunca tem ajuda.

Ela considera minha tentativa de consertar a situação.

— Não era assim que eu imaginei, sabia? — ela diz.

— Que você imaginou o quê?

— A minha vida.

— Como você tinha imaginado?

Contrariando todas as expectativas, ela se desfaz para mim.

— Era pra ter uma casa perto de uma boa escola. Teríamos um cachorro... daqueles bem peludinhos e burrinhos. Era pra ter avós ajudando. *Eu* cresci com meus avós morando com a gente. Ágata deveria ter um pai. Eu deveria ter um marido.

Um em seis. Ficamos em silêncio por um minuto.

— O que aconteceu?

— Sabe aquele velho ditado, "Quando você mata seu marido, descobre quem são seus amigos de verdade"? — Ela acaricia a haste da taça com a unha. — A gente tinha uma entrada guardada pra comprar uma casa, mas eu acabei vivendo com isso por uns anos depois que a Ágata nasceu. Sem seguro de vida, é claro. O Neil tinha um monte de teorias sobre as probabilidades de usar um seguro de vida. Eu não conseguiria sacar nada, de qualquer forma.

— Você não foi presa — concluo.

Ela me observa.

— Você não procurou saber?

Não. Nunca pesquisei na internet. Pareceria trapaça. Gosto dela assim, um ponto de interrogação embaçado, revelando-se para mim em lampejos chocantes. O jeito como ela me olha agora diz que eu agi da maneira certa.

— As leis sobre suicídio assistido estavam mudando bem quando o promotor começou a montar o caso — ela diz com a voz baixa, os olhos na taça. — E a acusação de uma viúva jovem... uma viúva jovem e *grávida*, como acabou se descobrindo... estava prestes a virar... como posso dizer? Um circo midiático e definitivamente uma péssima imagem. Eu tive sorte. A cobertura da mídia morreu quase antes de começar.

Ela gira o vinho na taça. Está pronta para mudar de assunto.

— Por que a Ágata estava brincando com um par de óculos da Dolce & Gabbana?

— Ela achou no carro.

— Posso ficar com eles?

— Eu já dei pra ela.

— Achei que você fosse alérgico a crianças — ela provoca.

Fico me perguntando como ela me acharia burro se eu dissesse que, quando ela dizia "Ágata", eu achava que estava falando de uma gata.

— Sou alérgico a pessoas.

— Dá pra entender. E acho que ela nem é uma criança de verdade, né?

— Não é como qualquer criança que eu já tenha conhecido. Ela flutua quando toma banho?

Os lábios dela se contraem.

— Às vezes eu me pergunto se não era melhor queimar na fogueira, só pra garantir.

— Mal não faz.

O rosto de Dodi fica sério.

— Na maioria das noites, não é assim. Não é fácil. *Ela* não é fácil. Ela é tão... cheia de não me toques.

— Acontece nas melhores famílias.

Um leve tremor surge nos lábios.

— Ela é impossível.

— Já tentou exorcizar?

Agora os lábios tremem de um jeito perigoso.

— Não tenho nenhuma moral com o clero.

— Acho que você está mandando muito bem com ela.

Ela fica em silêncio por um instante.

— Quero que ela tenha uma vida melhor do que essa — confessa baixinho.

Olho ao redor do apartamento pequeno e aconchegante. Gosto mais dele do que do de Grant. Gosto mais dele do que da casa fria e impecável onde passei a adolescência com o Andrew e a Laura. Uma lembrança ficou rondando o dia inteiro, querendo vir à tona.

— Eu morei num apê assim com a minha mãe. Só nós dois. Nunca parei pra pensar no que a gente não tinha. Tive uma infância boa. — Penso naquele calendário na geladeira. — Você está dando uma boa infância pra ela. — Outra memória surge. — Eu *amava* comer macarrão instantâneo no jantar.

Minhas palavras pousam em algum canto do inconsciente de Dodi onde eu não consigo ver. Ela me observa por um instante.

Ainda estou tentando assimilar essa nova Dodi, que é mãe. Tem algo na simples ideia que muda tudo nela. É aquele clichê do vaso que, de repente, vira dois perfis encarando um ao outro. Um quadro na parede que, quando você olha direito, é uma janela para outro mundo. Toda a delicadeza e o cuidado dentro desse apartamento bagunçado — a cesta com a roupa dobrada, os móveis aconchegantes, os lanchinhos, os brinquedos —, tudo isso é a Dodi vista por outro ângulo. Dodi escondendo algo atrás de si, fora de foco. O lado oculto da lua dela, misteriosa e distante.

E o mais surpreendente é ouvi-la passar três horas inteiras sem soltar um único palavrão.

— Sou um pouco mais velha que você — ela diz de repente, do nada. A voz é baixa e séria.

— Eu já sabia.

Dodi é do tipo que, na casa dos vinte anos, parece dez anos mais velha. E, na casa dos trinta, parece dez anos mais nova. Um mistério. Mas já foi casada, ficou viúva, tem uma filha de seis anos.

— Você é *bem* mais velha que eu — observo.

Ela franze a testa e endireita a postura.

— Você tem o quê... quinhentos, seiscentos anos?

O canto da sua boca treme, e ela toma um gole rápido para disfarçar.

— Já acabou a sessão de piadas de vampiro?

— Ainda tenho umas guardadas.

Dodi se aproxima, até eu praticamente sentir o calor que irradia do corpo dela. Nunca bebo, mas não é o vinho que está me deixando quente e esquisito. Minha percepção do momento muda, e, dessa vez, eu me dou conta com antecedência da direção para onde estamos indo.

Ela me estuda.

— Você tem agido de uma forma tão estranha comigo. Às vezes me olha como se eu fosse... não sei. Tipo o Jeffrey Dahmer planejando mentalmente uma refeição. Mas aí eu me jogo em cima de você, e você vira o nerd que se encolhe e tem medo de futebol. Não consigo entender o que você quer de mim.

Eu nunca soube o que queria dela. *Eu só queria.* Talvez seja fome. Desde que ela entrou naquele elevador, foi como descobrir que eu estava faminto só quando me ofereceram algo para comer.

Ela se inclina mais.

— É por causa da sua doença? Isso...

— Não — digo rápido. — Não é isso.

Ela inclina a cabeça para o lado.

— Você precisa de braçadeiras e fita adesiva pra se excitar.

— Não.

Ela aperta os lábios.

— Então sou eu.

— Sim.

— Você não me acha atraente. — O tom dela muda. Agora ela assume um jeito distante, despreocupado. Ela se afasta, pega o controle e volta os olhos para a TV, onde aparece a vista do alto de um arranha-céu no centro da cidade.

Eu me expressei mal, mas a ideia de que a Dolores possa achar que não me atrai, depois de literalmente *tudo isso*, é um nível novo e inédito de burrice cósmica.

— Eu sei que faz tempo que você não consegue ver o próprio reflexo. Eu me sinto tão atraído por você que me dá um medo do caralho — esclareço, e é verdade. Vivo à base de hormônios do estresse quando estou perto dela. Nunca sei como uma interação com ela vai acabar.

As bochechas dela ganham um leve tom rosado, os olhos ainda na tela, onde aparece a imagem de um aviãozinho de papel.

— Isso deve ser um *plot twist* chocante, mas eu não fui casado tantas vezes assim.

Os cantos da sua boca se mexem de novo.

— E é claro que você tem vários séculos a mais de risquinhos entalhados na borda do seu caixão do que eu.

— Vai se foder.

— Como *era* o sexo antes do chuveiro?

Ela joga o controle na mesa de centro com um estrondo e se vira para mim.

— Corre, nerd — sussurra, então morde meu pescoço.

Meu cérebro apaga, todas as cores se contraem num ponto e depois somem, como uma TV antiga desligando. Minha boca encontra a dela, e daí em diante é só instinto. Toque, gosto e funções básicas, como respiração e batimentos, e, além disso, nada além do impulso de um inseto efêmero que só quer riscar isso da lista antes que o relógio pare de vez.

Gosto dela por cima, como se fosse tomar as decisões importantes, então encaixo a mão atrás do seu joelho e a puxo até ela montar em mim, o cabelo longo caindo sobre meu corpo, e ela acaricia meus ombros, peito e pescoço. Minhas mãos encontram os joelhos dela. Nunca achei que fosse reparar nos joelhos de uma mulher, mas quando ela se veste do jeito que Dodi se veste, como se o corpo fosse informação confidencial, cada parte visível ganha importância. O pescoço. Os joelhos. E agora acima dos joelhos, na lateral das coxas, sob o tecido da camisola... no lado direito, sinto relevos. Linhas. Cicatrizes de uma tatuagem que foi fundo demais. Quero que ela me mostre todas as tatuagens.

Ela se inclina e me beija como um bicho lambendo as próprias feridas. A atividade cerebral zera completamente. Se eu estivesse numa cama de hospital conectado a um monitor, o mais humano a se fazer seria desligar a sonda de alimentação, e não me injetar adrenalina direto no coração, que é exatamente o que está acontecendo agora. Eu conseguiria correr um quilômetro em um minuto. Ela me beija com mais intensidade, e um de nós faz um som, ou talvez os dois, e por um instante parece que ela está em todos os lugares e não existe mais nada. Então ela pega minhas mãos e coloca onde mais as quer, que também é onde eu mais quero, e ela é quente e macia...

— Suas mãos — ela solta de repente, e o clima quebra, tropeça, desmorona.

Meus dedos estão pálidos, sem cor. Parecem de morto. Estão horríveis. Escondo entre as pernas e o sofá.

— Eles doem?

Balanço a cabeça.

— Só ficam dormentes.

Eu me sinto um idiota por estragar o momento de novo. Tento desacelerar a respiração. Olho para tudo, menos para ela.

— Jake.

Ela puxa uma das mãos de onde a escondi e segura entre as dela, aquecendo. Finalmente a olho. O rosto dela está sério e sereno, e o clima foi embora por completo, eu sei. Como não teria ido?

Ela lambe os lábios.

— Quanto tempo *você* tem?

Meu pai morreu aos trinta e quatro, mas pela primeira vez me dou conta de que não sei quando os sintomas começaram, ou em que ponto a vida se tornou insuportável para ele. Só uma pessoa no mundo tem essa informação. Abro a boca para explicar tudo isso, mas...

— Ei, cadê o meu chocolate?

Ágata me encara do outro lado do sofá, com uma camisola antiga que a faz parecer um fantasma vitoriano. Dodi pula de cima de mim e ajeita a camisola, e eu quase choro de gratidão porque minhas mãos estavam em um lugar classificado como livre para todos os públicos.

— Você tem que ir embora — anuncia Dodi, de repente.

Ela não precisa repetir. Pego o casaco e vou, pela escada de incêndio. Quando a porta se fecha atrás de mim com um clique, percebo que esqueci minha mala. Saio para a rua, sem a menor ideia do que vai acontecer agora.

O carro está a meia quadra de distância. Aperto o controle, e a cidade inteira apaga.

35

Apagão

JAKE

A LUZ INTERNA DO CARRO É O ÚNICO PONTO DE CLARIDADE NA imensidão escura. Postes, janelas, qualquer outra fonte de luz, tudo desapareceu.

Estremeço, como se alguém no futuro tivesse acabado de pisar na minha cova. Quando entro no carro, a luz se apaga, e fico num breu tão profundo que daria para deitar como uma estrela-do-mar e flutuar sobre ele. Meus olhos se ajustam. Estrelas começam a surgir no céu. Já vi estrelas na cidade alguma vez? Então, um brilho estranho floresce na janela da casa mais próxima. Um rosto magro, iluminado por baixo, aparece e some logo em seguida, depois de colocar uma vela no parapeito.

Queda de energia. Claro.

Em minha mente, vejo um aquecedor elétrico parado, sem força para funcionar, num cômodo empoeirado, entulhado, ficando cada vez mais frio. Ligo o carro e faço o retorno na estrada.

Quando chego, o bairro de Bill também está cheio de casas de olhos escuros. A porta se abre depois da décima batida, e uma lanterna ilumina meu rosto.

— Voltou pra me matar? — pergunta Bill. — Ótima noite pra isso, e na hora certa. Ia morrer congelado antes do amanhecer.

Foi por isso que vim. Eu o sigo quando ele entra. Está frio, e minha respiração forma nuvens no ar.

— Você tem lareira?

Ele franze a testa.

— Claro.

— E lenha?

Ele pensa.

— Faz anos que não acendo uma. Deve ter um pouco na garagem.

Tem, e está estorricada. Bill me observa com desconfiança enquanto me ajoelho na lareira da sala.

— Você está fazendo errado — ele protesta. Como não consegue se ajoelhar, começa a cutucar e corrigir minha arrumação com a bengala. — Equilibra essa aqui por cima, assim, senão não pega.

Ele tem uma caixa de fósforos velha e enorme, quase vazia. Acendo um, e faz aquele *shhh* delicioso enquanto a chama sobe. Bill e eu vemos o fogo se enrolar em volta do papel e começar a roer as bordas da madeira. A luz da lareira rasga um pouco da escuridão no cômodo, e, quando olho para ele, vejo que ainda está com aquele roupão fino atoalhado. Babaca.

— Seu pai nunca te ensinou a fazer fogo?

— Meu pai morreu — respondo. — Então não.

Bill me encara. Parece ainda mais confuso quando o ajudo a se acomodar na poltrona e coloco um cobertor por cima. Puxo o apoio de pés para perto e me sento nele. É hora de confessar. Hora de trocar informações mantidas sob custódia. Sentado no sofá de Dodi, percebi que há coisas que quero saber de Bill. Quero saber como isso vai acontecer. Quero saber quanto tempo leva entre o início e o fim. Quero saber quando chega aquele ponto de virada em que a qualidade de vida deixa de existir. Quero aproveitar isso ao máximo.

— Eu não estou te espionando. Só verifico sua caixa de correio pra ter certeza de que você saiu. Se passa uns dias sem se mexer, dou uma olhada pela janela pra garantir que você não está estatelado na escada ou sei lá o quê.

— Quem é você?

Já imaginei mil vezes como isso aconteceria. É difícil não lembrar da cara da tia Laura quando apareci de repente na vida dela: paralisada, confusa. Ou do ressentimento imediato de Andrew, ou de como a família conservadora dele ainda me olha como se eu fosse um segredo viscoso e perturbador que rastejou de uma fenda — o filho sem pai da irmã solteira e afastada de Laura. É tentador imaginar o rosto vincado de Bill suavizando em surpresa — talvez até *alegria* —, mas quanto tempo isso duraria? Ele veria os meus olhos cor de avelã, herdados do meu pai, a miopia; quantos segundos até a mente dele chegar nos outros "presentes" vindos com o meu combo genético?

Está na hora de descobrir.

— Meu nome é Jacob.

Ele ergue as sobrancelhas, e o rosto de repente se torna mais brando.

— Esse era o nome do meu filho.

— Eu sei.

Ele franze a testa.

— Qual o seu sobrenome?

— Ripper. — Ele estreita os olhos para mim. "Ripper" gira na cabeça dele, é examinado contra a luz e batido na palma da mão enquanto ele pensa. — O nome da minha mãe era Elizabeth Ripper — acrescento.

Algo se mexe no fundo das camadas de memória de Bill, e o rosto dele desmorona em choque.

Eu tinha dezoito anos quando coloquei as mãos na minha certidão de nascimento pela primeira vez e vi com meus próprios olhos a linha em branco onde o nome do meu pai deveria estar. Era um beco sem saída até que Laura me passou escondido uma pastinha com os papéis da minha mãe, tirada do escritório de Andrew, pouco antes de eu sair de casa. Entre eles, havia uma foto de um homem — óculos, sorriso largo — e uma carta. Uma carta de término, para ser exato, datada de nove meses antes de eu nascer e assinada:

"Com amor eterno, Jake". Isso virou um plano que eu fui desfiando aos poucos, primeiro o obituário dele, depois um ou outro primo distante nas redes sociais, e por fim um amigo antigo que ainda morava na cidade. Foi com ele que descobri sobre a doença do meu pai. Foi ele quem me disse onde encontrar meu avô, o Bill.

O FOGÃO DO BILL É A GÁS, E A ÁGUA FERVE NUM PISCAR DE OLHOS. Ele fica sentado na poltrona, segurando uma caneca de chá com as duas mãos, as bolsas de água quente apoiadas nos pés e no colo.

— Elizabeth Ripper — ele diz, e ouvir o nome da minha mãe depois de tantos anos é como abrir a porta de um cômodo esquecido e empoeirado. — Uma garota doce, tímida. Eu me lembro dela. Eles iam se casar. Aí ele ficou duas semanas sem atender o telefone. É claro que eu me preocupei, e foi quando ele apareceu na minha porta. Tinha descoberto que tinha pouco tempo de vida. Então decidiu deixá-la para dar a ela uma chance de ser feliz. Nem contou o motivo, o idiota. Não queria que ela discutisse com ele. A pobrezinha deve ter ficado arrasada.

Assinto devagar. Penso na Dodi segurando minha mão, me perguntando quanto tempo de vida eu tenho, como se isso realmente importasse para ela.

— Ele só tinha trinta e um anos quando começaram os sintomas — continua Bill. — E o declínio foi rápido depois disso. Virou um ermitão. Se afastou dos amigos. Desistiu de tudo. Ficou preso em casa depois de mais ou menos um ano, e aí a coisa ficou feia mesmo. Ficava confuso. Já não era mais ele. Não foi bonito de ver.

— Mais alguém na família teve?

O rosto de Bill desaba.

— A mãe dele.

Minha avó. Eu já sabia disso, descobri fuçando.

— Foi tão rápido com ela... não deu nem tempo de entender o que tinha acontecido. E o Jacob, vinte anos depois...

— É hereditário.

Ele me olha com uma expressão tão dolorida que meu estômago dá um nó. É exatamente por isso que eu nunca tinha me apresentado antes. Parecia egoísmo matar minha curiosidade à custa do equilíbrio emocional de um velho solitário.

Mas nada disso importa mais. Um ano até eu querer desistir. Menos tempo do que eu imaginava, mas eu talvez viva mais do que Bill, de todo modo. Puxo um sorriso falso, tão automático quanto amarrar os sapatos.

— Espero que não esteja preocupado comigo. Já fui a um neurologista. Vou viver até os cem — digo.

A LUZ VOLTA NO DIA SEGUINTE, MAS EU FICO COM BILL. COZINHO e levo as refeições até a poltrona dele e, quando ele cochila sentado, aproveito para limpar a casa. Esfrego a sujeira dos cantos, tiro o pó, junto as pilhas de lixo, separo e jogo fora. Descarto centenas de dólares em comida vencida da despensa e reponho com coisas que ele vai conseguir de fato preparar. Lavo roupas, esfrego privadas, lavo tapetes. Organizo a confusão de frascos de remédio na pia e abasteço a caixinha semanal dele. Mando consertar a caldeira e fuço nos radiadores antigos até a casa inteira esquentar.

— Que diabos você está fazendo? — pergunta Bill. — Não. Não mexe nesses copos — ele diz, um dia, depois do almoço. — Posso lavar uma louça de vez em quando.

O que estou fazendo é não pensar na Dodi no sofá, me perguntando do que eu gosto. Ela no aeroporto, dizendo que eu preciso descobrir o que me faz feliz. Outras pessoas têm listas, e nunca me ocorreu fazer uma. Todo dia imagino voltar ao prédio de Dodi e apertar o interfone. Todo dia penso no meu pai deixando minha mãe sozinha, tentando lhe dar uma oportunidade de ser feliz.

Mantenho a cabeça ocupada. Tem coisa demais para fazer, e cada tarefa desencadeia outra. É como puxar o fio solto de um suéter querendo arrebentar só a pontinha, mas acabar desmanchando uma fileira inteira e ficando com ainda mais linha para lidar. Quando Bill percebe que estou usando a mesma camiseta pelo terceiro dia seguido, manda eu pegar o que quiser nos armários dos quartos. É a permissão que eu esperava para fuçar o andar de cima.

Encontro um quarto. Roupas masculinas penduradas no armário: camisas de botão, calças sociais, algumas gravatas estranhas. Ele era professor, como minha mãe. A cama está sem lençol, mas um despertador antigo ainda repousa na mesa de cabeceira e, ao lado dele, um par de óculos de armação grossa. Tiro os meus e experimento os dele. O grau é quase igual ao meu, um pouco mais forte. Ele era um pouco mais velho do que eu quando morreu, mas só um pouco.

Deixo tudo como estava e fecho a porta.

Na manhã da véspera de Natal, encontro Bill vendo TV em frente à lareira, que agora é acesa todo dia, mesmo com a energia de volta.

— ... escassez de peru nos mercados da cidade, por causa de um engavetamento na Rodovia 1... — diz uma repórter com protetores de orelha de rena na TV. Atrás dela, um caminhão tombado de lado, salpicado de bolinhas brancas embaladas a vácuo: perus espalhados pela estrada.

Bill aperta o botão de silenciar a TV no controle remoto que eu tinha encontrado debaixo do sofá para me dar atenção total. Entrego a correspondência: uma conta de luz, um pacote de um escritório de advocacia e um envelope de um laboratório. Cuidar da saúde do Bill é um trabalho em tempo integral. Não sei como ele dava conta disso tudo sozinho. Ele rasga primeiro o envelope do laboratório e encara a carta por um longo minuto. Não pode ser uma boa notícia, mas ele não me diz nada. Entendo a preferência pela privacidade. Bill dobra o papel e enfia no bolso sem me olhar.

— Vou passar o Natal na casa da minha tia — digo.

Ele me encara demoradamente. Tenho a sensação de que examina meus olhos, meus óculos, meu cabelo. Não sei o que está procurando. Ele concorda com a cabeça.

— Tudo bem.

Sinto o impulso de convidá-lo, mas não convido. Andrew é uma pessoa corrosiva, e eu não desejaria isso para ninguém.

— Vai ficar bem aqui?

— Estou bem sozinho aqui há quase trinta anos — ele me lembra de forma áspera. — Isso é um adeus?

— Como assim?

— Você vai voltar?

Estava esperando que ele perguntasse. Quero dizer que sim. Afinal, não tenho outro lugar para ir. Mas, de repente, há uma mudança no ar e no humor de Bill.

— Você quer que eu volte?

Indiferente, Bill dá de ombros.

— Não vejo por que você se daria ao trabalho. Você é jovem. Tem coisas melhores pra fazer.

Instala-se um silêncio desconfortável na sala, exceto pelo falatório da TV, que já não está mais no modo silencioso. Nas últimas semanas, tentei cavar um espacinho para mim na vida de outra pessoa, buscando ser útil, essencial, e mais uma vez não deu certo. Eu e Bill passamos todo esse tempo contornando o que nos liga. Ele nunca disse a palavra "neto". Eu nunca o chamei de nada além de "Bill". Laços de sangue não são sinônimo de relação, afinal. Ele é um velho cansado que ficou grato pela ajuda. E só isso.

Eu o deixo ali, ao lado da lareira, com a pilha de cartas.

36

Alegria natalina de matar

JAKE

Deixei o carro do Grant estacionado a três quarteirões de distância, fora do alcance do olhar xereta e das perguntas insistentes do Andrew, e fui andando até parar em frente à casa branca de dois andares, uma aberração suburbana, onde aportei pela primeira vez vinte anos atrás, quase exatamente nesta mesma data, só com uma sacola de roupas e meu cachorro. Vitral em forma de sol acima da porta da frente, cortinas brancas translúcidas nas janelas, cercas vivas aparadas com perfeição obsessiva, gramado tão bem cuidado que parece uma vitrine, mesmo agora, graças a este Natal verde. Convencional. Imutável. Eterno.

Faz três anos que não venho aqui, mas ontem à noite o nome de Laura apareceu no meu celular, e por algum motivo eu atendi.

— Seria tão bom te ver — ela disse. — Você e... qualquer outra pessoa que quiser trazer.

Ela queria dizer a Dodi, e como todos os meus pensamentos sobre a Dodi estão caoticamente ligados, como uma boneca matrioska, ouvi na mesma hora a voz dela: *Você precisa contar pra sua tia que está doente.*

Eu me imaginei diante daquela mesa comprida e brilhante da sala de jantar, com a família inteira ali, me olhando como sempre olharam, como se eu fosse algo constrangedor que escapou para o mundo, enquanto eu jogava a bomba. Eles terminariam de mastigar e limpariam a boca com o guardanapo. *Legal, Jake. Passa as batatas, por favor?*

Aceitei o convite e cá estamos. Fico pensando se o bichon frisé ainda está vivo. E como se lesse meus pensamentos, lá vem ele trotando pelo caminho, fungando, a língua pendurada de um lado da mordida torta, os olhos parecendo trabalhar por conta própria. Princesa. Está radiante de me ver. Um ex-companheiro de cela, reencontrando o parceiro no pátio.

Fico um bom tempo parado no capacho de bem-vindo, lembrando a mim mesmo que esse enjoo é só reflexo pavloviano. Princesa é um cachorrinho, então entende tudo disso. Ele treme, fede e se encosta na minha perna. As unhas estão compridas demais. O pelo dos olhos também. Aperto a campainha. Ouço alguns passos, e a porta se abre. Coloco um sorriso no rosto, rápido como um raio.

— Jake! — Laura está com um avental do Rudolph salpicado de farinha e, assim como a casa e o jardim, ela continua igual, eterna. No caso dela, ainda bem. Não sei direito o que me dá. Sem pensar, me aproximo e a abraço. Ela fica rígida, depois me envolve com força.

— Cadê sua mala? — pergunta, piscando rápido com os olhos úmidos, sem me encarar. Olha para fora, como se ainda esperasse ver outra pessoa vindo pelo caminho.

— Não trouxe. — Ainda está na casa de Dodi. O rosto de Laura desaba, e mudo de assunto antes que ela pergunte se vou dormir aqui. Dependendo de Andrew, talvez eu prefira dormir no carro. — Quantas pessoas vão estar no jantar de Natal amanhã?

— Quinze — ela diz, fechando a porta. — Andrew vai trazer os pais. Estão com noventa e cinco e noventa e dois este ano, e ainda rodando por aí nas festas. Acredita? É claro que querem passar o Natal com os bisnetos. — Quando menciona os netos da irmã de Andrew, o sorriso dela se acende de novo, por inteiro. — *Três* pequenos este ano. June e Molly já têm cinco anos, e tem o bebê, claro... Oliver. — Laura sorri para mim, orgulhosa. Para ela, tudo gira em torno das crianças.

A voz de Andrew vem de algum lugar da casa. Está falando sozinho ou discutindo com alguém. Laura vira a cabeça para escutar, e o sorriso desaparece de novo. Num reflexo automático que conheço bem dos tempos em que morava aqui, entro no modo "distração".

— A árvore já está toda decorada?

Como resposta, ela desfila à minha frente até a sala com pé-direito alto, onde uma árvore de Natal de três metros exibe todo o seu brilho cintilante. Festões serpenteiam pelo corrimão da escada, estrelas prateadas pendem das luminárias, ramos de azevinho e cedro enfeitam as portas, enfeites natalinos abarrotam cada canto... almofadas com o Papai Noel, globos de neve, bonecos de neve em versão matrioska.

O Natal *é* da Laura. Ela praticamente inventou a data. Sempre foi assim, pelo menos depois do primeiro Natal horrível, quando um acidente de carro me trouxe para essa casa estranha, com dois estranhos. Naquele ano, não havia um único enfeite natalino na casa inteira, e eu andava em silêncio pelos cômodos à noite, enquanto eles dormiam, tentando entender que tipo de alienígenas eram aquelas pessoas. Mas agora está tudo perfeito. A casa inteira. A pilha de presentes debaixo da árvore é indecente, e o maior nem está embrulhado: uma casa da Barbie de luxo, cheia de fitas. Laura tem uma tendência a fazer loucuras pelas meninas.

A voz de Andrew sobe de tom, e agora dá para perceber que ele está discutindo com a irmã. Laura se aproxima do pé da escada e fica ali, imóvel, escutando. A mão, crispada, segura o corrimão como uma garra.

Modo distração.

— O que precisa fazer na cozinha?

Laura gira nos calcanhares, força um sorriso brilhante e tenso e me leva até a cozinha. O forno está ligado, todas as bocas do fogão acesas, e cada centímetro de balcão e mesa está ocupado com alguma tarefa. Frutas vermelhas cristalizadas secam numa assadeira, crocante de hortelã-pimenta esfria sobre uma grade, batatas descascadas repousam num panelão dentro da pia... não tem fim. Para a tia Laura, quanto mais, melhor. Ela passou dias preparando tudo isso. Pego um avental pendurado na porta da despensa, amarro bem apertado na cintura e, quando me viro, ela está sorrindo de verdade.

Um estrondo lá em cima, e eu me adianto, rápido, com nosso jogo preferido.

— A batedeira — digo.

Laura olha para a batedeira.

— Como?

— Ele teria que estar de gravata.

— Ai, que horrível! — ela diz, animada. — Asfixia ou pescoço quebrado? Tanto faz, imagino. Agora, olha isso aqui. — Pesca um utensílio de cozinha da gaveta. — Vi e comprei só pra te mostrar. Direto pela órbita ocular até o córtex pré-frontal.

Ela aperta o êmbolo e garrinhas saem do eixo oco e se encaixam com um clique. *Clique, clique, clique*. Princesa se remexe no tapetinho aos pés dela.

— Você venceu — digo, e ela brilha, os gritos e batidas esquecidos. Esse é o poder de "Achei uma Arma do Crime".

Laura puxa um pano de prato do balcão para abrir espaço para a tábua de cortar — e uma faca de chef escondida embaixo sai girando no ar. Ela dá um grito. A lâmina vira em câmera lenta, refletindo luzes natalinas enquanto rodopia acima de Princesa, deitado no tapete da cozinha, e minha mão se move para pegá-la.

Acerto em cheio.

— Jake! — minha tia grita.

Ouço o baque dela se jogando no chão ao meu lado, porque já estou agachado ali, e ela aperta meu ombro.

— Jake — diz baixinho. — Está tudo bem, querido. Pode abrir os olhos. Pode olhar.

Não está tudo bem. Agora estou com a mão fechada num punho, mas vi a minha mão, quer dizer, vi *dentro* da minha mão, por um segundo, antes de fechá-la.

Passos lentos se aproximam pelo corredor e a porta da cozinha se abre.

— Que gritaria é essa? — Andrew pergunta, frio, e me encara sem emoção.

— O Jake cortou a mão.

Andrew estreita os olhos, desconfiado.

— Não tem sangue.

— Ele está estancando.

— Por que você está sentado no chão? Qual o seu problema?

É aí que Princesa enfia a cara. Farejando, com seu branco encardido, e manchas de ferrugem escorrendo dos olhos, ele enfia as patas artríticas no meu colo e sopra aquele bafo podre no meu rosto...

— Levanta — diz Andrew.

Princesa tenta enfiar o focinho molhado na minha mão, e eu a puxo de volta.

— Sai, Princesa! — diz minha tia, mas o Princesa insiste.

— Você não tem nada — protesta Andrew. — Sempre foi assim. Sempre acha que tem alguma coisa errada com você.

— Ele cortou a mão...

— Não estou vendo corte.

— Na palma...

— Abre a mão, Jake — ordena Andrew.

Todo mundo falando ao mesmo tempo, e o Princesa não desiste, enfiando aquela cara molhada de novo...

— Abre logo essa porra de mão, Jake!

Abro a mão, tirando a pressão do corte, e a dor floresce, do centro da palma até o braço...

O *sangue*. Ah, o sangue.

Laura dá um grito e enrola minha mão num pano de prato ainda com restos de vegetais grudados.

— Vai precisar de pontos! — ela grita.

— Ele não precisa de pontos — retruca Andrew. Então me puxa pelo pulso e enfia minha mão embaixo da torneira, deixando a água gelada correr.

O fundo da pia fica rosa e vermelho. Fecho os olhos e engasgo. Não lido bem com sangue.

— Inacreditável — diz Andrew, largando meu pulso.

Fecho a mão de novo num punho e o sangramento para. Eu me apoio no balcão, sem forças. Andrew pega um guardanapo limpo, com estampa de azevinho, da pilha dobrada com capricho para o jantar de amanhã, e enxuga as mãos. Ele já lidou comigo. Pode seguir para coisas mais importantes.

— Eles não vêm — anuncia.

— O quê? — grita Laura, em choque. Ainda está com o avental, mas já vestiu o casaco e segura a chave do carro numa mão.

— Judith vai fazer o próprio Natal — ele diz com aquele tom de realeza ofendida, como se não tivesse provocado a irmã de propósito e feito do Natal um refém. Já vi esse teatrinho dezenas de vezes ao longo dos anos. A boa e velha Judith finalmente pagou para ver o blefe dele.

O rosto de Laura desaba. A comida. Os enfeites. A mansão da Barbie…

— Mas eu falei com ela hoje de manhã…

Andrew diz a coisa mais Andrew possível.

— Você sabe como ela é. — E sai andando.

Laura fica parada, olhando para onde ele foi, atordoada, enquanto a porta da cozinha balança nas dobradiças e o único som na sala é o farfalhar do Princesa se lambendo.

Quando vejo o rosto de Laura, sei que nem "Achei uma Arma do Crime" dá conta disso. Às vezes eu me pergunto se ser um babaca tem alguma vantagem evolutiva. Talvez gaste menos energia.

— Não preciso de pontos. Só vou enfaixar isso aqui. — Enrolo um pano de prato limpo na mão e ligo o rádio para tocar músicas de Natal antes de sair da cozinha.

No banheiro, encontro um rolo de gaze e enrolo bem firme em volta da mão, sobre o corte entre o polegar e o indicador. Princesa me segue e observa tudo. Quando termino, fico olhando para ele, e ele para mim.

O motivo pelo qual o Princesa é um cachorro de pouco valor é que ele foi o substituto que o meu tio trouxe depois de mandar sacrificar o velho golden retriever com quem eu cheguei aqui. Dei o nome de Princesa só para irritar meu tio, e nunca o perdoei. Meu tio, no caso. Talvez seja por isso que *eu mesmo* seja uma pessoa desprezível.

— Quem é um bom menino — resmungo com a voz mais morta e sem entusiasmo que consigo. Ele abana o rabo, feliz da vida. Corto a franja dele com a tesoura de unha enquanto ele lambe meus dedos com devoção extasiada. Talvez ele durma comigo no carro hoje à noite.

Enquanto Laura põe o almoço na mesa, inspeciono a árvore de Natal perfeita, resplandecente de luzinhas piscando e enfeites cafonas e antigos. Com a mão boa, tento ajeitar um Papai Noel pendurado perto demais da ponta de um galho, mas o corpo se solta da cabeça e cai no chão. A cabeça decapitada quica no galho elástico, e isso me faz pensar em Ágata. Ela ia gostar desse enfeite. Laura ainda está ocupada na sala de jantar, então arranco o corpo de um boneco de neve pendurado ali perto. Depois um anjo. Uma rena. E, por fim, um pequeno tamborileiro, antes que Laura me chame para o almoço.

Andrew está sentado na cabeceira da mesa, como sempre, com Laura à sua direita e um lugar para mim à esquerda. Ele deixa que ela o sirva e, em seguida, esfrega as mãos lentamente, como se limpasse algo nojento da pele. Finalmente, olha para mim.

— Não tinha certeza se voltaríamos a ter notícias suas, Jacob — diz num tom leve.

Laura mantém a cabeça baixa e corta sua quiche devagar, com muito cuidado. Se ele me atormentou durante três semanas por causa deste jantar, fico imaginando como foi para a Laura.

— Alguma novidade no mundo do "freela"?

Provocar, provocar, provocar. É o que ele faz de melhor.

— Não — respondo com simpatia.

— Nenhuma novidade mesmo?

— Nenhuma. — Coloco no rosto meu sorriso de idiota feliz, aquele que ele detesta.

— Aquilo com aquela mulher não durou muito — provoca Andrew, levando um pedaço de quiche à boca. Talvez, se eu o deixar chocado, ele possa se engasgar.

— Está durando muito bem. A gente se casou — anuncio.

— O quê? — Laura pergunta, incrédula, o garfo batendo no prato ao escorregar da mão.

— Nós fugimos e casamos.

O rosto de Laura paralisa.

— O quê...? — Sua boca forma várias palavras, mas nenhum som é emitido. Andrew continua comendo sua quiche como se nada no mundo tivesse mudado.

— Eu e a Dodi nos casamos.

— O nome dela é Dodi? — pergunta Laura. Eu nunca nem tinha dito o nome de Dolores. Ela tinha me pedido para ligar depois daquele jantar, e eu nunca liguei. Laura me encara, e eu percebo, com aquele peso no estômago, que a magoei. Magoei e muito.

Quero contar tudo para a Laura — bem, quase tudo —, mas não com o Andrew ali, distorcendo cada detalhe com aquela mente mesquinha.

— Onde ela está agora? Por que não veio passar o Natal aqui? — pergunta Laura.

Andrew bufa.

— Ele não está falando sério. Inventou essa besteira de casamento com Elvis no restaurante. — Mas, ao esticar o braço para pegar o sal que está ao lado do meu prato, o olhar dele recai na aliança que agora carrego na mão esquerda. — *Isso* é uma aliança?

Não digo nada.

Andrew me encara com olhos de chumbo.

— Não vai me responder?

Engraçado como certas frases despertam gatilhos antigos e empoeirados dentro de nós. Eu era um homem adulto de vinte e nove anos até essa frase ser dita, e, de repente, volto a ser uma criança de nove, que acabei de chegar à porta desses dois estranhos, paralisada, enjoada. O momento passa.

— Dá pra ver o quanto você respeita sua família — ironiza Andrew.

Debaixo da mesa, cruzo os dedos, torcendo por outra mágica que traga silêncio. Tudo que quero de presente de Natal são uns dias de gelo. Andrew se levanta e joga o guardanapo ao lado do prato ainda cheio, e Laura e eu ficamos imóveis.

Ele é como um vulcão adormecido, coberto de gelo. A gente sente os tremores sob os pés e toda vez se pergunta se será hoje que...

— Decepcionado, mas não surpreso — ele diz em voz baixa, o gelo ainda intacto. O Natal chega mais cedo: ele vai embora. Da sala de jantar, ouvimos quando ele veste o casaco, bota os sapatos e sai de casa. De algum jeito, depois de vinte anos, ainda não percebeu que sair batendo a porta não é o castigo que ele acha que é.

Demora alguns minutos para a temperatura da sala voltar ao normal. Quando olho para Laura, ela está pálida e apagada, como um papel desbotado pelo sol.

— Eu não te culpo por vocês terem fugido pra casar — diz ela.

— Desculpa.

— Eu gostaria de tê-la conhecido melhor. Quer dizer, eu *quero* conhecê-la melhor. *Você está casado.* — Ela agita as mãos, meio sem força. — Você conheceu alguém, se apaixonou, *se casou*. E eu nem fazia ideia.

— Desculpa.

Ela faz um gesto impaciente com as mãos.

— Isso é uma *boa* notícia. Onde ela está?

— Está na casa dela. Ela... — Procuro uma forma de não mentir demais. — Nós nos casamos por impulso. A gente não está junto há tanto tempo. Decidimos manter os planos de Natal como estavam.

— Na casa dela? Vocês não moram juntos?

— Não. Ela... — Então me vem um lampejo de genialidade, a cartada que vai distraí-la completamente das falhas na minha história e me redimir de todos os pecados. Sou manipulador e horrível. — A gente não quer apressar nada porque ela tem uma filha.

O efeito é imediato: Laura derrete.

— Uma filha?

Estou perdoado.

— Ela tem seis anos.

Laura leva as mãos ao peito, emocionada.

— Ah, Jake.

A sala vira um paraíso tropical com o sorriso ensolarado de Laura, e nem o Andrew conseguiria estragar isso. Se ele voltasse agora, derreteria e desapareceria pelas frestas do assoalho, e nunca mais veríamos sinal dele.

— O nome dela é Ágata, mas a gente chama de Gata, e... ela... gosta de Barbies.

Direto para o inferno. Sem direito a passar pelo purgatório. Sem juntar duzentos dólares. Este é meu jantar de aniversário com uma namorada falsa para a Laura se apegar emocionalmente e ter o coração partido de novo. Estou enjoado, mas Laura está levitando. Não tem a menor chance de nenhum de nós terminar a quiche agora.

— Posso ver fotos?

— Eu... não tenho nenhuma no celular.

Faz muito tempo que não vejo um sorriso desses no rosto de Laura. Normalmente ela precisa pegar emprestado os netos da cunhada, mas essa Gata novinha em folha? Uma sobrinha-neta particular, só dela.

Jogo mais uma isca:

— Ela não tem avós vivos.

Laura está desfalecida. Com os pés virados para cima, deitada de costas, pronta para os fluidos de embalsamamento. Sai flutuando em direção à cozinha, e eu a sigo, levando os pratos com a mão boa. Algum instinto antigo a faz ligar a batedeira, pegar farinha, manteiga, açúcar...

— Você não pode conhecê-la ainda — lembro.

— Eu sei — diz Laura, frenética, enquanto encaixa o batedor e começa a misturar manteiga e açúcar. Não tem mais volta. A oferta de cookies para a criança ausente já está selada. Amanhã, vou embora com meio quilo deles.

Tento carregar a lava-louças, mas minha mão pulsa de dor. Uma manchinha de sangue se espalhou pela gaze o almoço inteiro, e logo a palma vai estar completamente encharcada.

— Vou sair um pouco — aviso, e Laura se vira num sobressalto. — Só pra comprar uma faca nova — esclareço. A que deixei cair quebrou bem no meio da lâmina. — Estão com boas promoções agora.

Deixo Laura lá com a massa de cookies e as canções natalinas do rádio.

Levo cinco pontos na emergência, costurados por uma médica com gorro de Papai Noel que assovia "All I Want For Christmas Is You". Não consigo olhar. Fixo os olhos numa cadeira de rodas vazia do outro lado da sala. Se Dodi estivesse aqui, eu contaria sobre a Tari. Eu a deixei numa cadeira exatamente assim.

— Não tem muita espera na véspera de Natal — diz a médica quando termina. — A maioria das pessoas que se machuca hoje está ocupada demais pra vir. — Ela enfaixa minha mão com gaze e, em seguida, examina meus dedos brancos. — Quer que eu veja isso também?

— Não. — Puxo a mão de volta.

Quando saio, já está escurecendo. Vou ao shopping e compro uma faca nova numa loja chique de utensílios de cozinha, onde a equipe de vendas me olha com olhos arregalados por causa da camisa salpicada de sangue. Se Dodi estivesse aqui, íamos nos divertir com isso. Pago, mas ainda não estou pronto para voltar. Também não quero ficar no shopping. Não tem um centímetro quadrado deste planeta em que eu queira estar agora. Se bem que talvez isso não seja bem verdade. É difícil não pensar no apartamento de Dodi, especificamente no assento esquerdo do sofá velho e torto dela, com ela assistindo a programas de true crime ao meu lado. Não seria nada mal estar lá agora.

Passo por lojas de roupas, brinquedos, um salão de beleza, uma loja de maquiagem, uma de animais. Três filhotes amarelos se embolam numa daquelas vitrines horrorosas de pet shop. Diminuo o passo e fico ali um pouco. Se Dodi estivesse aqui, eu diria que gosto de cachorros, mas que cachorros vivem muito tempo.

Então sinto algo que nunca senti na vida: uma mãozinha quente e pequena escorregando dentro da minha.

37

Ágata sumiu

DODI

— NÃO, O NOME DELA É ÁGATA. EU NÃO PERDI A PORRA DE UMA gata. Não trago gatos pra experimentar sapatos no shopping.

— *Senhora.*

— Isso acontece mesmo? As pessoas trazem gatos pro shopping?

O jovem segurança magricela balança o corpo para a frente e para trás, com os lábios úmidos colados no walkie-talkie. Distrai-se coçando uma pinta no pescoço, os olhos fixos de um jeito triste na pastelaria Cinnabon à nossa direita, que está fechando as portas. Ele estava na fila quando me aproximei.

Eu examino a multidão que se agita ao nosso redor. Tem um motivo para o casaco dela ser vermelho como uma placa de "pare". Ágata se perdendo por aí, com a cabeça nas nuvens? Isso tudo já aconteceu antes e vai acontecer de novo. Um casaco chamativo sempre foi o meu truque, mas nesta época do ano, há uma enorme quantidade de alarmes falsos. Meus olhos encontram um lampejo de vermelho... um saco de presente de Natal de alguém. Outro rastro de vermelho-escarlate... só um maldito laço gigante amarrado numa pilastra.

As alças das minhas sacolas estão cortando os meus dedos. Estão quase tão brancos e sem sangue quanto os de Jake. Ele é como uma covinha no meu cérebro, onde meus pensamentos se acumulam cem vezes por dia. Irritada, tento afastá-lo. Estou me sentindo uma idiota desde a noite do apagão. Depois que coloquei Ágata na cama, fiquei sentada no escuro esperando por ele. O que foi que eu deixei escapar quando Ágata apareceu? Eu *disse* para ele voltar, não disse? Era para termos uma conversa de verdade sobre o que estava acontecendo.

Já faz duas semanas que não tenho notícias dele. Deve ter embarcado em algum avião, no fim das contas. Ficar só beijando uma mãe solo num sofá bambo enquanto a filha interrompe não é bem o modo como um homem gostaria de passar seus últimos momentos nesse mundo.

— Quantas saídas tem?

O segurança do shopping vira os olhos lentamente na minha direção, até encontrar os meus.

— Não vai me dizer que você não sabe quantas saídas tem — digo, incrédula. — E se você e seus coleguinhas da segurança precisassem isolar o prédio?

Ele olha para toda parte, menos para mim. Mentalmente, está lambendo o polegar e folheando uma página e meia do manual de treinamento.

— Ou, sei lá, só um exemplo hipotético, e se uma menininha se separasse da mãe em um dos dias mais cheios do ano e fosse levada por um estranho até o estacionamento...

— Casos de sequestro por estranhos são muito raros — corta o segurança, na defensiva.

— Aposto que isso deve ajudar a consolar as famílias das crianças que são sequestradas.

— Sua filha sabe o seu número? Ela saberia pedir pra um adulto ligar?

Claro que sabe. Ensinei meu número a Ágata desde que ela começou a falar. Já tinha pensado em tudo isso sozinha, mas com ele jogando na minha cara, dá vontade de machucar alguém. Eu mesma, de preferência. Deixei meu celular descarregar.

Ela só estava experimentando sapatos. Já está grandinha o bastante para ficar sozinha por alguns minutos em lugares cheios. A gente vem treinando. É uma habilidade essencial quando se é filha única e tem só um dos pais por perto. Eu só fui lá fora jogar o copo de chocolate quente no lixo e, quando voltei, ela tinha sumido.

É o começo perfeito para um episódio de *Assassinos em Ação*. Alguém vai ouvir e se sentir melhor por não ser uma daquelas mães *burras*. Não, elas vão estar sempre com o celular carregado. Vão garantir que o filho saiba identificar um estranho perigoso, e não vão mandar pessoas desconhecidas buscá-lo na escola. Com certeza também não vão ser mães solo tentando fazer o Natal acontecer sozinhas. Vão ter um cônjuge para levar a criança para ver as decorações, em vez de arrastar a filha junto para ver o lado feio, sem glamour nem magia, das compras.

— Esse adulto estaria disposto a fazer isso por ela ou estaria ocupado demais tentando atrair uma criança pra uma van sem janelas com a promessa de mostrar uma ninhada de cachorrinhos...

Todo o medo e a tensão se esvaem do meu corpo de uma vez. Eu sei onde Ágata está.

Uma segunda agente de segurança chega, e o primeiro praticamente exala alívio.

— A gata tem um casaco vermelho? — ela pergunta. — Você está querendo dizer que o pelo dela é alaranjado?

— Tem uma loja de animais aqui?

— Você acha que ela foi procurar comida? — a agente pergunta, e eu me seguro para não responder. Ela franze a testa e me guia até a grade de vidro que contorna o segundo andar do átrio aberto, com a praça de alimentação lá embaixo. Observa o panorama com atenção. — Ali.

Sigo seu dedo esticado e vejo uma loja de animais do outro lado, no mesmo andar, mas na extremidade oposta. Mais um vislumbre de vermelho... e *esse*, esse sim é um casaquinho vermelho infantil.

Fico morta de alívio. Eu me afasto da grade.

— Senhora?

— Obrigada — lanço por cima do ombro. E, pela primeira vez, digo isso do fundo do meu coração gelado e morto.

Fico de olho na Ágata enquanto começo a contornar o átrio. Esbarro num homem e giro no lugar, mas, quando olho de novo, ela ainda está lá. Ainda está lá. Ainda está lá. Passo por uma coluna larga e... agora ela sumiu.

Não, só se mexeu. Está andando para longe de mim agora e... meu coração vira do avesso...

Está de mãos bem dadas com um homem estranho.

O som desaparece, o universo congela, e uma onda química sufocante e paralisante invade meu cérebro, meu coração, cada fibra do meu corpo, dos fios do cabelo até a ponta dos pés. Adrenalina.

Penso no Jake.

Por um instante ridículo e egoísta, eu o imagino aqui, salvando o dia mais uma vez, resolvendo meus problemas, protegendo minha filha por mim.

Jake? Preciso da sua ajuda. Sim, outro corpo. Não, dessa vez é um assassinato de verdade.

Mas ele não está aqui, e eu não tenho tempo de vomitar ou hiperventilar. Isso pode ficar para depois, em qualquer ordem que eu quiser, atrás da porta trancada do meu banheiro, depois que eu colocar Ágata na cama hoje à noite. Estou por minha conta — sempre estive — e as opções são lutar, fugir ou congelar. Escolho lutar. *Sempre* escolho lutar.

Largo as sacolas e puxo da mochila a compra que fiz na loja de esportes pouco antes de Ágata desaparecer: um taco de beisebol infantil. Continuo de olho nela enquanto corro em disparada. Nem tento desviar dos compradores indignados que cruzam meu caminho. Bato no ombro das pessoas; me esgueiro por uma multidão de idiotas que bloqueiam a curva do átrio e me enfio num espaço apertado entre uma coluna e a grade de vidro para desviar de um quiosque de chocolate quente. O caminho está livre pela passarela e em volta da coluna do outro lado, só que, agora, não a vejo mais...

Avanço pelo corredor lotado que leva ao estacionamento descoberto do andar de cima. Subo num banco e me estico, tentando ver um pontinho vermelho na escuridão do fim de tarde, além das portas de vidro. Varro com o olhar a multidão em busca de um traço vermelho, um traço vermelho, um traço vermelho — vai ter tanto vermelho espalhado por esse shopping quando eu terminar —, então meus olhos realmente encontram algo vermelho: o Papai Noel.

38

Órfã de Natal

JAKE

Levo um susto que quase me faz sair do corpo. Ágata está parada ao meu lado, observando os cachorrinhos comigo.

— A mamãe disse que vai me dar um cachorrinho quando a gente tiver uma casa — ela diz.

Percebo que ela está descalça. É desconcertante. Parece um sonho ruim; não um pesadelo, só algo esquisito demais que vai me deixar incomodado pelo resto do dia.

— Onde *está* sua mãe, Ágata?

Ela dá de ombros.

— Sei lá.

Analiso o lugar lotado em busca de cabelos pretos reluzentes ou um toque de vermelho. Nada.

— Por que você foi embora? — ela questiona.

Eu me pergunto quanto ela entende sobre doenças terminais, suicídio assistido e luto complicado.

— Sua casa é pequena demais. Não tem espaço pra mim.

Ela assente como se isso fizesse todo o sentido.

Fico olhando para os pés dela, só de meias, tentando entender a situação.

— Você estava experimentando sapatos?

— Sim.

O mapa do shopping ali perto mostra duas lojas de calçados. Não é possível que ela tenha subido de escada rolante descalça, então a levo até a loja que fica no mesmo andar. Viramos a esquina e lá está. Dodi não está em lugar nenhum, mas as botas de inverno da Ágata estão. Ela as calça.

— Qual o número da sua mãe?

Ela estreita os olhos para mim.

— Não vou te contar.

— Por quê?

— É só pra se eu me perder.

— Você *está* perdida.

Ela me lança um olhar fulminante e sai da loja com desprezo, mas para de repente, os olhos fixos em algo adiante. Sigo seu olhar e vejo a oficina do Papai Noel, com mantas de neve brilhante, árvores falsas cheias de bolas plásticas espalhafatosas e o próprio Papai Noel num trono dourado, como um déspota da alegria natalina.

— É o Papai do Céu — Ágata sussurra, apontando para a placa.

Papai do Céu. Papai Noel. Ela está aprendendo a ler.

— É o Papai Noel do shopping.

— Não. O Papai do Céu chama a gente.

— Você está falando sério?

— Ele dá presentes se você for boazinha e te manda pro inferno se for má.

Penso que talvez seja melhor manter Ágata ali, até Dodi voltar.

— Quer pedir alguma coisa pra ele?

Ela balança a cabeça.

— Eu não fui boazinha — explica.

— Diga que seu nome é outro quando for falar com ele.

Ela pondera a respeito.

— Se você sentar no colo dele, dá pra tirar uma foto.

— Posso pegar sua faca?

— O quê?

Ela aponta para a faca de cozinha que comprei e estava esquecida na minha mão.

— Não. Você não pode pegar minha faca, sua esquisitinha. Vai.

Pago uma quantia ridícula para o elfo, e Ágata sobe animada até o tablado e para em frente ao Papai Noel, com as mãos juntas, os pés alinhados, o retrato da inocência. Mais inocente que a última "pessoa" que levei para tirar foto com o Papai Noel. Que foi... David. Um experimento breve e fracassado de Grant. Eu tinha dito ao Papai Noel que era só um manequim de loja, uma foto de zoeira. E então saí correndo.

— Eu sou a Charlotte — diz Ágata. — Eu amo aranhas. Por favor, traga muitas, muitas aranhas pra minha casa no Natal.

— Ho, ho, ho, garotinha — Papai Noel brada. Ele a ergue e a coloca no colo, e ela fica tensa, lançando um olhar furioso pelo contato inesperado. Está igualzinha à Dodi quando é encurralada pelo Doug no elevador. Quando Ágata vê meu sorriso, o olhar que ela me lança é de matar.

— Sobe lá com sua filha — diz o elfo mal-humorado, e isso é o suficiente para fazer meu sorriso desaparecer.

— O quê? Não, ela não é minha... — As palavras morrem na minha garganta. É difícil não pensar em todas as vezes que Andrew fazia questão de corrigir qualquer um que me confundisse com o filho dele.

— É obrigatório. Um adulto tem que estar presente com menores de idade.

Subo sorrateiramente no tablado e me aproximo do Papai Noel e da Ágata, que me lança um olhar venenoso, presa no aperto de ferro do bom velhinho. Troco olhares com o Papai Noel, e ele franze a testa para mim. Eu franzo de volta. Ele parece... bem, todos os Papais Noéis parecem familiares. Levei o David a um shopping totalmente diferente.

— Digam "xiiiiis" — diz o elfo mal-humorado, e eu faço uma careta para a câmera, mas, antes que ele aperte o botão, uma voz indignada ecoa, e lá está ela: Dodi.

Está parada ao lado do portão que leva ao pequeno ateliê de horrores do Papai Noel, com um taco de beisebol infantil enrolado em fitas natalinas erguido sobre o ombro. Frenética, suando e *furiosa.*

39

Oficina do Papai do Céu

DODI

De algum jeito, Ágata está sentada no colo do Papai Noel e, ao lado dela, com um sorriso insano e tinta vermelha respingada na camisa, está Jake.

Jake, que devia estar em qualquer lugar menos aqui.

— O que você está *fazendo*? — rosno para ele.

Ele me observa, percebendo o taco de beisebol. O sorriso largo se desfaz até virar aquele sorrisinho torto, o autêntico, e meu estômago vira do avesso. Eu me sinto ridícula e estou suando frio.

— O que *você* está fazendo? — ele devolve.

— Quero a mamãe — diz Ágata, emburrada, no colo do Papai Noel.

— Venha — diz o bom velhinho com uma voz poderosa, fazendo sinal para mim com a luva branca. Um elfo me agarra pela manga do casaco e me empurra apressado, querendo registrar logo o momento mágico de Natal. Tropeço até o palco e fico do outro lado do Papai Noel, enquanto o elfo mal-humorado grunhe instruções.

— Feliz aniversário, menino Jeeeeeeeeeeeeeeeeeeeesus.

— Sorria — diz Jake entredentes, e forço um sorriso no último segundo. O flash explode e minha visão some por um instante.

Ágata esfrega os olhos, e Papai Noel a despeja do colo sem a menor cerimônia.

— Certo, próximo — diz o elfo. Ágata pula do palquinho comigo, tagarelando.

— Ele é um pervertido. Me obrigou a sentar no colo dele e depois tirou uma *foto* — diz ela.

O elfo tenta me entregar uma foto, mas eu não paguei por essa porcaria. Uma voz ressoa.

— Eu te conheço! — grita o Papai Noel e eu me viro para olhar. Ele está paralisado no palco, os olhos fixos em Jake.

— Você também trabalha com presentes, não é? — diz Papai Noel com outra voz, a dele mesmo, que mesmo assim ecoa com clareza. — O que você trouxe pra mim este ano? Outra boneca sexual?

Por um instante tudo para, até que o Papai Noel se levanta num salto e chama a segurança aos berros. Jake me olha de relance.

Quantas bonecas foram?

— Só pode ser *brincadeira*. — Agarro a mão de Ágata, Jake pega a outra, e nós três saímos *correndo* pela passarela, atravessamos o mezanino, descemos a escada rolante, cruzamos a praça de alimentação, com Ágata gritando e os compradores de Natal desviando, indignados, e só paramos quando chegamos ao cinema deserto, na extremidade do shopping. Ágata solta a mão de Jake e desaba no chão, de braços e pernas abertos.

— O que aconteceu?

Ele finge que não entendeu a pergunta e ergue uma mão enfaixada.

— Acidente com faca — diz, sem fôlego. A tinta na camisa é *sangue*. Balança a faca na mão livre. — Tive que comprar outra.

Um suspiro vem do chão.

— Eu *odiei* aquilo — diz Ágata, em êxtase. — *Odiei* o Papai do Céu do shopping.

Vejo um vislumbre do sorriso torto de Jake quando olha para ela, mas já está sério de novo quando olha para mim.

Desvio o olhar no mesmo instante.

— Eu não levo a Ágata pra ver o Papai Noel.

— Você não quer que ela aprenda que está tudo bem um homem estranho vigiar onde ela mora, invadir a casa e deixar presentes.

— Exatamente! Eu… — Não sei se ele está concordando comigo ou tirando sarro. Olho bem para a cara dele e vejo que com toda a certeza está tirando sarro. Sinto raiva e, ao mesmo tempo, uma alegria traiçoeira, mas antes que consiga pensar numa resposta, me dá um estalo: os *presentes*. As sacolas de presentes que larguei para correr atrás da Ágata.

— Vamos, Ágata — digo com urgência, pegando a mão dela. Deixo Jake ali e volto meio correndo pela praça de alimentação, subo a escada rolante, com Ágata me acompanhando, a mão suada presa na minha. A maioria das pessoas já foi embora, e várias lojas já estão fechadas. Lá em cima, começo a procurar as sacolas que larguei. Encontro uma bolsa amassada chutada para debaixo de um banco e puxo. Vazia. Os presentes estavam todos embrulhados com tanto capricho…

Eu me levanto e olho em volta, me sentindo minúscula. Nenhum sinal da outra sacola. Ágata me observa com olhos escuros arregalados.

— O que você está procurando?

Levo um susto e, quando me viro, Jake está atrás de mim, parado ao lado da Ágata. Ele nos seguiu. Ergo o queixo.

— Nada. — Não vou falar na frente dela. Tenho mais alguns poucos presentes em casa. Bem poucos.

Vou em direção à saída e Jake me acompanha, andando ao meu lado, enquanto a Ágata vem atrás, cantarolando “Bate o sino” num tom arrastado e triste.

Fico pensando onde ele esteve esse tempo todo. Não sei como perguntar sem parecer patética.

— Agora sim você está parecido com o Ted Bundy — digo.

Ele olha para baixo. Uma camisa de poliéster com gola pontuda, uma calça quase boca de sino e uma faca.

— Tive que pegar umas roupas emprestadas.

— De um viajante do tempo?

— Não.

— O sangue é um toque legal. Você conseguiu. Deu certo, de algum jeito. Quem vai levar a facada? Vai viver o suficiente pra curtir?

— Acho que eu mesmo. Estou preparando a ceia de Natal.

— No abrigo pra moradores de rua? Ou seu supercarro tem uma cozinha nos fundos?

— Nada tão sofisticado. Só um barril embaixo da ponte. Você vai fazer peru?

Mordo a bochecha. Eu não tinha espaço no congelador para guardar um peru porque a cabeça de uma boneca inflável estava ocupando o lugar, então deixei para comprar na última hora.

— Não. Somos vítimas da Grande Escassez de Peru deste ano. Vamos esquentar uma lata de feijão pra ceia de Natal.

— Dá pra fazer um assado — ele sugere, prestativo demais.

— Eu sou péssima na cozinha.

— Não tem problema. Você...

— Eu perdi quase todos os presentes dela — disparo. Olho por cima do ombro para me certificar de que Ágata não está ouvindo. — Nossa árvore de Natal está quebrada — sussurro, irritada. — Tive que remendar aquela porcaria com fita adesiva. Também não deu tempo de fazer biscoitos com ela, e alguém roubou umas caixas do nosso depósito, então agora não temos mais enfeites de Natal. Eu não preciso de conselhos pra salvar o Natal porque já está tudo completamente fodido.

Não consigo olhar para ele. Estou furiosa. Sou patética. Se eu olhar agora, ele vai ver através da raiva na minha voz e vai dizer algo útil e compreensivo, e vai acertar em cheio o meu ponto fraco. Eu vou desabar e vou ter que matá-lo de verdade.

Perto da saída, espero Ágata nos alcançar e finalmente percebo que ela perdeu uma bota. Não faço ideia de quando. Pelo visto, levei a menina em uma escada rolante sem uma bota. Do lado de fora das portas de vidro, a chuva começa a engrossar outra vez. Não consigo olhar para Jake. Queria que ele afundasse no chão e sumisse, para eu poder continuar a ser uma mãe de merda em um Natal de merda. *Você está dando uma boa infância pra ela*, claro que sim.

Eu me viro para Ágata bem a tempo de vê-la enforcando Jake por trás enquanto ele está agachado no chão. Ele a levanta nas costas e espera eu abrir a porta. Minha garganta se fecha e meus olhos ardem.

No carro, ele acomoda Ágata no banco de trás, e eu jogo o taco de beisebol no chão.

— Você joga beisebol, Ágata? — ele pergunta.

— Não, a mamãe comprou pra deixar perto da porta.

Eu me encolho um pouco. Jake nem reage.

— Talvez você consiga um peru se ligar em alguns lugares — ele me diz.

— Tanto faz — murmuro. — Odeio o Natal.

— Eu também — ele responde.

— Eu odeio mais — Ágata diz do banco de trás. — Eu gosto é do Halloween.

De novo aquele sorrisinho torto.

— O Halloween é melhor mesmo. Em todos os aspectos.

Ele olha para mim e seus olhos estão tão verdes. Desta vez, o sorriso permanece, incerto, mas ainda ali. Está se perguntando se vai receber algum sorriso em troca. Não corre o risco de isso acontecer. Todos os meus esforços estão concentrados em não desmoronar.

Entro no carro, fecho a porta e saio dirigindo.

40

O Grinch

JAKE

Quando volto, o carro de Andrew ainda não está lá. Uma daquelas músicas emocionadas do Menino Jesus toca dentro da casa, e encontro a Laura na cozinha, terminando de embrulhar uma massa de biscoito de açúcar. Não parece possível que ela só esteja terminando agora, depois de tantas horas, mas, quando abre a geladeira, vejo várias porções de massa já empacotadas lá dentro. Ela não parou de trabalhar um minuto.

Ela despeja chocolate quente em um par de canecas decoradas com bonecos de neve, e nós nos acomodamos no sofá da sala. Minha tia encara a árvore de Natal com amargura. Todo esse esforço, para quê?

Mas eu sei para quê, não sei?

— Você ainda está montando esse espetáculo de Natal por minha causa? — pergunto.

— Sim.

— Eu já tenho quase trinta anos.

Ela dá de ombros.

— Nunca me perdoei direito por aquele primeiro Natal.

— Eu achei que fosse eu quem estivesse montando um espetáculo de Natal pra você.

— É essa a explicação para os enfeites decapitados? — ela pergunta, e eu fico imóvel, como uma criança travessa que foi pega em flagrante.

Mas ela não está com raiva de mim nem das minhas molecagens ansiosas de criança.

— Acho que eles capturam o espírito natalino. Eu mesma acrescentei alguns. — Abre um sorriso enorme, corajoso e falso para mim.

Devolvo outro sorriso falso, idêntico. Aprendi com a melhor. Vejo seu espírito natalino e aumento a aposta. Inclino o corpo para a frente, os cotovelos apoiados nos joelhos, e olho direto nos olhos dela.

— A estrela da árvore de Natal.

Ela ergue os olhos. Pontas afiadas, metal e vidro.

— Claro — ela admite. — Se fosse direto numa artéria...

Não parece muito animada.

— Estrangulamento com pisca-pisca.

— Ah, disso eu gostei — ela responde, inclinando a cabeça para o lado enquanto imagina. — Seria bem... deslumbrante.

Nós dois imaginamos a cena por um instante. Por fim, ela suspira.

— Não. Acho que nenhuma das duas opções funcionaria. As duas são boas demais pra ele.

Já se passaram vinte anos e ainda não conseguimos bolar o jeito perfeito de acabar com Andrew.

— Quer que eu cheque seu celular? — pergunto. De tempos em tempos, ele instala algo suspeito. Um aplicativo de rastreamento. Um app espião.

— Tanto faz. Eu nunca vou a nenhum lugar interessante.

Respiro fundo. Tive essa conversa com ela uma vez, anos atrás, quando saí para a faculdade, mas ela me cortou na hora. Não sei se vou ter outra chance, então tento mais uma vez.

— Eu queria que você o largasse.

A frase cai como um enfeite de Natal estilhaçando no chão. O rosto dela fica sem expressão por um momento, e o brilho de desconforto que vem em seguida é mais assustador do que qualquer expressão que já vi no rosto de Andrew. Esse olhar é exatamente o motivo pelo qual eu nunca pediria a ajuda dela no final, nunca pediria que fizesse algo que desafiasse o Andrew.

Ela logo afasta a expressão e aperta minha mão.

— Você sabe que eu não fico por causa dele — diz com sinceridade. — Eu não tenho mais família viva. A família dele sempre foi minha família. Não quero perder isso. Família é muito importante para mim. — Ela me lança um sorriso, pedindo com o olhar que eu entenda. Por algum motivo, essa pequena família disfuncional é tudo para ela. Não digo que poderíamos ter sido uma família, só nós dois. Quando eu era mais novo, fantasiava sobre nós dois empacotando tudo e indo embora juntos. Eu havia perdido minha mãe e ela havia perdido a irmã com quem não tinha muito contato, mas Laura e eu nos demos bem logo de cara, apesar da dor. Ou talvez por causa dela. Poderíamos ter sido felizes juntos.

— E, além do mais, como eu faria isso? — Laura continua. — Ele me superou. É sócio majoritário da minha empresa. Guardou todo o nosso dinheiro em algum lugar inacessível. Eu poderia dizer que estamos esperando para ver quem morre primeiro, mas ele nunca vai morrer. Os pais dele têm noventa anos e ainda fazem aula de dança na casa de repouso. Ele vai simplesmente... *secar aos poucos*, como um daqueles monges. — Ela solta uma respiração trêmula e logo recupera o ânimo com coragem. — Já te contei da múmia que chegou no ano passado?

— Já.

Ela sorri com um pouco de vergonha e desiste da história.

— Eu tenho dinheiro, Laura.

Ela faz sinal para eu calar a boca.

— Não.

— Tenho sim. Tenho bastante dinheiro.

Ela me olha como se eu fosse uma criança oferecendo todos os botões e tampinhas da minha poupança.

— Chega. Não estou pedindo que você resolva os meus problemas. Eu ia deixá-lo quando era mais nova, mas, na última hora, não consegui.

Essa informação é nova para mim.

— Quando?

— Vinte anos atrás. Mas eu nunca teria feito isso com você, Jake. Depois de tudo por que você passou, achei que precisava de uma figura parental a mais por perto para ajudar. Eu não podia tirar você do convívio com o Andrew, podia? Fiquei por sua causa.

Fico olhando para ela, horrorizado. Ela ficou por *minha* causa. Por causa de alguma ideia equivocada, tradicional, de que eu precisava de uma figura paterna. Quantas vezes Andrew fez comentários maliciosos perto de mim sobre "mães solteiras" e "meninos criados sem pai", e como "pelo menos agora, o Jake pode ser criado em um ambiente com valores familiares de verdade". Durante todo o tempo em que morei aqui, ela tentou mediar nossa relação. *Ele se importa com você, do jeito dele, Jake.*

Ela olha para mim com um sorriso no rosto, mas ele desaparece assim que vê minha expressão. Tento sorrir de volta, mas é tarde demais.

Ela me observa por um instante com um ar de arrependimento, depois coloca a caneca vazia de lado e se levanta.

— Vou me deitar, Jake.

Sobe as escadas devagar, deixando no ar um rastro de frustração e decepção, como uma vela aromática natalina. Fico sozinho na sala, com a música piegas do Menino Jesus e as luzinhas piscando da árvore. Um cenário natalino perfeito: árvore, meias na lareira, presépio arrumado na mesinha de centro, tudo absolutamente pensado, como num catálogo de decoração, e tudo isso é só uma fachada elaborada de uma família podre por dentro. Sempre quis outro tipo de família.

Tiro do bolso a foto amassada com o Papai Noel. Ele está no centro, é claro, alegre e bonachão, com suas bochechas vermelhas e seu sorriso branco de algodão, mas eu e Dodi não estamos sorrindo... estamos escancarando os dentes, sorrisos grandes, falsos, doentios, que não chegam aos olhos. Estou respingado de sangue, segurando uma faca de cozinha de forma que a mão cobre o cabo, o plástico transparente desaparecendo sob o casaco e deixando só a lâmina visível. Dodi está com aquele taco de beisebol de alumínio. Papai Noel parece prestes a levar uma pancada na cabeça e ser desmontado, membro por membro. E Ágata... Ágata está sentadinha no colo dele, tornozelos cruzados, mãos sobre o colo, laço no cabelo amarrado perfeitamente acima de uma orelha, encarando a câmera com os olhos mais mortos que velas apagadas.

Penso em Ágata, com sua árvore colada com fita e a lata de feijão. Ela merecia algo como o que a Laura montou. Não eu, essa pessoa velha e cínica rastejando por mais uma temporada de festas. A música muda para "Noite feliz", na voz do Elvis, claro, e eu não penso em Dodi. Definitivamente não penso na cara estranha que ela fez quando viu a filha me enforcando num cavalinho nas costas, antes de voltar ao normal de repente, como um cobertor amarrotado esticado de repente. Eu a deixei em paz para que fosse feliz, mas ela não parecia muito feliz.

Pego as canecas para levar até a cozinha, e agora penso na Laura, e em como ela está sozinha. Vai ficar ainda mais sozinha em breve, com a minha partida, embora eu não me iluda achando que já fui algum tipo de consolo para ela. No caminho, me abaixo para pegar um presente embrulhado e coloco mais alto na pilha, fora do alcance dos pés, quando meu polegar rasga o papel e afunda no conteúdo mole. Viro o pacote para ler o cartão: "Para Jake, com amor, Andrew", escrito com a letra redondinha de Laura. Rasgo o embrulho e encontro um roupão caro de seda de bambu, macio e quentinho.

Bill precisava de algo assim.

Foda-se o Andrew. Foda-se o Andrew, foda-se o Natal e foda-se...

Elvis canta seus últimos acordes, e começa uma música absurdamente familiar. Trompetes estouram, cordas pulam pela escala, uma batida animada, e...

You're a mean one, Mr. Grinch

You really are a heeeel...

De repente, fico calmo.

Na cozinha, puxo uma luva amarela por cima da mão enfaixada, lavo e seco as canecas, assobiando junto com a melodia, e então, em vez de guardá-las no armário, embrulho as duas com papel e coloco na caixa original, a mesma onde elas ficam guardadas entre os Natais. Localizo as outras seis do conjunto e embalo também. Guardo os pratos e talheres natalinos nas suas caixas, a toalha e os jogos de mesa, em seguida retiro os ingredientes já preparados e as massas da geladeira, tudo cuidadosamente embalado em potes e saquinhos.

Na sala, tiro os enfeites decapitados e todos os outros, um por um, embalo o festão, os presentes, as almofadas temáticas e as mantas de Natal. Vai tudo para o hall de entrada em uma pilha enorme, e de lá para o carro. Andrew guarda um velho carretel de corda de náilon na garagem. Levo meia hora entre tropeços, mas consigo amarrar a árvore no teto do carro do Grant — os galhos fazendo barulhos interessantes contra a lataria — e amarro tudo com a corda passada pelas janelas entreabertas.

Meu último movimento é subir as escadas na ponta dos pés e sacudir a Laura para acordá-la.

— Vem.

41

O estranho mundo de Jake

JAKE

Sorrio para a senhorinha que puxa o carrinho de compras calçada acima até o prédio de Dodi, e ela me lança um olhar desconfiado, como se, andando numa calçada congelada à meia-noite da véspera de Natal, ela não estivesse dez níveis acima de mim em termos de esquisitice. A rodinha do carrinho prende na quina do degrau e eu me abaixo para levantá-lo antes que ela possa me impedir.

— *Obrigada* — diz ela, com ênfase, mas eu não solto. Continuo exibindo meu melhor sorriso de coroinha de coração puro, e ela hesita por um momento antes de, a contragosto, me deixar entrar no saguão infestado de flores de Natal. Ela me fuzila com os olhos dentro do elevador e ainda lança vários olhares cautelosos para trás quando me deixa no segundo andar. Sorrio para ela e sigo para o terceiro.

As luzes do apartamento de Dodi estavam acesas quando eu estava lá embaixo na rua, mas ela não escuta a primeira vez que bato, nem a segunda. Estou com a mão levantada para bater de novo quando a porta se abre de repente até alcançar o limite da corrente de segurança.

— O quê... — diz Dodi, e para, fazendo uma careta.

Sorrio. *Feliz Natal, caralho!*

— Você sempre parece um maluco quando sorri assim. — Ela está vestida, mas seu rosto está marcado do estrado da cama. O cabelo está bagunçado e o delineador, borrado.

— Abre a porta.

Ela responde tornando a abertura ainda menor, até olhar para mim com um só olho.

— Não. É exatamente pra isso que essas trancas com corrente servem: estranhos batendo no meio da noite. O que você quer?

O que você quer? Do que você gosta? O que te faz feliz?

Ela. Sempre foi ela. *Dolores dela Cruz* no topo da minha lista.

— Quais são seus planos para o jantar de Natal? — pergunto.

— Não é da sua conta.

— Nós *somos* casados.

— Você está mesmo obcecado com esse detalhe.

— Não querendo me gabar, mas eu tenho um peru — digo. — E uma árvore.

— Olha só o superprodutivo. Deve ser uma caixinha de papelão bem aconchegante ali embaixo do viaduto.

— É uma casa.

— Eu não vou pra lá — retruca, seca.

Ela está completamente errada nesse ponto. Ela vai, sim, nem que eu precise jogá-la no ombro e carregar Ágata debaixo do braço como uma bagagem. Estou aqui na porta dela canalizando uma força maior: o espírito natalino. É o desejo do Menino Jesus. É a vontade do Papai do Céu do shopping que a gente passe o feriado juntos.

Eu devia ter trazido um alicate pra cortar essa corrente.

Há uma pausa, então ela fala com uma voz rouca que eu nunca tinha ouvido antes:

— Não dá. Um completo *idiota* bateu em mim num cruzamento a caminho de casa. Tive que chamar o guincho.

Ela fecha a porta na minha cara de repente, e eu fico ali parado, encarando-a. Mas então ela se abre de novo, e a corrente solta.

— Aqui — diz Dodi, enfiando minha bolsa em mim. — Você podia ter avisado que tinha duzentos mil dólares em dinheiro aí dentro. Eu podia muito bem ter sido assaltada. *E, aliás* — diz ela, a voz rouca subindo de tom —, acabei de receber um e-mail esquisito da Cynthia dizendo que vai indicar meu nome pra uma promoção por causa daquela lista, e até agora eu não faço ideia do que se trata.

Os dedinhos dela estão cravados na beirada da porta, as pontas brancas de tanta pressão. Estendo a mão e toco os dedos dela com os meus. Ela não se afasta. A porta se abre mais um centímetro. Depois outro. Mais um.

— Eu te conto no jantar de Natal — digo.

Eu me esgueiro pela fresta, feito um ladrão entrando de fininho. Leva um segundo até eu entender onde foi que entrei. Uma árvore de Natal falsa, caindo aos pedaços, com um único fio de luzinhas e sem nenhum enfeite, se inclina trôpega num canto. E é só isso de decoração natalina. Um esqueleto em tamanho real está sentado numa poltrona, e morcegos pendem dos lustres. Tem um fantasma num canto, iluminado por uma luz verde, e abóboras de plástico com luz de velas falsas tremeluzem sobre as mesinhas laterais. Espalhadas por cada canto possível, teias de aranha falsas. Teias falsas *por toda parte.*

Dodi se remexe, cruza e descruza os braços ao meu lado.

— Eu ainda estava com as decorações de Halloween.

Espalhados no chão, um monte de tubos de papel de presente já usados e meio amassados, uma pilha de presentes esperando para serem embrulhados, uma garrafa de vinho aberta e uma taça pela metade, tesoura e...

— Está faltando durex — aponto. Dodi cruza os braços de novo e encara o chão com uma expressão dura.

— Fala desse jantar de Natal — ela diz em voz baixa, solene, a voz normal de volta. Levanta o queixo e consegue olhar para mim de cima, mesmo sendo quase quinze centímetros mais baixa. — Onde é? A que horas?

— Agora — respondo.

— Agora?

— Faz a mala pra passar a noite. Está tudo pronto.

— Como assim?

— Você odeia o Natal. Você mesma disse. Eu cuidei disso.

Ela pisca para mim e espera que eu explique melhor, mas ficamos nesse impasse porque é só isso que eu vou dizer. O resto, ela vai ter que ver pessoalmente.

E talvez ela se lembre de um encontro com um assassino em série, de uma noite em Las Vegas, e da mágica que transformou uma demissão vergonhosa numa promoção. Talvez ela confie em mim só um pouco, porque depois de um minuto, sem dizer nada, ela descruza os braços e vai até o quarto arrumar a mala.

As caixas de papelão surradas, marcadas como "enfeites de Halloween", estão empilhadas num canto. Vai tudo para dentro — abóboras, fantasma, morcegos. As teias de aranha, as aranhas, tudo vai sendo tirado. Desmontar é mais rápido do que montar, foi o que aprendi hoje à noite. Empilho as caixas cheias perto da porta. Os presentes ainda por embalar e o papel também. Vai tudo com a gente.

— O que você está fazendo com as minhas coisas? — Dodi resmunga quando volta com uma mala de mão e uma mochila da Barbie abarrotada de coisas.

— Estou levando. A Ágata vai adorar.

Ela torce a boca e encara firme a árvore de Natal horrorosa. Não diz nada enquanto desço a primeira leva, depois a segunda. Levo tudo — até a garrafa de vinho pela metade e o esqueleto.

No fim, o apartamento está vazio, sobra só a árvore patética, e Dodi está ali esperando por mim com Ágata nos braços, o rostinho adormecido encostado no ombro dela, o casaco de inverno jogado por cima. Pego as malas e vamos embora.

Tem uma decoração que deixei passar, e, no elevador, eu a noto balançar na ponta dos dedos de Dodi, pendurada pelos cabelos. Sangue falso está manchado no rosto de silicone, e uma aranha está colada na testa, mas eu reconheceria aquele olhar vidrado da Verity em qualquer lugar. Dodi sente meu olhar e, depois de um minuto, me olha por cima da cabeça da Ágata. Dá de ombros, e vejo o mais tênue dos sorrisos.

Vai tudo no porta-malas, numa pilha só. Agora está nevando de verdade, em flocos grandes e macios, que flutuam devagar, como um grande mar feito de xarope. Abro a porta de trás para Dodi acomodar Ágata, e ela congela.

— Esse carro está fedendo. Está *podre*. — Ela tosse e engole seco.

Infelizmente, teve uma semana de temperaturas acima de zero enquanto eu estava na casa de Bill, e o suco de coelho no banco de trás teve tempo de descongelar e realmente se manifestar. Pelo menos tem um lado limpo no banco de trás.

— A gente vai com as janelas abertas.

Mas janelas abertas numa noite gelada de inverno, em plena época de festas, chamam a atenção de viaturas, e minha lanterna traseira quebrada, cortesia de um encontro com o carro do pai da Charlotte, é motivo legítimo para uma abordagem.

A viatura acende as luzes atrás da gente quando viramos na rua principal toda decorada de Natal, e eu encosto o carro, bem debaixo de uma árvore de Natal enorme, montada pela associação de comerciantes. O policial bate a porta com força e vem andando sob os postes dourados, o bafo se condensando no ar frio, alguns flocos de neve grandes pousando nos ombros dele. Parece recém-saído da academia de polícia. Eu abaixo o vidro e ele se inclina, enfiando a cabeça no carro para tentar sentir discretamente o meu hálito.

— Sua lanterna traseira está quebrada. Carteira de motorista e documento do carro. — Ele fareja, depois tosse e engasga. — Mas que porra é essa... — Ele se afasta, engasga de novo, e um fio de baba fica pendurado no queixo. — Puta *merda*. Que cheiro é esse?

— Não é nada.

Ele me encara, incrédulo. Entrego minha carteira e o registro do carro, e ele franze a testa.

— Esse carro não é seu.

Olha para a minha carteira, depois para o meu rosto.

— Eu tenho permissão...

— Vou pedir que o senhor saia do veículo. — O policial anda alguns passos e pega o rádio no cinto.

Ao meu lado, Dodi arregala os olhos, a mandíbula travada. Ela se vira para mim.

— Esse carro é roubado?

Eu me retraio.

— Não. O Grant deixa eu…

— O seu ex-companheiro de quarto *registrou* esse carro como roubado? — As narinas dela se dilatam. — Eu sou praticamente uma *assassina absolvida*, seu imbecil! — ela sussurra, furiosa, pela lateral da boca. — Tenho que andar na porra da linha! Eu não posso sair por aí no meio da noite dirigindo um supercarro roubado!

— Senhor! — o policial novato grita.

Solto o cinto e abro a porta. Meus dedos estão desajeitados.

— Não deixa ele abrir o porta-malas — ela sibila sem mexer os lábios.

— Por quê?

— Você é… Jesus *Cristo*, Jake — ela diz, virando para mim e largando o teatrinho —, tem uma boneca sexual mutilada, um esqueleto humano de verdade, uma garrafa de vinho aberta… *duzentos mil dólares americanos*…

— O esqueleto é de verdade?

— Eu não sei, tá? Comprei no marketplace do Facebook…

— Saia do carro, *senhor!* — diz o policial.

Dodi agarra a frente do meu casaco.

— Fecha essa porra de casaco! Ainda tem sangue na sua camisa! — ela sussurra. — Você pode tentar, só uma vez, não parecer um assassino em série?

Fecho o zíper até o queixo e desço do carro.

— Fique exatamente aí — o policial diz, apontando na minha direção. Ele fala mais coisas no rádio, e consigo captar as palavras "cão farejador" e "reforço", e não muito mais. Quando se vira de volta para mim, está animadíssimo, praticamente flutuando. É por isso que ele foi para a academia de polícia. Para chegar até este momento.

— Está cheirando a cadáver aí dentro — ele diz, empolgadíssimo. O Natal chegou... pontualmente.

— É comida estragada — explico. — Um pacote de carne vazou.

Ele espreita pela janela traseira com insulfilm e se assusta quando vê Ágata desmaiada no banco de trás.

— Por que tem uma menor de idade aí?

Dodi o encara, confusa. A criança dormindo é a coisa mais normal naquele carro. Talvez ele ache que acabou de descobrir uma quadrilha de tráfico humano.

— Ela é... nossa filha. — Talvez essa tenha sido a frase mais constrangedora que já saiu da minha boca. Sorrio e tento emanar uma vibração de família feliz.

— Vou dar uma olhada no seu porta-malas.

— Não! — Dodi grita, e se o policial tivesse um rabo, estaria abanando.

— Eu não sou obrigado a consentir com isso — digo.

As engrenagens giram rapidamente na cabeça do policial. Ele inclina a cabeça em direção à lanterna quebrada.

— Acho que esse carro precisa ser rebocado — ele diz, numa pose de boneco musculoso de ação, os braços rígidos e as pernas afastadas.

Está amando cada segundo disso. Está no controle. É Deus. Provavelmente ensaia essa pose na frente do espelho de corpo inteiro do armário toda noite, recitando suas falas. Pelado. *Carteira e documentos. Carteira e documentos. Carteira e...*

— Eu teria que fazer um inventário de tudo que tem nele, nesse caso — continua. — *Inclusive* do que estiver no porta-malas. — Está claro que esse momento de poder vai virar lembrança erótica por semanas.

Outra viatura encosta atrás da dele, "Santa Baby" tocando por um segundo antes de o motor ser desligado. Um homem e uma mulher saem. Quando o tal Starsky vê quem são, é como se tivessem enfiado um alfinete num balão inflável. Ele murcha visivelmente.

— E aí, Pete — diz a mulher.

Pete se enrijece ao ouvir o nome de batismo.

— Oficial Stubbs — ele cumprimenta com ênfase. — Onde está o K9? — Dá para ver ele revirando o jargão alfabético na cabeça. Os dois oficiais trocam olhares, e os lábios de Stubbs se contraem num quase sorriso. Eles são mais velhos que o Pete e, se Pete é o novato, essa dupla é quem fuma atrás do ginásio. Stubbs faz um gesto com a mão, chamando Pete, e ele se enrijece. Ela repete o movimento, dobrando os dedos enluvados, e Pete morre um pouco por dentro. Ele me lança um olhar, se endireita, põe as mãos no cinto e caminha até eles como se já estivesse indo naquela direção.

— Você não está de serviço hoje — diz Stubbs, num tom casual, quase sussurrando, tentando manter a conversa privada. Mas é uma noite silenciosa e sagrada nesse mundo amortecido pela neve, e dá para ouvir cada palavra. Dodi também está com a cabeça inclinada pela janela aberta.

O MiniTira se empina.

— Eu não deixo de ser oficial da lei quando bato o ponto.

— Claro que não. Você só patrulha a cidade sem parar, protegendo os inocentes do perigo iminente de lanternas quebradas.

— *Suspeita de crime* — Pete sibila.

Stubbs estala os dedos.

— Isso! Você queria o cão. — Ela se vira para o parceiro. — O que será que isso significa, Amir? Drogas? Alguém tendo um Natal *branquinho*?

Sinto o estômago revirar. Será que o Grant teria deixado um pacotinho de pó escondido em algum dos carros? Deixaria. Com certeza deixaria...

— Sei lá, Stubbs. Talvez... restos humanos? — Amir tem uma reação exagerada de "momento eureca". — Uma... cabeça decapitada? Embrulhada como presente de Natal?

Olho para Dodi no exato momento em que ela olha para mim.

— Ainda *estamos* esperando a cabeça aparecer — concorda a oficial Stubbs. Bate palmas. — Vamos acionar. Chamar o departamento de homicídios inteiro pra cena, no meio da noite. *De novo.*

Pete está praticamente tremendo de frustração.

— Pelo amor de Deus, por que só eu estou levando a sério o que é claramente um caso de um imitador do Papai Noel assassino?

A boca de Dodi se escancara.

— Quem fez aquilo é um psicopata — continua o MiniTira. — Aquilo foi um assassinato *simulado*. O próximo vai ser um corpo de verdade...

A razão da ronda natalina do MiniTira finalmente vem à tona. Stubbs assume uma voz de policial canastrão clichê de filme.

— Quem quer que seja, é metódico, disciplinado e, pior de tudo, *está aprendendo*.

Amir acompanha o tom.

— Está aperfeiçoando o método. *Ajustando* os detalhes. E observando a gente correr atrás, tentando chegar a tempo da abertura dos presentes na manhã de Natal.

Pete ergue a voz, tentando se sobrepor:

— É o mesmo desgraçado que anda largando as bonecas sexuais pela cidade, e as fantasias dele estão escalando!

Um acesso de tosse vem da direção de Dodi, e não consigo olhar para ela. Não contei das outras. Só da Anastasia e da Una.

— Eu inseri as coordenadas de todos os locais onde uma boneca foi encontrada num mapa, e esta rua aqui faz parte do circuito habitual dele! Ele é esperto, meticuloso, está sempre um passo à frente...

Stubbs continua, seríssima, a voz de policial de seriado rouca por noites insones e café requentado.

— Você está envolvido demais, sargento! Estou te tirando do caso!

— Tire um tempo pra descansar! É uma ordem! — acrescenta Amir.

Pete fala mais alto.

— Ele tem vários carros... é por isso que não conseguimos identificar a marca nem o modelo... mas sempre tem um carro de luxo por perto quando aparece uma boneca. Eu rastreei testemunhas e as entrevistei no meu tempo livre...

Ele está *obcecado* por mim. Arrisco um olhar e vejo Dodi me encarando com olhos arregalados, e por um instante eu quase... quase *quero* que ela saiba sobre as outras. Deu tanto trabalho. É... quase lisonjeiro saber que o MiniTira estava me vigiando. Ninguém nunca presta atenção em mim.

As sobrancelhas da Stubbs se erguem.

— Você virou um fora da lei! — ela rosna com falsa indignação, farelos de rosquinha imaginários saindo da boca.

Amir balança a cabeça, enojado.

— Ele é um descontrolado! Vai arrastar todo o destacamento com ele!

— Crachá e arma, agora! — Stubbs grita.

— Ah, vai se foder! — Pete sibila. Ele enfia minha carteira e o documento do carro nas mãos da oficial Stubbs e volta para o carro dele sem olhar para trás. Amir e Stubbs tremem de tanto conter o riso.

— Isso não vai trazê-la de volta! — ela grita para as costas de Pete, e Amir se dobra de tanto rir.

Pete senta atrás do volante, emburrado.

A oficial Stubbs vem até uns quatro metros de mim, os pés afastados, como se fôssemos caubóis prestes a duelar no Velho Oeste. Eu imito a pose. Ela levanta uma perna. Eu levanto uma perna. Ficamos equilibrados como um par de flamingos.

— Nove passos, linha reta, calcanhar e ponta do pé.

Cumpro a ordem e paro bem na frente dela. Ela levanta um dedo, e eu levanto também, o que a faz revirar os olhos com a minha burrice. Rapidamente abaixo a mão, e ela arrasta o dedo de um lado para o outro na frente do meu rosto, observando o movimento dos meus olhos. Dá uma olhada no banco de trás e sua expressão carrancuda se suaviza ao ver Ágata.

— Fofinha — ela diz, devolvendo minha carteira e o documento. — Mal posso esperar pra acabar com a festa dela daqui a uns dez anos. Conserte essa maldita lanterna e boas festas.

Ela volta para perto do parceiro e resmunga com a voz de policial sarcástica de filme:

— Estou velha demais pra essa merda!

Quando me sento de novo no banco do motorista, Dodi está hiperventilando, com lágrimas escorrendo pelo rosto. Demoro um segundo para perceber que ela está rindo.

42

Lista dos desobedientes

JAKE

— Que lugar é esse? — pergunta Dodi.

O que esse lugar é, é velho, caindo aos pedaços e empoeirado. Viro para ver Dodi parada no hall de entrada, imóvel, os olhos arregalados, e é impossível não me sentir constrangido. Eu e Laura fizemos o melhor que conseguimos, com as guirlandas entrelaçadas na curva do corrimão, estrelas de festão penduradas nas portas, mas um curativo nunca resolve um problema mais fundo.

Ela balança levemente no lugar, com Ágata dormindo nos braços, e observa o papel de parede vermelho e o piso antigo e escuro, agora brilhando com o polimento que dei. Espia através da porta para a sala de música, onde um piano antigo e pesado repousa silencioso, pensando nos seus dias de juventude. Um lustre manchado gira devagar acima, incomodado por uma corrente de ar que nunca para, e estantes antigas cobrem as paredes.

Na casa de Grant, todas as superfícies eram novas, lisas, fáceis de limpar, mas aqui na casa do Bill isso é impossível. Madeira entalhada acumula pó, tapetes absorvem sujeira e cheiro. Quando

Dodi olha para o gesso decorado em volta da luminária acima de nós, percebo teias de aranha. Não sei como deixei passar. Os olhos dela seguem até a escada e o patamar do meio, onde um relógio de pêndulo resmunga no escuro.

Então ela diz algo que me surpreende:

— Esse lugar é lindo. Quem mora aqui?

Testo as palavras pela primeira vez:

— Meu avô.

Laura não tinha perguntado. Foi condicionada a não se intrometer.

Dodi observa as fotos no corredor de um jovem sorridente de óculos, com uma expressão de compreensão no rosto.

— Por aqui — digo, e ela me segue escada acima, os degraus rangendo, até um quarto com uma cama de dossel.

Ela coloca Ágata entre os lençóis limpos, e eu a deixo ali, ajeitando a colcha de cetim antiga em volta da filha. Vou até meu quarto e finalmente troco de roupa com o que estava na bolsa que deixei na casa de Dodi.

Ela está parada no corredor, esperando por mim. Assim que chego, me acompanha de volta ao andar de baixo, e a gente bebe direto da garrafa de vinho pela metade enquanto eu desencaixoto os enfeites de Halloween.

— O que você está fazendo? — Dodi pergunta, irritada, mas eu ignoro.

Espalho teias falsas por toda a árvore e penduro o fantasma dela sobre a lareira.

— Isso ficou ridículo — ela diz, constrangida, quando coloco o esqueleto numa poltrona perto do fogo e... — Você é um idiota — quando ponho a cabeça da Verity sobre a lareira.

Mas, quando termino e volto para perto dela, sentada no tapete em frente ao fogo crepitante, os rolos de papel de presente amassados e os presentes desembrulhados ao lado, a garrafa de vinho no colo, ela me olha com uma expressão nos olhos que me aquece até a ponta dos dedos.

— Eu sei que você tem fita adesiva em algum lugar — ela diz.

Tenho sim.

Já fizemos isso antes, mas vai um pouco mais rápido quando se está embrulhando caixas em vez de membros. Ela continua péssima em embrulhar presentes, então deixo a parte da fita adesiva com ela. A luz do fogo contorna o rosto de Dodi e brilha no cabelo enquanto a gente trabalha, e ninguém mais vai vê-la como está agora, linda de um jeito discreto, secreto, só para mim, no meio da noite, enquanto a casa dorme e a neve se acumula contra as janelas com caixilhos.

— Do que se trata essa lista? — ela pergunta em voz baixa, sem levantar os olhos.

— O que você anda fazendo no trabalho com o laptop?

Um sorrisinho amargo repuxa os cantos da sua boca, e ela hesita.

— Estou com medo de te contar o que tenho feito — diz por fim.

— Por quê?

— Porque provavelmente é bem menos interessante do que você pensa. — Ela ergue os olhos para os meus, escuros e fundos como dois poços. — Você sempre me olha como se eu fosse... sei lá. Misteriosa. Fascinante. Eu sou só uma mãe solteira cansada e sem vida. Você vai ficar decepcionado quando souber a verdade.

Ela pressiona um pedaço de fita adesiva sobre a borda do papel que estou segurando.

— Depois de... *tudo*... eu fiquei um tempo sem trabalhar. Eu não conseguia. Tinha a Ágata e... — Encara o fogo. — Bom, o que você acha que aparecia toda vez que um possível empregador jogava meu nome no Google? Foi uma época difícil. E, quando a Ágata estava pronta pra começar a escola, uma antiga amiga me procurou e disse que podia me ajudar a conseguir um emprego. Eu me mudei pra cá pra recomeçar. Essa amiga trabalhava no RH, e eu consegui entrar sem que ninguém fizesse aquela busca no Google. Mas aí — ela franze os lábios e dá de ombros — uma semana depois, começaram as demissões. Acabaram com o meu setor. Minha supervisora foi cortada. A supervisora *dela* também. Minha amiga do RH foi dispensada. Acho que não me demitiram porque eu ainda estava sendo cadastrada no sistema, sei lá. Ela me disse pra ficar na minha, tentar garantir mais um ou dois salários, e já ir planejando minha saída. Eu não tinha nenhuma perspectiva de emprego, e já estava cheia de dívidas. A única coisa que consegui pensar foi voltar a estudar e viver de empréstimos estudantis. Então mandei minha inscrição. Fui aceita. Os empréstimos foram liberados. Só que... a demissão nunca veio. Aí a pandemia chegou, e começamos todos a trabalhar de casa. Consegui mais um salário. Depois outro, e mais outro. Um ano inteiro se passou. Eu continuava recebendo convites pra reuniões, então continuava aparecendo no Zoom. Mantinha a câmera desligada. Nunca me davam trabalho, então eu fazia as tarefas da faculdade. Daí um dia recebi um e-mail dizendo que o home office tinha acabado e que eu precisava me apresentar ao Doug. Eu entrei no escritório dele, e ele falou alguma coisa sobre como era bom estar de volta no trabalho "onde estão as meninas bonitas", e eu simplesmente... não consegui. Eu me virei e saí.

Imagino o Doug sentado à mesa, transpirando, o rosto corado, percebendo que acabara de criar mais um problema de RH para ele mesmo, entrando em pânico.

— E... depois disso ele só ficou na dele. Consegui um cubículo pra mim, mas aí descobri aquele anexo antigo. Eles ainda estavam pagando o aluguel, mesmo sem ter gente pra ocupar. Roubei um escritório, continuei com os estudos online, e agora estou quase terminando o MBA — ela diz, se endireitando um pouco, chegando na parte da história que dá orgulho. — Não vou mais precisar me preocupar em achar um empregador compreensivo, porque vou abrir meu próprio negócio de consultoria. Não é isso que todo mundo quer? Ser seu próprio chefe, escolher os clientes, fazer o próprio horário? Eu teria mais tempo pra Ágata.

Nada nessa confissão me surpreende. Dodi é engenhosa, sabe se proteger e está acostumada a resolver tudo sozinha. Consigo imaginá-la em um espetáculo solo, entrando e saindo de salas de reunião vestida toda de preto, distante, afiada, sexy — e tudo isso só deixando os clientes ainda mais interessados. Ela nasceu para isso. É uma predadora natural. Trabalhadora, determinada. Qualquer coisa que decidisse fazer daria supercerto.

— Consultoria em quê? — pergunto.

Ela me olha com cara de poucos amigos, como se eu fosse um estúpido, mas estou aprendendo a falar no modo Dodi e percebo que a deixei sem graça. Ela queria me impressionar, mas acabei cutucando a falha no plano dela: ela ainda não teve tempo de definir sua estratégia.

Ela lambe os lábios.

— Mudanças transformadoras dentro de uma estrutura holística, é óbvio.

— Ou talvez possam te contratar pra identificar assassinos em série infiltrados na folha de pagamento.

Os olhos escuros dela sobem até os meus, estranhos, misteriosos. Ela não sorri com a piada.

— E o dinheiro de Las Vegas é o capital inicial?

— Não. O meu problema sempre foi como sair do emprego na Spencer & Sterns sem que percebessem que eu existo. Quando descobrirem que recebi salário esse tempo todo... Mas agora eu tenho o dinheiro. Posso devolver.

— Mas a promoção...

Ela balança a cabeça.

— Eu não posso ficar lá. Preciso recomeçar. — Pigarreia discretamente. — Pronto. Revelei meu segredo chato. É melhor que a sua lista "Extinguir" seja igualmente chata. É uma lista de gente que roubou seu almoço da geladeira do escritório?

É ainda mais chata.

Muito antes de eu começar a brincar de assassino em série com a Dodi, eu já tinha inventado um jogo de espionagem só meu. Algo que me fizesse sentir que minha vida era mais empolgante do que realmente era. Algo para me distrair, um exercício mental para aguentar o tédio e a solidão. A alternativa era enfiar uma caneta Bic no nariz e girar.

Dodi me observa, em expectativa.

— É literalmente só uma lista de pessoas a serem demitidas — admito. — Faço isso em todo lugar onde trabalho. Calculo quanto dinheiro os piores funcionários estão custando à empresa.

Ela pisca.

— E? — incentiva.

— Só isso. Comparo o valor deles com o custo, salário e tudo mais... e coloco na lista.

Ela se recosta.

— O quê? — Franze a testa. — Como você sabe os salários?

Bom, aí entra a parte menos chata e um pouco mais ilegal.

— Eu vejo a folha de pagamento. — Dá vontade de me gabar. — Também vejo e-mails e registros do RH.

Ela me encara.

— Consigo invadir os sistemas das empresas bem rápido. As pessoas são idiotas.

Não é só invadir os sistemas. É ouvir as fofocas perto do bebedouro enquanto colegas reclamam uns dos outros. É abaixar a cabeça no elevador no fim do expediente enquanto os assistentes do andar executivo desabafam sobre os pervertidos na liderança. É aproveitar minha capacidade de me camuflar na decoração cinza do escritório para seguir as pessoas da lista no dia a dia. Era divertido, de certo modo.

— Você faz contabilidade por hobby — diz ela, depois de uma longa pausa. — Legalzão. — Ela ajeita um presente embaixo da árvore. — Então é uma lista de funcionários que dão prejuízo. A Cynthia viu aquela planilha e teve um orgasmo.

É a primeira vez que compartilho minha lista com alguém que poderia colocá-la em prática.

— Mas qual é o sentido disso? — Dodi pergunta, irritada. — Por que você se importa em tornar a Spencer & Sterns mais lucrativa?

— Eu não me importo.

— Da última vez que vi, eu e o Doug estávamos nela. Mas talvez seja a gente que está vivendo o sonho, ganhando salário sem fazer porra nenhuma, passando a perna no sistema...

— Não é uma lista de parasitas e incompetentes.

Ela estreita os olhos para mim.

— Então é o quê?

— São os abusadores.

Ela ergue as sobrancelhas.

— Os pervertidos. Os predadores. Eles são impossíveis de demitir nessas grandes empresas. Quem acaba sendo mandado embora, ou pedindo demissão, são as vítimas.

Eu odeio abusadores. *Cresci* com um.

— Mas as empresas se importam com lucro — continuo. — É a única coisa com que se importam. Então faço essas planilhas pra mostrar o quanto esses caras custam. Babacas *saem caro.* — Se eles parecem valiosos e essenciais à primeira vista, é só uma ilusão. Fazem os outros perderem tempo. Aterrorizam colegas. Causam rotatividade, investigações do RH, processos. Roubam. Eu somo tudo: os salários do RH, o custo de perder um cliente, o custo de treinar uma nova secretária, o custo dos dias de atestado por estresse. O custo de clipes de papel roubados.

Ela me encara.

Sempre fantasiei entregar minha lista quando saísse de cada empresa. Embora às vezes os abusadores se resolvessem sozinhos. Três dos piores da lista se suicidaram; se jogaram. Normalmente depois de uma investigação fracassada do RH. Não foram demitidos, mas o estresse da investigação deve ter pesado. Vítimas do Empurra-Papel, em tese... combustível para a lenda urbana, suponho.

— Eu estava no topo da sua lista — ela comenta, a voz baixa e ameaçadora.

— Estava.

Ela estreita os olhos para mim.

— Por quê?

Por quê, ela pergunta. Observo seus lábios vermelhos agressivos, as garras afiadas, a tensão no corpo mesmo agora, encolhida no chão sob uma árvore de Natal que eu trouxe para ela.

— Porque você estava bancando a valentona comigo.

Seu rosto fica corado.

— Sinto muito.

— Eu sei.

Ela morde o lábio.

— Eu não sou uma pessoa muito legal.

Sempre respeitei isso nela. Existem tantas outras qualidades mais importantes. Integridade. Coragem. Gentileza... que é algo completamente diferente de ser legal. E é perigoso para uma mulher ser legal com o homem errado. Eu sabia disso mesmo antes de ouvir os podcasts de assassinato dela.

— A questão é — ela continua, inclinando a cabeça de lado daquele jeito dela, a voz baixando até um sussurro — que você sempre me deu um puta medo.

É um segredinho sombrio que ela vinha guardando com todas as suas forças. É Dodi finalmente deitando de barriga para cima para mim.

— Meu jeitinho de assassino em série.

— Claro. Seu jeitinho de assassino em série. — As chamas da lareira se refletem nos olhos dela. A voz é suave. — Mas você não tem medo de mim.

Nem um pouco. A verdade por trás do jeito duro de Dodi é que ela é frágil. Ela é afiada por causa dos cacos que sobraram de cada vez que se machucou, caiu, foi derrubada. Cada trauma criou pontas afiadas, como espinhos. Ela parece feita de vidro, brilhando, fria como gelo ou diamante, ou alguma substância que corta e congela ao mesmo tempo. Tudo isso para proteger o que ainda é macio por dentro dos bobos sensíveis que tentam se aproximar de um jeito estúpido. Mas eu nunca tive medo das arestas dela. Quando me aproximo, as minhas lascas se encaixam nas dela. Cedo onde ela precisa, e os espaços que faltam no contorno dela acabam puxando o meu verdadeiro formato também.

— Ainda estou naquela lista? — ela pergunta, inclinando-se para perto.

Balanço a cabeça, e minha voz sai num sussurro:

— Eu tirei você faz tempo.

— Que bom — diz Dodi, o sopro dela nos meus lábios.

Ela me beija, enquanto o relógio na lareira passa calmamente das quatro da manhã, o fogo estala, Bill ronca na sala ao lado da cozinha, Laura dorme no quarto acima do de Ágata, e a casa está quieta como um túmulo. Com uma confiança que eu queria poder invocar sempre que quisesse, Dodi apoia a cabeça no meu ombro e segura minha mão. Está decidido: não vou me mexer nem um centímetro até minha carne se desprender dos ossos e eles virarem pó. Adormecemos.

43

Espírito natalino

DODI

Acordo aos poucos, com um coração batendo sob meu ouvido. Quando desgrudo o rosto da camisa de Jake, ele pisca com sono e esfrega os olhos, deixando os óculos tortos no nariz. Tenho o impulso bobo e sonolento de ajeitá-los, de tocar sua bochecha áspera, de arranhar de leve o couro cabeludo dele com as unhas enquanto aliso seu cabelo. Ainda neva lá fora, embora já seja de manhã. As últimas brasas fumegam na lareira, e a árvore pisca com suas luzes.

Levo um susto quando percebo que não estamos sozinhos. A tia de Jake está parada na porta de uma sala de jantar antiga e imponente, usando um pijama de Natal absolutamente espalhafatoso, segurando um conjunto de café de prata à moda antiga e sorrindo com um brilho enorme no rosto. Na porta oposta, espreita um senhor que não reconheço, com tufos de cabelo branco e um roupão puído. Ele observa a cena boquiaberto, como se também tivesse sido surpreendido pelo presente de Natal de Jake. Jake e eu nos endireitamos no velho sofá de veludo, os ossos estalando, a dor voltando para os membros dormentes, então ouvimos um rangido vindo da escada. Todos viramos para olhar.

Ágata desce flutuando, vestida com aquela sua estranha camisola vitoriana, os dedos deslizando pelo corrimão entalhado, cantarolando uma melodia sombria e esquisita que, acho eu, são os versos de "Frosty, o Boneco de Neve". Ela sempre foi minha pequena e esquisita Wandinha Addams, e eu a amo exatamente assim, *de verdade*, mas, neste momento, eu só queria que ela fosse o tipo de criança que fica feliz no Natal e bate palminha, encantada diante da árvore. Eu tentei com todas as forças por ela, fracassei de forma catastrófica, engoli o orgulho, aceitei ajuda, tentei de novo — e agora só queria saber se acertei. *Nunca* sei se estou acertando.

Ela entra na sala e observa em silêncio a árvore, os enfeites natalinos espalhados por toda parte, como se o corredor de utilidades de uma loja tivesse explodido ali, os resquícios de Halloween no meio, os adultos que conhece e os dois que não conhece. Encarando todos nós com aquela expressão solene de criança sábia que sempre dispara todos os meus alarmes quando estamos tentando parecer uma mãe e filha normais, ela diz:

— Esta casa é mal-assombrada.

Encolho por dentro por um segundo, mas então a tia de Jake suspira como se fosse a coisa mais fofa que já ouviu, e o velho, que aparentemente já se adaptou ao mundo virado do avesso em que acordou, comenta com um brilho nos olhos:

— Qualquer um pode ver isso.

E realmente, com aquela camisola, ela parece um pequeno fantasma ou espírito. Ele lança um sorriso enrugado para Ágata, e a tia de Jake também sorri para ela, como se os dois já tivessem buracos em forma de Ágata nos corações e ela tivesse preenchido perfeitamente o espaço.

Sentamos para abrir os presentes debaixo da árvore. A maioria está endereçada a pessoas que não estão ali. Ágata abre cada um e entrega ao adulto que se identifica como destinatário. Bill reivindica um roupão de banho luxuoso. Laura pega para si uma manta de lã que aparentemente tinha comprado para a cunhada. Eu fico com uma bolsa preta da Chanel, da coleção *atual*, e a embrulho de novo no papel de seda, segurando-a no colo como se fosse um bebê, enquanto Jake me lança um olhar. Sou um monstro materialista. E tem mais, muito mais. Ágata pega uma mansão da Barbie e mais uma dúzia de presentes, dois de cada, por algum motivo, mas parece satisfeita com isso.

Nesse meio-tempo, tomamos café, jogamos conversa fora, fazemos piadas, como se nada disso fosse estranho. Ninguém pede explicações sobre o surgimento repentino do Natal, ou por termos acordado numa casa desconhecida, ou sobre os laços que nos unem. Todos nós escapamos por um triz de um Natal horrível.

— É um lugar adorável — diz a tia de Jake, *Laura*, para o avô dele, *Bill*. — Daria uma funerária maravilhosa.

Tenho a impressão de que esse é o maior elogio que Laura pode fazer.

Bill coça a orelha peluda com uma expressão cética e aponta para a massa de pelos brancos estropiados sobre o tapete à sua frente, que está roncando.

— Já tirei algo parecido do ralo do meu chuveiro. Não é pra dar nome nem comida pra isso.

— Agora ele é meu — diz Ágata, em êxtase, puxando o cachorro para o colo. O velho bichon frisé geme de prazer enquanto ela o enfia num macacão de bebê recém-aberto.

Intervenho rapidamente.

— O cachorro não é nosso.

— Ora, um cachorro de família é de todo mundo! — diz Laura. — Podemos dividir.

A situação está saindo do controle. Olho para Jake, mas ele só me observa, indecifrável. Divertindo-se?

— Mas você disse que a gente ia ter um cachorro — lembra Ágata. — A gente tem uma casinha de cachorro.

Ágata desembrulha mais um presente, depois outro. Agora entrega todos para o Jake, mas ele só sorri de leve e os passa adiante. Não fica com nenhum para si. É impossível não pensar naquele quarto vazio na casa de Grant, na faxina sueca da morte que ele já fez. Ele toma café como se fosse ar e observa todos nós como um cientista assistindo a um experimento. Ele se colocou de fora de novo. Fez tudo isso por nós, não por ele mesmo.

Em algum momento, Jake some, e de repente há panquecas na mesa de jantar, mais café e chocolate quente para Ágata. Bill come sem parar, e Jake, discretamente, bate alguns comprimidos para fora de uma caixinha e os coloca na mesa, ao lado do prato. Eu o sigo com os olhos enquanto ele atiça o fogo e limpa a bagunça de papéis de presente. Mais panquecas aparecem, e as louças sujas somem, então começa a tocar uma música de Natal. Bill cochila numa poltrona, com o queixo apoiado no peito, e depois que Ágata termina de cortar umas cem bolachas de açúcar com Laura, eu me derreto no chão, em frente à lareira quente, e brinco com ela de mansão assombrada da Barbie. É algo que eu nunca faço. Ou talvez algo que meu cérebro de hamster nunca me *deixe* fazer. Sempre tem coisa *demais* — sempre, sempre correria: estudar, limpar, cozinhar, dirigir, me preocupar, me angustiar, correr. Não sei quando foi que ela cresceu tanto. Ela tem todo um mundo particular sobre o qual não sei nada. Nós duas temos. Mundos de fantasia na cabeça onde nos escondemos.

E então, de repente, é hora da ceia de Natal. Uma porra de um quadro do Norman Rockwell. Ficamos sentados à mesa por horas, e penso na vida que disse ao Jake que havia planejado. A casa antiga, o cachorro fofo e bobo, os avós por perto para ajudar. Laura sorri e elogia Ágata, minha menina estranha e enigmática que nunca recebe elogios, e a doçura dela me dá dor de dente; Bill mostra a ela as ilustrações de uma cópia empoeirada de *Peter Rabbit*, com mãos retorcidas e trêmulas, e Ágata responde que ama coelhos; Princesa solta um pum feliz no tapete persa, já no terceiro look do dia. Finalmente, meus olhos encontram os de Jake.

Ele esteve me observando o tempo todo — o dia inteiro — para ver o que achei do presente mais recente dele. Toda vez que olho na direção dele, os olhos dele já estão em mim. E, por algum motivo, é impossível sustentar o olhar por mais de alguns segundos. Parece que ele vai ler minha mente se eu deixar, e não sei por que não quero isso, nem sei direito que pensamentos estou tentando esconder dele. Mas agora olho para ele. Ele está cansado e pálido, não chegou a se barbear, mas sorri tímido e torto — um sorriso de verdade — e meu coração parece parar. Quem estou querendo enganar? É óbvio quais pensamentos não quero que ele veja.

Ele é um agente do caos. Um oportunista e manipulador de proporções maquiavélicas. Um mágico que tira moedas das minhas orelhas e coelhos da cartola, faz meus problemas desaparecerem atrás de uma parede falsa, me parte ao meio e me remonta. Meu valete de espadas, com a pá pendurada no ombro, que sabe onde todos os corpos estão enterrados, e pode dar conta de mais alguns, se eu precisar.

44

Paralisia do sono

JAKE

Durante a noite inteira, vejo sinais discretos, pequenos avisos. Enquanto lavamos a louça na pia, ela fica perto; o cotovelo dela toca o meu. Quando varro o chão, ela espera eu terminar, então pega a pá de lixo, e nossos dedos se roçam. Quando pego Ágata para ela, no sofá onde adormeceu, ela me segue escada acima e observa enquanto a deito na cama. Ela ajeita as cobertas para cobrir a gatinha e apaga o abajur ao lado da cama. Fora do quarto de Ágata, ficamos um instante olhando um para o outro no corredor escuro.

Eu não deveria me surpreender quando ela invade meu quarto mais tarde e desliza por cima de mim, no escuro. O colchão afunda quando ela joga a perna por cima de mim, me montando, as mãos no meu peito, prendendo meu fôlego.

— Dodi? — sussurro, ainda meio dormindo.

— Quem mais seria?

Consigo sentir o perfume dela e, por baixo, o cheiro da pele, enquanto o cabelo escuro roça meu peito. Meus dedos encontram os joelhos dela, de cada lado de mim.

— Pensei que era paralisia do sono.

— Vai se foder — ela ri contra meus lábios e começa um beijo. Fico sem ar, ali deitado, imóvel, com medo de respirar, de me mexer, de estragar tudo. Ela me beija devagar, intensamente, os cabelos negros e sedosos esparramando-se ao nosso redor, as unhas afiadas cavando minha pele por cima da camisa. Ela arrasta os lábios sobre os meus uma última vez enquanto quase me sufoco.

— Eu te odeio, de verdade — ela sussurra com um sorriso incisivo. E, como ela mente para mim, é fácil mentir para mim mesmo. *Ela me odeia.* Isso não vai magoá-la nem um pouco.

O cinto do robe dela está apertado como a fita de um presente muito bem embalado, e eu arrisco puxar o pequeno pedaço de tecido até ele afrouxar. Em retaliação, ela ergue minha camiseta e a joga por cima da minha cabeça, e é um alívio tão grande... Nós vamos fazer isso...

A mão dela desliza do meu ombro, pelo meu torso, pela barriga, e não para até...

Mordo o lábio, mas o lábio dela está no caminho e acabo mordendo-a por acidente. Ela não se importa. Volta para mais, e, mesmo sentindo que vou ficar sem ar, eu deixo. Respirar é para os fracos. Afundo no colchão. Estrelas aparecem por trás dos meus olhos.

45

Nossa Senhora das Dores

DODI

Eu me afasto.

— Você não está de gravata — sussurro contra a bochecha dele.

— Isso é meio que um problema.

— Por quê?

— Eu tinha planos pra ela.

Já imaginei dezenas de cenários envolvendo a gravata de Jake e mais nada. Guiando-o até a cama como uma coleira, antes de empurrá-lo e subir em cima dele. Amarrada firme nos meus pulsos. Amarrada firme nos pulsos *dele*. Vendando os olhos dele...

Cravo as unhas no peito de Jake e sua respiração falha. Arrasto a ponta das unhas para baixo e o peito dele treme, depois o estômago se contrai, e ele se encolhe um pouco enquanto espalmo a mão pela pele quente e nua de sua barriga. Aos poucos, ele relaxa de novo no travesseiro, me observando na penumbra, esperando pelo que vem a seguir. Uma reprise de gato e rato, e o rato estava ansioso por isso.

Ele solta um gemido rouco quando deslizo a mão para baixo e fecho os dedos ao redor dele. Eu nunca disse que não gostava de alguém que só gostasse de receber. Eu o acaricio enquanto ele fica ali deitado, indefeso, as pálpebras tremendo, até que ele começa a mover o quadril sem perceber, subindo as mãos pelas minhas coxas, cravando os dedos na minha pele...

— Você disse que a gente ia seguir o meu *modus operandi* — lembro a ele. Tiro suas mãos da minha cintura e deixo o robe escorregar dos ombros.

Dá até vergonha de dizer quantas vezes já carreguei essa mesma camisinha, escondida na bolsa ou no sutiã, só por precaução, desde a nossa viagem a Las Vegas.

— Qual é o seu *modus operandi*? — ele sussurra, quase sem ar.

Então eu conto. Sussurro no ouvido dele enquanto mordo o lóbulo, e ele se arrepia. Sussurro na pele do pescoço, no peito, os músculos se contraindo nas laterais do corpo conforme ele se contorce com o arrepio da minha respiração. Ele tem um cheiro tão bom. E então sussurro a última parte bem na parte baixa da barriga. Depois disso fico em silêncio por um tempo, mas faço questão de que ele não fique. Ele se contorce, estremece, e quando seus dedos começam a desenhar padrões sem sentido no meu rosto e no meu couro cabeludo, me afasto e subo pelo corpo dele. Ele respira como se tivesse corrido um quilômetro em um minuto, e não o deixo recuperar o fôlego. Eu me deito em cima dele, me encaixo nele, devoro os gemidos dele com a boca.

Seguro seu rosto entre as mãos, o maxilar, a garganta. Arrasto as unhas devagar pelo couro cabeludo, por entre o cabelo grosso, e ele solta outro suspiro abafado. Quero mais que um suspiro dele. Eu me pressiono com mais firmeza contra seu corpo, e ele me beija, faminto...

E depois devagar, languidamente, então se afasta.

Lambe os lábios e acaricia meu joelho com o polegar, hesitante. Sua respiração é rasa e cuidadosa, como se não quisesse perturbar os pobres grãos de poeira suspensos no ar.

Segura meu rosto de lado e o polegar roça minha sobrancelha, meu nariz, meus lábios.

Estou tentando forçar um *modus operandi*. No entanto, a sensação desse momento é diferente do que imaginei algumas semanas atrás.

Quantas vezes mais vamos poder fazer isso?

Eu o beijo de novo, devagar, com intenção, a barba por fazer embaixo do lábio inferior arranhando minha pele, e agora começo a arquivar detalhes, listar memórias, embalar tudo a vácuo e numerar mentalmente para o pequeno e perverso museu que tenho no peito. Sou uma arquivista, quero documentar tudo, quero conhecer tudo, quero revirar até achar todos os seus fechos e trancas escondidos e abrir cada um deles. Quero me esbaldar em cada detalhe. Ele solta outro suspiro trêmulo, como se tivesse prendido a respiração por tempo demais, e até o seu fôlego tem o gosto certo. Nós nos movemos juntos, dois corpos frágeis que, por um instante, se sentem seguros o bastante para serem vulneráveis um com o outro.

Eu me sento para observá-lo, preciso de uma vista panorâmica, mas Jake não está a fim das minhas palhaçadas. Já não é mais o meu *modus operandi*. Ele me puxa de volta para cima dele e me abraça com força, de um jeito possessivo, me desejando, ainda que eu já esteja ali.

Ele sempre me quis, mesmo que eu seja essa criaturinha cheia de espinhos. Sou como um daqueles brinquedos de pinos, e Jake é a mão suave que me envolve. Não sei se ele faz ideia de como vou guardar fielmente a marca dele depois que for embora.

46

Últimas palavras

JAKE

— Andei pensando naquele imitão do Papai Noel que estava nas notícias... — ela diz no escuro.

Abro os olhos, mas não enxergo muito mais do que via quando estavam fechados. A pouca luz vem além da silhueta escura dela, deitada ao meu lado no travesseiro.

— Acho que eles deviam continuar trabalhando juntos. Duas cabeças pensam melhor do que uma.

Observo o contorno do perfil dela contra a parede cinzenta e apagada, uma forma que conheço bem. Ela passou tanto tempo meio afastada de mim. Agora se vira na minha direção, e a imagem desaparece.

— Você já decidiu o que quer fazer com o resto da sua vida? — ela sussurra, do outro lado do travesseiro.

Entrelaça os dedos nos meus, e eles começam a formigar.

— Estava pensando — continua —, você parece gostar de coisas... normais, do dia a dia. Vida real, meio sem graça. — Aperta minha mão. — Ficar em casa à noite, lidar com a bagunça, cozinhar. E se é isso que você prefere, em vez de sair por aí, viajando e riscando itens de uma lista de desejos... você podia se mudar pra minha casa. Eu ia gostar disso.

Já não sinto mais a mão dela na minha. Está completamente dormente.

Não era para ela querer nada disso.

Por um instante, fico muito tentado. Tento colocar tudo numa equação na minha cabeça, ver se dá um resultado que não me deixe em desvantagem. Coloco os duzentos mil de Las Vegas na conta, mas, fora isso, não tem mais nada. É uma oferta ridícula, quando o que Dodi merece é uma pessoa inteira, viva, de verdade, para passar o resto da vida com ela. Não consigo resolver essa equação porque é tudo uma bagunça do caralho, e eu odeio bagunças.

Penso em todas aquelas quinas afiadas que a última pancada da vida deixou nela. Vai continuar acontecendo... cada vez que vier um golpe, mais uma rachadura, mais uma fileira de cacos para machucar os outros, e a ela mesma também. Afastando as pessoas, trancando-se por dentro, sozinha.

— Não me importo se a gente puder viver isso só por um tempo — comenta Dodi, como se lesse minha mente. — Eu quero estar com você. Você também quer. É isso que a maioria das pessoas quer, no fim das contas, estar com a família. Eu sei como dói não ter família.

Penso naquela noite no sofá dela, tomando vinho. E em Laura olhando para a gente com coraçõezinhos nos olhos enquanto dávamos as mãos. Bill me ensinando, com toda a rabugice do mundo, a acender uma lareira.

Não consigo evitar pensar em Ágata enfiando a mãozinha na minha no shopping.

— Eu queria ter você comigo porque eu...

Corto antes que ela diga.

— Como isso seria bom pra ela?

Estou perguntando como isso seria bom para Ágata, porque não tenho coragem de perguntar como poderia ser bom para Dodi. Ela não ia aceitar isso, mas a vida delas não é uma torre de Jenga da qual posso sair sem fazer barulho. Eu ainda tenho um ano, talvez, mas e se eu ficar egoísta e decidir aproveitar o máximo de tempo possível? E se eu piorar de verdade, e mudar, e Ágata ficar me olhando do tapete enquanto vou sumindo aos poucos, e Dodi ver a filha olhando para mim, e se arrepender da escolha que fez ao decidir me acompanhar até o fim? Eu sei que sou capaz disso. Já fui egoísta demais. Devia ter continuado como estava, sozinho, seguindo a vida de canto, cinza, sem chamar atenção.

Posso ouvi-la umedecer os lábios.

— Talvez, quando for maior, ela se lembre de uma relação em que duas pessoas cuidavam uma da outra. Não sei de que outra forma ela teria um exemplo de relacionamento saudável. Jake, eu...

— A gente ia ter que fingir que tem um relacionamento saudável?

Dodi não ri. Eu também não esperava que risse. Nem eu estou com vontade de rir.

— Acho que só disse isso em voz alta pra poucas pessoas na vida, mas eu...

— A questão é... — digo, interrompendo de novo. Ela hesita, esperando que eu termine. — Já resolvi tudo sozinho — minto. — No fim das contas, não preciso da sua ajuda.

Ela inspira fundo, como quem se prepara para mergulhar em água gelada.

— Jake, eu a...

Vai doer muito mais se ela disser isso em voz alta.

— Acho que a gente devia anular o casamento.

Imagino uma rachadura a mais entre todas as outras, mas uma bem pequena, sem arestas cortantes. Feita com cuidado, sem crueldade.

Ela não diz mais nada, mas também não vai embora. Sabe por que estou fazendo isso. Ela tem a caneca em que estampou a minha própria confissão. Ficamos ali, de mãos dadas, tão quietos e imóveis que nem sei qual de nós adormece primeiro.

47

Os esqueletos

JAKE

É AQUELE SILÊNCIO MORTAL DA MANHÃ LOGO DEPOIS DO NATAL. Vejo um Uber parado do lado de fora pela janelinha da porta da frente.

Ela surge do corredor escuro, os passos diminuindo por um instante, só um instante, ao me ver descendo a escada para o saguão mal iluminado. Talvez achasse que conseguiria sair sem que eu a visse.

— Só estava me despedindo do Bill e da Laura — ela explica.

— Ia se despedir de mim?

— Não.

— Mas agora vai?

— Não.

Ela me encara, e eu olho de volta. Lábios da cor de frutas vermelhas, o cabelo despenteado caindo ao redor dos ombros. Também não quero me despedir dela, e nem precisamos. Não é a última vez que nos veremos. Vamos nos esbarrar por aí, aleatoriamente, quando menos esperarmos. Vamos cruzar olhares num estacionamento. Vamos nos dar conta de que estamos andando um na direção do outro numa calçada do centro. Ela vai me fuzilar com um sorriso sarcástico e dizer: "Ainda me perseguindo?", e eu vou responder: "Até o doce abraço da morte me levar", e ela vai retrucar com: "Bom ter algo pra esperar", e vamos ficar ali parados por alguns segundos, com os olhos dizendo coisas completamente diferentes. Ela vai continuar me vendo por aí, até que um dia as aparições parem. Fico me perguntando quanto tempo ela vai resistir, esperando pela próxima vez.

Ágata surge atrás dela, Princesa tropeçando ao fim da corda de uma coleira frouxa, resfolegando e fungando todo animado.

— Sapatos, Ágata.

Ágata luta com os sapatos tipo boneca, e Dodi calça as botas. Passa o casaquinho vermelho para ela, que o segura.

— Sapatos, Jake — diz Ágata com o casaco entre os dentes, no mesmo tom mandão da mãe.

— Ainda tenho umas coisas pra limpar — respondo.

Dodi e eu trocamos um último olhar. O Uber buzina. A porta se abre, e todo o calor da casa sai junto com elas, no frio da manhã.

A casa está morta e vazia agora. O assoalho range, e eu me viro para ver Laura.

— Vocês dois brigaram? — pergunta com simpatia. — Não vou me intrometer. Vocês vão se acertar. É óbvio que se amam muito. — Ela mexe no colar de boneco de neve por um instante. — Ou... você *podia* ir atrás dela. Eu seguro as pontas...

Forço um sorriso falso e tento fingir confusão, *Dodi e eu brigando?*, mas Laura percebe que estou mentindo. Afinal de contas, foi com ela que aprendi todos meus sorrisos falsos. Ela deixa o assunto de lado com elegância.

Vamos até a cozinha, seguindo nosso padrão, e ela serve café enquanto recolhe migalhas da mesa com a ponta do dedo, inquieta.

— Em algum momento vou ter que ligar meu celular. — Ela dá uma risada vazia. — Quantas ligações perdidas você acha que tem?

Andrew deve ter voltado ontem para uma casa vazia, esperando que estivéssemos calmos e arrependidos. Consigo vê-lo agora, checando aquele aplicativo de rastreamento, inútil com o celular de

Laura desligado. Mandando uma mensagem atrás da outra, ligando sem parar, a expressão ficando cada vez mais sombria.

Quero estender a mão e colocá-la sobre a de Laura. *Não volta.* Ela torce as mãos, e o rosto acompanha o movimento.

— Preciso conversar com você, Jake. O que eu disse na outra noite está me corroendo por dentro. Nunca devia ter dito daquela forma, como se eu tivesse ficado porque *fui obrigada*. Porque eu podia ter ido embora. Minhas malas estavam prontas quando você apareceu... tinha um motivo para eu não ter nem me dado ao trabalho de preparar o Natal naquele ano. Mas eu *escolhi* ficar. Eu *escolhi*. E escolheria de novo. Valeu a pena. *Você* valeu a pena.

Congelo.

— Como assim?

Ela pousa as mãos sobre as minhas e aperta, e sinto a ponta dos dedos formigar.

— Eu finalmente tinha a prova de que ele estava tendo um caso... bom, *muitos* casos, e tinha todo meu plano de fuga pronto, mas aí a assistente social apareceu com uma prova viva de um caso completamente diferente, com o cachorro dele a tiracolo, e...

Ela para por um segundo, a emoção a dominando. E me dominando também. Eu me lembro muito bem daquele dia, essa mulher estranha parada na porta de casa, me olhando como se tivesse visto um fantasma.

— Você era muito diferente do Andrew. Deu pra ver na hora. Você não aguentaria crescer com aquele sociopata... percebi isso *de cara*. E depois do que ele fez com aquele pobre cachorro velho... — Laura para de falar de novo. — Jake. Eu *jamais* iria embora.

Meus dedos viram blocos de gelo.

Encaro Laura, os olhos grandes e escuros de corça, o rosto em forma de coração, tão parecida com minha mãe, a quem eu puxei... minha mãe, a professora mais nova e bonita da escola, uma escola pública pequena, porque ela tinha deixado o sistema católico depois de ter um filho fora do casamento, que nunca, em toda a minha infância, mencionou sua irmã distante, Laura. Nunca teve sequer uma foto dela no nosso apartamento.

Porque elas não são irmãs. Elas não são irmãs, mas Andrew tem um *tipo*.

Laura aperta minhas mãos e seus lábios se movem, mas não ouço uma palavra. Minha mente salta como uma pedra na superfície da água parada, de um "e se" para um "então". Foi fácil criar uma mentira para desviar a especulação pública... eu me pareço com a minha *tia*. Uma mentira fácil e sórdida. Um jeito de manter imaculada a reputação do meu tio, o superintendente da escola católica; meu tio, que sempre ficava incomodado quando alguém me confundia com o filho dele. Meu tio...

Meu *pai*. Sinto náuseas.

Lembro daquele jantar no meu aniversário. *Como se atreve a dizer pra ela que sou seu pai...*

Laura achava que eu sabia. Claro que achava. Que pessoa normal não teria juntado todas as peças? A família de Andrew sabia. Aqueles olhares desconfiados e desaprovadores nos jantares em família, aquelas perguntas invasivas e desconfortáveis sobre meus pais, nos primeiros anos...

Laura continua falando, mas então solta minhas mãos por um momento, e meus dedos não estão só brancos, estão azulados nas pontas. Esse sintoma é novo. Estou piorando. Minhas células nervosas estão se desfazendo, a mielina está se desintegrando. Estou enjoado, meu coração dispara, o caminho já conhecido para uma crise de ansiedade.

É como aquele degrau que falta na escada à noite. Cambaleio até encontrar o equilíbrio mental.

Não estou morrendo.

Na minha mente, vejo os pais de Andrew, *meus avós*, fazendo aquelas aulas de dança ridículas na casa de repouso, absurdamente ágeis e fisicamente capazes. Ridiculamente saudáveis. Sem mostrar sinais de lentidão, chegando perto dos cem anos.

— Quando isso começou? Coitadinho — lamenta Laura, pegando meus dedos azulados entre suas mãos quentes. — Síndrome de Raynaud. Espasmos das veias capilares. Parece *mais* assustador do que é. O Andrew também tem isso, nos pés. É por isso que você nunca vai vê-lo sem meias. É desencadeado por frio ou estresse. Você tem passado por estresse?

Se eu tenho passado por estresse? Meu coração está se devorando dentro do peito há oito anos. Agora está vazio, silencioso e imóvel por dentro.

Laura entra em foco à minha frente, os lábios se movendo, formando palavras, mas estou perdido nos meus próprios pensamentos. É claro que ela não poderia me levar com ela. É claro que não poderíamos abandonar Andrew. Eu não era dela. Eu era *dele*.

Sempre achei que ela fosse fraca, mas ela era tão forte. Não o tipo de força que enfrenta a violência, mas o tipo que suporta pressão constante em silêncio. Como deve ter sido ceder sempre, se moldar, apaziguar, apaziguar, apaziguar o marido psicopata só para conseguir ficar num casamento horrível e ficar de olho no filho dele? Um filho sobre o qual ela não tinha nenhum direito legal?

— Ah, querido — diz Laura, apertando meu braço, vendo algo no meu rosto que não consigo esconder. — Não fique nervoso. Converse com ela. Isso é normal em relacionamentos novos...

Essa é a Laura em sua forma mais pura; calma, serena, um gotejar constante de incentivo. Sempre foi a melhor. A melhor tia que um garoto solitário e enlutado poderia ter.

Mas ela não é minha tia.

Finalmente a encaro, e ela sorri.

— Vai ficar tudo bem — diz, consultando o relógio. — Agora preciso ir.

— Pra onde? — pergunto.

O rosto dela se ilumina de novo, de um jeito natural.

— Vou cuidar da Ágata. Eu me ofereci. A Dodi precisa terminar um trabalho do MBA. — *Como você sabe, é claro*, diz o tom dela. — A Ágata e eu vamos dar banho naquele monstro branco horrível.

Ela pega o celular e liga os dados. As notificações e chamadas perdidas pipocam na tela: Andrew, Andrew, Andrew. Ela apaga tudo, digita uma mensagem para Dodi e envia. Já tem o contato salvo.

Aperta minhas mãos uma última vez, mas eu as seguro quando ela tenta soltar. Sorri para mim, com os olhos úmidos.

— Fico feliz que passamos esse Natal juntos. Acho que você devia deixar os enfeites aqui. Não faz sentido levar de volta. Onde eu ia guardar? — E então ela solta a bomba. — Eu decidi deixá-lo. — Laura se abaixa e me dá um beijo rápido na bochecha antes de sair.

Sozinho na cozinha, encaro a foto do obituário do homem bonito de óculos, o homem que minha mãe usou como inspiração para me dar o nome. Talvez porque desejasse que ele fosse meu pai. Olho ao redor da sala, para todas as coisas, todas as pistas sobre quem sou e de onde vim, e concluo que, afinal, nada disso me pertence. Vejo dois copos de água vazios no balcão, um deles com o batom vermelho vibrante de Dodi na borda, e isso me lembra de algo. Os copos de água que o Bill não me deixou lavar.

Encontro Bill no velho sofá de veludo afundado, onde Dodi e eu dormimos na outra noite. Ele segura a ponta da bengala com as duas mãos e apoia o queixo ali, olhando para a árvore.

— Faz tempo que você não tem uma árvore de Natal — arrisco.

— Mais tempo do que você imagina — ele responde com bom humor. — Sou judeu.

Percebo o envelope na mão dele, aquele do laboratório que chegou pelo correio antes de eu ir para o almoço de Natal na casa de Laura. Ele vê meu olhar. Dá um tapinha na almofada ao lado, e eu sento. À nossa frente, o esqueleto de Dodi afunda na poltrona, exibindo um sorriso cheio de dentes. Ficamos em silêncio, os três.

— Houve um… — ele começa, mas para, depois recomeça. — Fiz um teste de DNA… — Vacila de novo.

Há um buraco dentro do meu peito, profundo e interminável. Se alguém enfiar a mão ali, perde o relógio. Minha sentença foi comutada, mas ao custo de um pai gentil e sorridente que amava minha mãe; um avô sábio e rabugento; e a tia mais doce e bondosa que alguém já teve. Nenhum deles é meu. Não sou nada para nenhum deles. Sou um vira-lata. Tudo o que sobrou foi Andrew, a única pessoa neste planeta que eu lançaria ao sol sem pensar duas vezes, e se Laura vai mesmo deixá-lo, não vai restar nem ela para amenizar o estrago.

Não sei como vou me levantar deste sofá.

Bill pigarreia, abre a boca, e de repente dobra o envelope e enfia no bolso do roupão.

— Só pra constar, tenho um problema de enzima no fígado — diz, por fim. Pigarreia de novo e franze a testa. — Você vai ter que ficar atento quando for mais velho, já que é algo hereditário.

Ele evita meu olhar enquanto o encaro. Não consigo entender por que está mentindo para mim. *Você não sabe que eu achei que estava morrendo?* Ele não sabe. Eu havia dito que o neurologista disse que estava tudo certo. Ele não faz ideia de como esse mal-entendido me afetou.

— Eu tenho uma bisneta — ele diz de repente, e eu me sobressalto. Ele passou duas semanas me contando histórias sobre todos os galhos mortos e partidos da árvore genealógica da nossa... da família *dele*. Não existe nenhuma bisneta.

— Duas semanas atrás eu não tinha ninguém — continua Bill — e agora tenho uma bisneta. E um neto e uma neta por afinidade... Vocês são casados? Nem perguntei. Não quis parecer um velho idiota. Mas tudo bem não ser casado.

É a primeira vez que ele pronuncia a palavra "neto". Não sei o que dizer, então só respondo:

— Nós somos casados.

— E Laura?

— Ela é... — Engulo em seco, a mente girando. — Não é parente de sangue, mas sempre foi como uma tia.

— Não precisa ser parente de sangue pra ser família — Bill defende Laura com grandeza.

— A Ágata também não é parente de sangue — digo, meio anestesiado. — É filha da Dodi, do primeiro marido.

— E agora é nossa.

Nossa. Minha e de Bill. Como é que aquela carta do laboratório ainda não pegou fogo sozinha no bolso dele?

— Você não precisa ter laço de sangue pra justificar uma família — repete Bill. Ele ainda não me olhou nos olhos em nenhum momento.

Ficamos em silêncio por um instante.

— Esta casa é grande — ele diz, de repente. — Minha neta por afinidade pareceu gostar dela. Aquela garotinha franzina também. — Ele deixa a conversa no ar.

Não consigo entender o que está querendo dizer.

— E tem aquela escola, logo ali na esquina.

A escola esquisita e artística, o tipo de lugar que provavelmente deixaria Ágata levar Barbies mutiladas para a hora da leitura. Não entendo aonde ele quer chegar.

— Não faz sentido eu morar aqui sozinho, com tanto espaço sendo desperdiçado — Bill continua, e finalmente entendo o que está querendo dizer.

Olho ao redor. É uma casa antiga enorme, e Bill nem sobe mais as escadas. As duas semanas que passei aqui foram o arranjo de moradia mais fácil que já tive. Bill e eu nos damos bem. Ele gosta da minha comida, da minha ajuda e, mais do que isso, gosta de conversar comigo. E eu gosto de ouvir.

— Uma companhia cairia bem... e uma ajuda também — ele diz com dignidade. — Não quero que me coloquem numa instituição qualquer por decisão de um assistente social. Quero morrer na minha casa.

Respondo sem pensar.

— É claro que vou ajudar. — Se tem algo que eu entendo, é o desejo de ter controle sobre os momentos finais. Tudo virou de cabeça para baixo tão rápido, e agora aqui estou eu, oferecendo o tipo de apoio que sempre desejei ter.

Ao meu lado, os ombros de Bill relaxam um pouco. Nem percebi como estava tenso. Faz tempo que ele só está se equilibrando para manter a independência.

Esse segredo no bolso dele, essa mentira por omissão, esse motivo para esconder os resultados...

Ele acha que está *me enganando*.

O velho malandro. Nem me incomodo.

Ele continua:

— E você pode muito bem aproveitar o espaço agora. Não precisa esperar até herdar pra só então se mudar.

Demoro um segundo para processar.

— Herdar?

— Alguém tem que ficar com isso tudo.

Olho em volta — a madeira antiga, as cortinas desbotadas que precisam ser trocadas, os detalhes entalhados e os rodapés que juntam poeira, o chão que precisa ser encerado — e meus dedos se contraem. Eu amo uma boa arrumação. Eu amo cuidar das coisas... e das pessoas. Esse é o meu *modus operandi*.

Tem uma proposta aqui: seja meu neto, e eu serei seu avô.

O esqueleto de Dodi ainda está largado perto da lareira, olhando para nós com órbitas vazias e rindo com seus amigos esqueléticos, que caem dos armários tentando voltar para dentro. Cresci numa família cheia de mentiras, e já deu. Bill e eu vamos ser francos um com o outro. Depois. E acho que vou aceitar a proposta dele.

Mas, agora, preciso falar com Dodi.

48

A corrida maluca

JAKE

Meu celular vibra assim que bato a porta da frente de Bill com força. Ele desliza das minhas mãos, cai no chão, racha a tela e quica dentro de uma poça rasa. A neve já está derretendo, e a grama verde espinhosa começa a despontar por todo o gramado de Bill.

No visor aparece *LARS*.

— O quê? — rosno no celular pingando.

— Cadê a Lambo? — pergunta a voz simpática e curiosa de Grant.

— O quê?

— Preta, hmm, aerodinâmica…

— Você olhou no armário?

— É um carro.

— Está bem na minha frente. — A lanterna traseira pisca quando destravo remotamente.

— Ah, que alívio — ele diz, rindo de maneira indulgente. — Só, hum, pegou emprestado?

— É. — Eu me jogo no banco do motorista e puxo o cinto.

— Tudo bem, tudo bem. E o Brunello Cucinelli?

Engato a ré e repasso mentalmente o inventário dos carros dele. Acho que um tem a bandeira da Itália no brasão...

— É aquele verde com a faixa de corrida?

— É de lã azul...

— Lavanderia.

— E a máquina de espresso...

— Tem que girar até o final.

— E a empresa de conserto da sauna...

— Eles não vão voltar porque você deixou uma boneca inflável lá da última vez.

— Eu não *transo* com elas — diz Grant, ofendido.

Fica aquele silêncio carregado enquanto ele respira fundo, e eu enfio a traseira do Babacamóvel na calçada e contra uma muda de olmo envolta num tubo plástico protetor.

— Fui um péssimo amigo.

— Você nem é amigo. Você é um saco de paus, Grant.

Estou girando feito louco, arrancando o volante com uma mão, tentando sair dessa vaga com uma manobra em doze etapas enquanto seguro o celular com a outra. A roda traseira direita sobe no meio-fio uma, duas vezes.

— Eu sei — ele diz, triste. — Eu sei.

— Sabe? O saco de paus desenvolveu consciência e senso crítico? Fascinante. — Agora estou descendo a rua com uma mão no volante. O bluetooth conecta de repente, e a voz de Grant toma conta do carro.

— Quando você volta pra casa?

— Tenho um lugar novo.

Ele prende a respiração. Jogo o celular no banco do carona e viro à direita.

— Eu respeito — ele diz, pesaroso. E isso é... surpreendente. — Eu não merecia sua amizade. Percebo isso agora. Mas eu quero... posso fazer algo pra me redimir?

O novo terapeuta dele deve ser bom.

— Eu quero... eu devia ter te pagado. Pela ajuda. Posso... quero saber o que faria você se sentir reconhecido.

O carro já esquentou, e está um fedor desgraçado. Abro o vidro e me lembro do cabelo de Dodi voando ao vento na noite em que fomos a Las Vegas. Lembro do carro dela todo amassado. Ela merece algo rápido e caro e... rápido.

— Quero um dos seus carros.

Ele prende a respiração.

— A Lambo?

Penso na traseira detonada, na seiva do pinheiro e no suco de coelho. No pênis gigante no porta-malas.

— Não. — Tusso. — Sei que esse tem valor sentimental pra você. Me dá outro. — Lembro do carro em que levei a Dodi ao aeroporto. Ela parou na hora e murmurou "Tá de sacanagem". Acho que isso queria dizer que ela gostou. — O vermelho com interior de couro preto.

Ele solta o ar num sopro. Alívio.

— O Hellcat. Vou deixar os documentos em cima da bancada da cozinha. Ainda somos amigos, Jake?

A gente foi, alguma vez?

— Claro. Grant?

— Sim?

— Questão jurídica: e se alguém fosse contratada pra um emprego, aí fosse dispensada, mas não fosse de fato, e a empresa simplesmente esquecesse dela e continuasse pagando por anos por causa de um erro de papelada...

— Não é bem minha área, mas teve alguma carta ou e-mail de demissão?

— Não.

— Então ela não foi demitida e tinha direito ao salário.

— Mesmo que ela não estivesse recebendo trabalho, ninguém supervisionasse e fosse óbvio que...

— Jake — diz Grant, a voz persuasiva e suave. — Contrato de prestação de serviço é uma prática comum no mercado corporativo competitivo atual. É uma estratégia pra manter um talento longe da concorrência. Mesmo que a empresa não precise de outro analista top ou engenheiro de software, ou seja lá o que for, pelo menos isso impede que vá ajudar a concorrência. Entendeu? — A essência de um advogado criminalista charmoso se condensa nas janelas e escorre pela forração de couro caríssimo. — Ela não tinha motivo pra achar que a situação era diferente. E ela apareceu, não foi? Estava disponível pra trabalhar todo santo dia. Profissional. Preparada. Disposta. Temos referências de caráter e depoimentos autenticados, prontos pra apresentar na fase de descoberta… — Ele desenha os detalhes, se apaixonando pela própria história.

— Entendi, valeu — respondo.

A voz dele volta ao tom normal de repente:

— Sempre vou estar aqui por você. Se algum dia precisar de um advogado criminal…

— Não tenho planos pra isso.

— Estou aqui se precisar. Ah, e Jake?

— Sim?

Ele pigarreia, e já sei o que vem. *Não. Não, não, não.*

— Estava pensando se…

Já estamos na letra W.

— Wendy? Wanda? Como você chamou essa?

Ele suspira.

— Willow.

— Não.

— Eu preciso que ela saia daqui, Jake, *por favor*. Tenho escrito num diário. *Todo mundo* precisa escrever num diário, Jake. E estou percebendo algumas coisas a meu respeito. Tenho medo de rejeição. Tenho medo de decepcionar alguém e fracassar num relacionamento. Trabalho *demais*. E a parte do sexo... — o nojo e a angústia se fazem presentes na voz dele agora — é tão difícil namorar quando todo mundo espera isso. — Ele suspira. — Eu só queria amar alguém. Queria ter uma pessoa. Queria me sentir *normal*.

Vinte e três bonecas na busca pela normalidade.

— Eu entendo — digo devagar. E até que entendo. Dodi entendeu desde o começo. O medo de que alguém não aceite quem você é, o medo de machucar os outros, o medo de dividir seus segredos. E, se você conseguir superar tudo isso, o medo de perder essa pessoa.

— Então, você pode jogar ela fora por mim quando passar aqui pra pegar o carro? Tem um saco cheio de composto debaixo da pia também.

Encerro a ligação.

Houve um acidente na ponte, o que significa que preciso ir para o norte e atravessar pela outra, que me leva direto pelo caminho da casa de Grant. Do outro lado, o trânsito vai estar travado da ponte até a casa de Dodi... Cerro os dentes. Freio de repente no sinal vermelho, e a tela do painel anuncia outra ligação: "Spencer & Sterns".

— O quê?

A voz fria de RH da Cynthia surge do outro lado:

— Estou tentando entrar em contato com você. Tenho aqui na minha mesa um documento com seu nome.

— Eu não trabalho na Spencer & Sterns. Sou *temporário*...

— Faço questão de encerrar todos os assuntos pendentes pessoalmente antes que meus contratos expirem — ela retruca com firmeza.

— ... e é o dia seguinte ao Natal.

— Não entendi? Se você não é funcionário da Spencer & Sterns, não está de férias remuneradas neste momento. E eu trabalho como contratada. Nunca paro de trabalhar.

Ela é mesmo impressionante.

— Se tiver um momento para nos encontrarmos...

— Claro, Cynthia — cuspo na tela do painel. — Mas é *feriado*. Vem aqui comer um bolo de frutas e fazer uma entrevista de desligamento pessoalmente. Você tem meu endereço no sistema. Pode subir até a cobertura.

Eu a imagino chegando na cobertura de Grant. Vou deixar a porta destrancada e a boneca bem ali no sofá, esperando por ela quando entrar.

Uma pausa, e então:

— Tudo bem. — E a ligação é encerrada de repente.

No mesmo instante, o celular vibra de novo: Andrew. Jogo o aparelho pela janela.

No prédio de Grant, deslizo com o carro numa vaga reservada no subsolo e deixo o Babacamóvel atravessado na linha branca. O elevador já está no térreo. Subo e entro no apartamento, prendendo a respiração...

Grant não está. O documento está no balcão com dois chaveiros eletrônicos. Enfio tudo nos bolsos. No meu quarto, pego a caixa de papéis debaixo da cama. Estendo a mão para os cabides com camisas e calças sociais, mas paro. Não preciso dessa merda. Pego a caixa e vou embora. Preciso sair antes que a Cynthia chegue. Mas, ao passar pela sala, finalmente a noto.

Cabelo preto longo, olhos escuros, pele bronzeada. Em algum momento começaram a personalizar com tatuagens.

Às vezes, é necessário separar as coisas, porque não vou pensar nisso agora.

Pelo menos ele nunca tratou uma mulher de verdade como um objeto, nunca tentou controlar ou possuir uma de verdade. Diferente de alguns homens. Homens perigosos. Homens que não deveriam chegar perto de uma mulher de verdade, porque é aí que eles se tornam perigosos *de verdade,* quando as mulheres se recusam a ser possuídas. Quando tentam ir embora.

Minhas entranhas se torcem.

Pela janela, vejo a ponte e a estrada principal adiante, engarrafadas de ponta a ponta. Em algum lugar do outro lado estão Dodi, Ágata, Princesa e Laura. Laura, doce e gentil. Será que ela já ligou para o Andrew? Por que não pedi que combinasse um plano comigo? Porque Andrew também está por aí, em algum lugar, remoendo tudo, furioso por voltar para casa depois de tentar estragar o Natal e descobrir que não conseguiu, e que a esposa saiu com uma mala, *humilhando-o*. Será que Laura desligou os dados do celular depois de mandar mensagem para Dodi? Será que ele está procurando a localização dela agora? Tateio em busca do celular para ligar para a Laura, mas não tenho mais o aparelho.

Preciso chegar até elas. Agora.

49

No telhado

DODI

Eu me inclino sobre o muro baixo e lá está, o chamado do vazio, aquele impulso intrusivo que sopra pela lateral do prédio como uma brisa. A imagem involuntária do meu próprio corpo no chão lá embaixo pisca e some. Terrível e eletrizante. Não doeria nem um pouco. Nada dói agora, embora eu saiba, por experiência, que isso só significa que vai doer ainda mais depois. Quanto maior o intervalo entre o ferimento e a sensação, maior a dor. E, ainda assim, é melhor desse jeito. Sou grata ao Jake por isso. Bastante pretensioso da parte de um homem dizer a uma mulher adulta como ela pode partir o próprio coração, mas ele sabe como posso ser imprudente. Sempre precisei que ele me impedisse. Isso não é diferente daquela noite em Las Vegas.

Meu corpo no chão lá embaixo se transforma no de um homem de terno. Uma mulher grita em uma sacada entre nós, e as luzes de Vegas brilham e piscam…

— Esse terraço é isca pra Empurra-Papel — diz Laura ao meu lado, com os cotovelos apoiados no parapeito perigosamente baixo, e eu volto com um sobressalto ao parquinho para cachorros no topo do meu prédio.

— É só uma lenda urbana — digo sem pensar.

Ela balança a cabeça.

— O Jake não te contou que eu preparei quatro vítimas dela? Todas vieram pra mim direto do IML, e eles foram *proibidos* de dizer qualquer coisa... — Há um brilho de malícia no rosto dela. — Mas a verdade está no que eles *não dizem*, se é que você me entende.

— Ela? — pergunto.

— Você não viu o documentário? É óbvio que é uma mulher. Às vezes, quando ouço falar de quedas em outras cidades, eu penso: *Ela está de férias*? — Laura ri. — Uma vez até liguei pra uma funerária de outra cidade pra investigar.

Ela gosta dessas coisas também. Faz sentido. Talvez o Jake tenha apresentado isso a ela. Ou talvez tenha sido o contrário.

Encaro o asfalto do estacionamento lá embaixo. A ideia da Empurra-Papel trabalhando durante suas férias é deliciosa. Aquela vítima em Las Vegas não caiu necessariamente da sacada. Por que presumi isso? Talvez aquela mulher tenha testemunhado quando ele caiu do terraço...

— Vou chamá-la de Sininho — anuncia Ágata, e volto a atenção ao terraço do prédio mais uma vez. Ela está parada na minha frente, os olhos brilhando, as bochechas coradas. Pela primeira vez, parece uma criança normal.

— Mas o cachorro é macho — digo, sem convicção. — Viu? — Aponto para a parte de trás dele, onde está bem claro que nunca foi castrado.

— Meninas podem ter bolas — diz Ágata com naturalidade, misturando bolas literais com metafóricas. Estremeço e olho para Laura. Ela parece ser o tipo de mulher doce e gentil que se preocupa com o vocabulário, mas não há reprovação em seu olhar.

— Meninas podem ter tudo o que meninos têm — concorda Laura.

Ágata se afasta e Laura sorri para ela como se quisesse anotar a frase para guardar num caderno de frases da Ágata.

Tem alguma coisa na forma como ela olha para Ágata que faz meu peito doer. Eu me afasto do parapeito. Preciso voltar ao apartamento para enviar aquele trabalho.

— Obrigada de novo — digo para Laura, sem encará-la. Eu a estou usando, infelizmente. Sei que ela não estaria aqui se soubesse que Jake e eu terminamos, então o que estou fazendo é injusto: aceitando a ajuda de uma possível avó que não vai conseguir o cargo fixo. Ela praticamente se ofereceu para cuidar da Ágata de graça. Caiu do céu, já que minha vizinha parou de responder às minhas mensagens.

— É um prazer — diz Laura com um afeto genuíno, e ela de fato exala prazer. Nunca vi alguém tão feliz por passar um tempo com minha menina esquisita e desconcertante.

É difícil não ficar preocupada, pensando que Laura talvez não saiba com o que está lidando.

— Ela pode ser bem... — Tenho uma lista de palavras que não me incomodo que a Ágata ouça. Persistente. Forte. Independente. Expressiva. — Assertiva.

— Sabe, quando eu era menina, nossas mães faziam questão de nos ensinar a ser educadas, gentis, *boazinhas* — comenta Laura, me atingindo com um golpe certeiro, criticando a mim e à minha forma de ser mãe com tanta precisão que até me tira o ar. E ainda por cima diz tudo de um modo irritantemente doce, sorrindo como se fosse um dia de verão. Meu coração se fecha no mesmo instante, e meus olhos vão direto para Ágata.

— Mas é um alívio ver que você é mais esperta que isso — continua Laura. — Você e o Jake não vão precisar se preocupar com ela, né? Ela vai ser forte o bastante pra encarar o mundo por conta própria.

Meus olhos continuam fixos na minha filha enquanto meu coração se amolece de novo e uma nova dor se instala. Eu queria manter Laura por perto, mesmo sem o Jake. E me pergunto se posso, se essa amizade vale o risco. Pelo menos conseguiria acompanhar Jake a distância.

Em sete anos, nunca fiz um esforço verdadeiro para criar uma amizade, mas, pela Ágata, acho que tentaria.

Tem toda uma coreografia que deve ser seguida. Imitar gestos, dividir confidências, marcar cafés, trocar indicações de livros e aí, bem devagar, a amizade cria raiz, brota, floresce. Mas eu sou péssima com plantas. Vou direto ao ponto.

— Podemos ser amigas? — Não teria dito nada se soubesse que minha voz soaria tão embargada.

— Nós somos *família*. — Ela sorri com carinho para a Ágata, que passa correndo por perto antes de se afastar de novo. — O Jake adorava cachorros quando era pequeno. Ele vai ter que ensinar a Ágata a treinar o Princesa pra fazer truques. Vão se divertir muito com isso.

Meu coração se retorce de novo, agora com uma dor mais feia. Cada frase é "a Ágata e o Jake" para cá, "você e o Jake" para lá. Já passou da hora de esclarecer as coisas. Reúno toda a frieza que consigo e empurro a fala garganta acima:

— Eu e o Jake não vamos ficar juntos.

O rosto dela vacila.

— Mas o Jake disse que vocês nem tentaram morar juntos ainda. Ele é superfácil de conviver.

Meus olhos se embaralham até que Ágata vire só uma mancha vermelha. Laura é tão doce que chega a doer nos dentes. Eu não sou assim. Sempre fui gosto adquirido. Pessoas como a Laura normalmente não se acostumam. Dou a ela um pouco desse gostinho agora.

— A gente acabaria se matando se continuássemos juntos. — É uma meia-verdade.

— Pelo menos você faria isso com misericórdia. Uma overdose de oxicodona na própria cama nem é um fim tão ruim.

Minha pele arrepia e parece que meus órgãos escorrem para fora do corpo.

— Já o Jake, ele é bem criativo com armas de assassinato. Não sei como você faria da sua casa uma zona livre de perigos.

Enfim consigo falar:

— O quê?

— Estrangulamento com luzes de Natal foi a ideia mais recente dele. — Ela balança a cabeça. *Esse Jake!*

Fico olhando para ela, atordoada. Será que ela sabe sobre o Neil? Ou o Jake contou, ou ela me pesquisou no Google, ou ela escuta *Assassinos em Ação*...

E, mesmo assim, essa mulher, que enche cadáveres de algodão e pinta bochechas com spray, ou seja lá o que ela faz, acabou de me dizer que somos família. *Nós seríamos* a família perfeita.

O rosto de Laura muda de repente, de forma drástica, e ela dá um passo para trás do muro. Sigo seu olhar até um homem de cabelos prateados parado cinco andares abaixo, no estacionamento, que nos encara com o corpo tenso.

— Aquele é...?

— Andrew.

O tio do Jake.

— O que ele está fazendo aqui? — pergunto.

Laura não responde. Uma alquimia estranha está acontecendo. Essa mulher doce e calorosa está se transformando em alguém fria e retraída bem diante dos meus olhos.

— Ele me viu — ela diz. — Acho melhor eu descer.

— Por quê?

— Se ele subir, vai causar uma cena. — Os olhos dela saltam para Ágata, brincando com o Princesa no gramado artificial.

— Ele não pode simplesmente subir. Alguém precisa deixar ele entrar.

Ela balança a cabeça, pálida.

Tudo isso ainda é bem novo para mim, mas acho que, no meu caso, a amizade deve funcionar como um disjuntor, porque sinto algo no meu íntimo se movendo, se ajustando, se realinhando para cercar Laura com a minha própria armadura invisível. Pouso a mão no braço dela.

— Fica. Se ele subir, a gente manda ele embora.

— Tenho certeza de que o Jake já te falou dele — ela diz, falando mais baixo, como se estivesse prestes a confessar algo sujo. — Ele não é... muito gentil.

Ela sorri para mim de novo, um sorriso caloroso, mas falso, e de repente entendo de onde o Jake tirou os sorrisos falsos dele. E por quê.

É por isso que não ensino minha filha a ser educada, delicada e boazinha. Depois de ouvir podcasts de crimes reais o suficiente, você acaba aprendendo sobre a irmã menos conhecida do lutar, fugir ou congelar: agradar.

— Eu só vou descer e acalmar as coisas — ela explica.

— Não — digo. — Nem pensar.

Eu me inclino por cima do muro para olhar de novo e ele sumiu. A porta de acesso range ao se abrir ao nosso lado, e Laura se encolhe, mesmo sabendo que não teria como o Andrew já estar ali. Uma mulher surge no terraço com galochas térmicas e um casaco roxo acolchoado, daqueles que parecem uma camisa de força.

— Cynthia?

Cynthia pisca por trás dos enormes óculos de coruja, embaçados com o próprio bafo que sobe pelo cachecol. Ela me encara, sem expressão, e só então percebo o que está segurando... Um avião de papel? Reconheço o clipe que enfiei na ponta dele.

Essa maluca. Eu não apareci na casa dela quando ela deixou aquele tsuru na minha mesa. Aqui é a minha *casa*. Aquela ali é a minha *filha*.

Em poucos passos estou cara a cara com ela, bloqueando o caminho, antes mesmo de pensar no que dizer.

— Dolores — ela diz. Olha por cima do meu ombro, para Laura e Ágata, e examina o terraço em busca de mais alguém. Só há outra vizinha, com um chihuahua de suéter natalino. Os olhos de picador de gelo de Cynthia se fixam nos meus. — Não imaginei que você estaria aqui também.

— Como assim?

— Embora talvez devesse ter imaginado — ela continua, no tom monocórdio perfeitamente articulado. — Você me lembra a mim mesma nesse sentido. Você toma iniciativa. Gosta de identificar problemas e resolvê-los por conta própria. Eu soube disso quando vi a lista.

Aquela maldita lista.

— Você não sabe nada a meu respeito — retruco. — Quem você acha que é?

O rosto dela é um muro impenetrável quando responde:

— Eu sei quem *você* é, Dolores. Você é uma pessoa ética. Alguém que não tem medo de fazer a coisa certa, mesmo quando a coisa certa é difícil. E a coisa certa é sempre difícil.

Mais uma pessoa que acha que sabe tudo a meu respeito. Sinto o mesmo vazio no estômago que tive com Laura agora há pouco, mas junto a isso, aquela sensação familiar na espinha. Como pequenos martelinhos tocando xilofone dentro dos meus ossos.

— Acho que a gente se entende. Eu soube disso quando você deixou isso pra mim — diz Cynthia, e de novo noto o aviãozinho de papel. O que foi que eu fiz quando deixei aquele avião no teclado dela? Que mensagem eu passei?

Com os dedos dormentes, pego o papel da mão dela e desdobro. Dentro estão as anotações que ela fez durante nossa conversa no RH. O nome do Jake. Meu endereço.

Tlin. Tlin. Tlin.

Meu estômago está puro ácido.

— O que você está fazendo aqui? — sussurro.

Os olhos de Cynthia são frios e duros como asfalto.

— Entrevista de desligamento de Jacob Ripper.

Então a porta se abre de novo.

50

Empurra-Papel

JAKE

É A MESMA SENHORINHA COM O CARRINHO DE COMPRAS. ENTRO no prédio logo atrás dela.

— *Com licença*... — ela diz.

Tento ultrapassá-la, mas ela me intercepta.

— Vou denunciar você para o síndico por entrar assim, na cara dura! Eu te reconheço. Vou contar que te vi invadindo desse jeito outra noite...

— E eu vou contar que te vi à uma da manhã do dia 25 de dezembro puxando exatamente esse carrinho aí, só que naquela noite ele pesava uns cinquenta quilos, e eu ouvi algo metálico batendo dentro dele — disparo por cima do ombro, antes mesmo de pensar no que estou dizendo. A paranoia de Dodi por crimes reais acabou comigo.

Paro no mesmo instante. Espero vir aqui com frequência, pelo menos por um tempo, a não ser que Ágata e Dodi queiram se mudar logo — minha cabeça virou uma confusão. Eu me viro para pedir desculpas à minha nova vizinha, mas o rosto dela está completamente transformado. Ela está mais ereta, mais firme, a mão forte no cabo do carrinho. Com a outra, alisa com cuidado o cobertor que cobre o que está dentro do carrinho e gira nos calcanhares, marchando a passos firmes, o coxear desajeitado de segundos atrás simplesmente sumindo.

Com certeza é uma assassina em série, a voz de Dodi ecoa no meu ouvido enquanto observo a senhora se afastar. Elas vão se mudar logo.

Dodi não está no apartamento. Bato na porta dela até que uma garota sai do elevador com um chihuahua de suéter natalino no colo.

— Elas estão no terraço — diz, aflita. — Vou chamar a polícia.

— O quê?

Mas ela não responde. Sai correndo pelo corredor e desaparece.

O elevador me leva até o terraço e me despeja num pequeno saguão com uma porta metálica. Do outro lado, um triste retalho de grama sintética vive seu pior momento, com algumas placas passivo-agressivas sobre coleiras e coleta de dejetos, e lá adiante...

O caos.

Gritos, berros, um homem e uma mulher se debatendo, um cachorro pequeno correndo em círculos frenéticos, os latidos ecoando nos prédios próximos.

— Tira a mão dela, seu *desgraçado!* — Uma figura de casaco roxo acolchoado avança contra um homem, que se afasta... Chocado, percebo que é Andrew. Por instinto, procuro Laura, que está ali, encolhida atrás de Dodi, que mantém os braços abertos e uma expressão feroz no rosto. Andrew desvia, e Casaco Roxo tropeça e se apoia no parapeito baixo. Quando se vira, vejo que é... a *Cynthia?*

— Ágata! — grita Dodi quando o casaquinho vermelho pula de trás de Laura para pegar o Princesa.

Andrew se lança em direção ao cachorro ao mesmo tempo.

— Ele é *meu*! — Andrew rosna, vermelho, explosivo. Atrás dele, Cynthia recupera o equilíbrio, igualmente surtada. Aquele robô de RH frio, com olhos de gelo, se lança na direção dele, descontrolada, socando seus braços com os punhos cerrados, enquanto o cachecol grosso e artesanal balança de um jeito frenético.

Num pulo, atravesso o gramado sintético encharcado e puxo Ágata, enquanto Andrew arranca o Princesa dos braços dela.

— Ele levou o meu cachorrinho! — grita Ágata, cheia de veneno.

— Devolve o cachorro dessa menina, ou juro por Deus que... — berra Cynthia.

— Esse cachorro é meu! — Andrew grita, se contorcendo de nojo enquanto Princesa lambe o rosto dele com entusiasmo. Nunca recebeu tanta atenção do Andrew na vida.

Entrego Ágata para Dodi, e ela desaba de alívio, se agarrando à filha. O cabelo está desgrenhado, e a costura do ombro do casaco, rasgada. Olho para Laura e a lateral do rosto dela está vermelha. Meu estômago se retorce. Eu perdi alguma coisa muito séria. Laura treme que nem bambu atrás de Dodi, e só então percebo que eu também estou tremendo. Está acontecendo. O vulcão finalmente entrou em erupção.

— Você sempre foi assim! — Cynthia grita para Andrew. — Sempre tomando o que queria! E assim que conseguia, descartava! Pessoas também! Jogando fora como se fossem lixo!

— Você é uma intrometida, Cynthia! Uma fiscal de RH metida! Sempre metendo o bedelho onde não é chamada, achando que entende tudo de todo mundo. Você não sabe porra nenhuma! Isso não é da sua conta! Nunca foi da sua conta! Esse cachorro é *meu*!

— Isso não tem nada a ver com o maldito cachorro! — Cynthia berra. — Você sempre foi um nojento, Andrew! Você foi o nojento que moldou minha formação. Todo mundo no RH tem um desses no currículo. Aquele que faz a gente pensar: "Nunca mais". — Cynthia finalmente me nota. — Ali! — ela grita. — Olha aí o outro! Outro nojento esquisito! O *seu* esquisito, Dolores. Certo? Jacob Ripper! Ele é igual a você, Andrew. Percebi no segundo em que o vi... um aproveitador narcisista, egomaníaco e sedento por poder, manipulando mulheres vulneráveis... a cara cuspida do pai! — protesta, uma gota de cuspe voando conforme fala.

Por um segundo me pergunto como ela sabe qualquer coisa sobre Jacob, o filho do Bill, meu pai por engano, com os óculos, os olhos cor de avelã e o sorriso gentil. Como ela sabe que eu sou a cara do meu pai? Mas então me dou conta de que ela não está falando dele, é claro. Ela está falando do meu verdadeiro pai: Andrew. Ela sabe. Ela sabe dessa informação a meu respeito, que só mais duas pessoas sabem.

É claro que ela sabe.

Maldita Cynthia Cutts. Não foi em nenhum dos meus trabalhos temporários que cruzei com ela. Agora percebo por que sempre me olhou com desprezo, como se eu fosse uma criança nojenta e malcomportada. Eu *era* criança quando a conheci. Ela era uma conhecida da minha mãe, dos anos em que lecionou na rede de escolas católicas. Costumava aparecer para tomar café na mesa da cozinha da minha mãe, falando em eufemismos e soletrando palavras letra por letra para garantir que eu não entendesse o assunto da conversa. Minha mãe costumava observá-la com cautela, exausta, e depois suspirava aliviada quando acabavam os discursos sobre bullying, vingança e estratégias de longo prazo. Ela fechava a porta atrás da Cynthia, me servia uma tigela enorme de sorvete e me lembrava, sem mais nem menos, que eu era a melhor coisa que já tinha acontecido na vida dela. *Jacob* Ripper?, Cynthia havia perguntado naquele dia no anexo, à caça de assédio no ambiente de trabalho. *O maldito do Jacob Ripper? É a cara do pai dele*. Ela devia estar lá quando aconteceu o caso no trabalho que resultou em mim.

— Ele é um monstro igualzinho a você!

— Não! — grita Dodi, com o semblante horrorizado. — O Jake não! Nós estamos em um relacionamento de verdade!

— Sério? — Laura murmura com uma esperança absurda. Dodi empurra Ágata para os braços de Laura e corre até mim.

— Jake, me escuta...

Ela puxa meu braço, mas não há quem me segure.

— Está conseguindo manter a calça fechada ultimamente, pelo menos? — Cynthia provoca, andando ameaçadoramente de um lado para o outro enquanto Andrew recua, passo a passo, até suas costas encostarem no muro baixo. — Não anda se aproveitando de nenhuma jovem professora ingênua, fragilizada por uma crise pessoal? Você foi tão rápido depois que o Jacob foi embora. Com certeza também não está fazendo bebezinhos por aí e depois demitindo discretamente as mães por terem filhos fora do casamento... Imagine só! — Cynthia debocha, levando a mão ao pescoço como se buscasse um colar imaginário. — E os valores religiosos nas escolas católicas? A instituição do casamento? Blá-blá-blá, seu hipócrita desgraçado! Eu ainda tenho cópias das cartas da minha época no conselho da escola católica, o depoimento de todo mundo, inclusive o da Beth. Os tempos mudaram e agora as pessoas realmente se importam com a forma como as mulheres são tratadas no ambiente de trabalho! Posso trazer tudo à tona a qualquer momento!

Finalmente estou entendendo toda a história, depois de tantos anos. A minha história de origem sendo berrada aos quatro ventos. Andrew me encara com veneno nos olhos. Uma veia pulsa na testa dele e sua expressão se torna violenta. É um monstro encurralado, pronto para atacar e levar todo mundo junto, pelo nosso papel em sua humilhação... essa exibição pública do seu segredo sujo, agora escancarado, com o vento soprando lá dentro e todos nós olhando.

— Como você *ousa*?! — Andrew rosna para Cynthia. Princesa late, empolgado, correndo livremente.

— Sabia que eu abri meu próprio negócio de consultoria, Andrew? — Cynthia continua. — Departamentos de RH me contratam para expulsar babacas, predadores e *valentões*, e agora encontrei alguém pra orientar, alguém pra passar a tocha...

Os braços de Dodi apertam minha cintura por trás.

— Não chega perto dela — Dodi diz no meu ouvido. — Jake, você está me escutando?

Não estou. Só ouço os berros da Cynthia, que cada vez mais parece minha fada madrinha perversa a cada palavra que sai de sua boca.

Existem muitas maneiras de lidar com valentões. Afastar-se, bloquear qualquer tipo de contato, agir com indiferença, sorrir de forma neutra. Ser o urso mais chato do mundo para cutucar. Bajular, se conseguir engolir, se for algo que precise fazer para sobreviver. Sumir de mansinho à noite, se der conta. Faça o que for preciso para seguir em frente com sua vida, seu emprego, seu círculo social, sua família insuportável. Sua única saída é ficar acordado à noite fantasiando sobre a vingança que aplicaria se pudesse. Porque minha experiência me ensinou que não tem como vencer valentões como meu tio. Eles seguem outras regras. Sempre estarão dispostos a ir mais longe que você, quebrar mais regras que você, aceitar mais sanções sociais que você. Machucarão as pessoas que você ama só para mostrar que podem te atingir. São alimentados pela raiva, que reforça o papel de vítima que eles encarnam. Eles sempre terão a última palavra. Não dá para ganhar. Eu sempre tive que prender a respiração e engolir desaforo.

Mas acontece que, se eu ainda tiver uns cinquenta ou sessenta anos pela frente, é tempo demais para continuar engolindo desaforo.

Olho rapidamente para o rosto assustado da minha tia, minha *madrasta*, percebo pela primeira vez. Laura, que sempre ficou do meu lado... Como pude achar o contrário?

Dodi atrás de mim, com aquele rasgo no ombro...

E Ágata, se soltando dos braços de Laura, resmungando sobre o cachorro, assistindo e aprendendo em tempo real como lidar com valentões...

São essas as minhas pessoas, minha família improvisada. Não esse cretino que me colocou no mundo. Ele não vai mais aterrorizá-las. E, por algum motivo, defender essas pessoas parece muito mais fácil do que jamais foi me defender.

— Me dá essa droga desse cachorro!

Cynthia interrompe o monólogo no meio, e a boca de Andrew se abre como se ele tivesse sentado nas próprias bolas. Ele nunca me ouviu levantar a voz antes.

Avanço para cima dele, arrastando Dodi comigo, os dedos dela cravados nas minhas costelas feito um marsupial subindo na árvore, enquanto sussurra furiosamente no meu ouvido que Cynthia é perigosa, uma empurra-papel que vai me perseguir, o que é ridículo, porque eu nem trabalho mais lá.

Laura grita "Ágata!" quando ela escapa do seu aperto, e Cynthia parte novamente para cima de Andrew exigindo que entregue Princesa, poderosa, rosnando, ameaçadora como um pit bull...

Andrew recua, as costas contra o muro baixo, e Cynthia ergue uma mão, para repreendê-lo? Para bater nele? Para... *empurrá-lo*?

Agora estou ao lado dos dois, e a mão de Cynthia se estende para mim.

— *Ele fez a lista, Cynthia*! — berra Dodi. — Jake, se afasta do muro!

Não escuto. Estendo os braços para pegar Princesa das mãos de Andrew.

E então o mundo balança, ou pelo menos esse pequeno pedaço da zona de subducção de Cascadia. A terra treme e o movimento vem da esquerda, como se alguém tivesse levantado um canto do telhado e chacoalhado tudo, uma onda rasa e larga se espalhando pelo chão inteiro, feito areia se desprendendo de uma toalha de praia. A onda nos atinge, e Dodi despenca sobre mim, me jogando para a frente como uma peça de dominó caindo em cascata. Minha mão bate no peito de Andrew, e o muro o pega uns poucos centímetros abaixo do centro de gravidade, lançando-o para trás em câmera lenta, o único som rompendo o silêncio horrorizado no telhado vindo de Princesa, que ainda late alegremente nos braços dele.

— Saquinho! — grita Ágata, correndo até o muro.

— Ágata! — grita Dodi.

Não penso duas vezes. Intercepto Ágata antes que ela se jogue da borda. Eu a ergo nos braços, colocando-a em segurança, mas ela enfia uma mão no meu rosto para se equilibrar enquanto tenta olhar para trás, para baixo.

— Ele está bem! — ela berra. — Olha lá, ele está bem!

Afasto a mãozinha dela do meu rosto e espio para baixo. Andrew decididamente não está bem. Se Laura quiser um caixão aberto, vai ter muito trabalho pela frente. Mas Princesa caiu sobre um corpo macio e está ótimo. Ele gira no lugar, ofegante, a língua pendurada para fora, o traseiro abanando, confuso sobre onde foi parar todo mundo.

Quando me viro, Laura está paralisada perto do parapeito, as mãos sobre a boca. Não grita. Não chora. Dodi está de quatro sobre a grama sintética atrás de mim, urina de cachorro e neve derretida ensopando os joelhos da calça dela. E Cynthia permanece imóvel como uma coluna, os olhos fixos em mim.

Ficamos todos em silêncio por um minuto, a respiração pesada, o coração pulsando nos ouvidos. Tremendo, com olhos arregalados, em choque. Olho para minha mão. Vejo uma arma do crime.

Ao longe, uma sirene uiva, e vislumbro policiais, algemas, tribunais. "Homicídio culposo", cantarola a voz boba e animada de Grant no meu ouvido. Mas houve uma discussão antes. Eu estava gritando com ele, eu o encurralei contra o muro. "Homicídio em terceiro grau, ou segundo, dependendo do depoimento das testemunhas", continua Grant, enquanto encaro Cynthia. Essa mulher que me olha como se eu fosse o pior tipo de monstro... Tudo depende do que ela disser.

Observo enquanto Cynthia, Laura e Dodi trocam longos olhares, e existe algo ali, um espaço, um silêncio, um entendimento entre três mulheres num telhado após um encontro próximo com um psicopata perigoso, do tipo que mulheres precisam enfrentar o tempo todo em casa, no trabalho, sorrindo e dando a outra face, ou fugindo, ou, se forem fortes e determinadas como Dodi e Cynthia, mantendo a posição, assumindo o controle, enfrentando, *empurrando*...

Dodi chamou Cynthia de empurra-papel. Mas não, ela não disse *uma* empurra-papel.

Percebo algo terrível sobre Cynthia no exato momento em que ela vê algo digno em mim.

— Que acidente horrível — Cynthia diz sem nenhuma emoção na voz.

Eu me sinto como um balão de desfile preso num poste. Murchando, até esvaziar. Ágata escapa dos meus braços frouxos, e Dodi a segura, desajeitada, sem dizer uma palavra. Aperta a filha com tanta força que escuto o barulho das juntas estalando. Caio de joelhos e estendo as mãos para Laura, que desaba ao nosso lado na grama. Abraço todas elas.

51

Detidos

JAKE

Em poucos minutos, uma equipe de emergência surge pela porta do elevador e invade o telhado.

— Foi tudo um acidente horrível — diz Cynthia com firmeza em meio à agitação dos paramédicos e policiais, no seu habitual tom monótono e perturbador.

— A senhora vai ficar bem, está em choque — comenta o paramédico, sacudindo um grande cobertor térmico prateado e enrolando-o nos ombros de Cynthia. Um policial anota seu depoimento enquanto ela me encara com olhos indiferentes.

A mão que tocou o peito de Andrew formiga e fica branca.

— Você não teve culpa — Laura me tranquiliza. Nós nos abraçamos, e observo Dodi andar inquieta para lá e para cá como um tigre enjaulado, preocupada, ainda segurando Ágata encolhida nos braços, observando Cynthia o tempo inteiro.

Meu pai está morto. Isso foi mentira por quase toda a minha vida; agora, realmente é verdade, mas não sinto nada pela perda. Todas as pessoas importantes para mim estão seguras.

Em algum momento, Laura também presta depoimento aos policiais — fria, calma, controlada.

— Foi tudo um acidente horrível — ela afirma com convicção, apertando minhas mãos nas suas.

Ela parece mais alta, mais ereta, como se ocupasse o espaço de outra maneira. Entrega um cartão ao policial e pega um dele. Em seguida é a vez de Dodi.

— Foi tudo um acidente horrível — ela diz sem piscar, encostando-se ao meu lado.

Sinto como se eu próprio me observasse quando chega minha vez.

— Foi um acidente horrível. — Não estou mentindo.

O síndico aparece trazendo Princesa vestido em um macacãozinho velho de bebê. O cachorro pula dos braços dele e corre para Ágata.

— Sim, tem uma câmera de segurança ali — diz o síndico para o policial que interrogava —, mas é direcionada ao parque dos cachorros, não para o muro. Meu Deus. Que acidente horrível.

Finalmente, não precisam mais de nós, e podemos ir embora. Lanço um último olhar para Cynthia, ainda embrulhada no cobertor prateado, sentada no parapeito como se fosse o melhor assento da casa. Pego Ágata pela mão, e Dodi pousa um braço protetor ao redor de Laura — uma viúva amparando outra —, e partimos, passando por dois policiais que sobem ao telhado.

— Meu Deus — murmura um deles. — Que acidente horrível.

— JAKE — DODI DIZ NO ELEVADOR. — PRECISAMOS... CONVERSAR.

Olho para ela. Acho que o que ela realmente precisa é de um banho e roupas limpas, mas Laura concorda com Dodi.

— Vocês dois vão dar uma volta — sugere Laura, o olhar indo rapidamente de um para o outro. Ela quer uma reconciliação, um final feliz. Ela quer muito ficar com Ágata. — Vou levar Ágata para o apartamento.

Sai apressada no terceiro andar com Ágata e Princesa atrás dela e nos deixa sozinhos. Em voz baixa, Dodi sussurra:

— A Cynthia...

— A Cynthia — concordo.

Ela solta um suspiro.

— Ela está te acobertando. O que vamos fazer a respeito dela?

— Ela pode esperar.

Dodi assente, com olhos arregalados e pés afastados, numa postura de combate.

— Vamos deixar essa mudança de paradigma pra depois?

— Vamos fazer uma reunião apropriada mais tarde, porque temos outras coisas pra discutir.

Dodi me encara. Eu encaro Dodi. Aperto o botão para nos conduzir ao térreo, as portas se fecham devagar e sinto novamente aquela sensação de vertigem experimentada em um parque de diversões enquanto nos encaramos naquele pequeno espaço em queda. Meu futuro inteiro passa diante dos meus olhos. Tenho tempo — muito tempo — e, mesmo assim, nunca senti tanta pressão na vida para fazer algo o mais rápido possível. Não posso esperar.

— Eu retiro tudo o que disse antes. Eu te amo e quero passar o resto da vida com você.

Despejo clichês feito um roteirista barato de filme romântico, mas o que mais dá para fazer quando não há outro jeito de dizer isso? A mensagem é recebida. Pela primeira vez, vejo todos os sentimentos no rosto dela. Surpresa. Alívio. Arrependimento. Tristeza. Tanta tristeza. Ela aperta os próprios braços em torno da cintura, em vez de me abraçar.

— Eu também te amo — diz corajosamente. — Eu também queria poder passar o resto da vida com você.

Teoricamente, eu sabia que Dodi era capaz de chorar, mas vê-la chorando é outra coisa. O rosto dela não se contorce nem fica vermelho. Ela simplesmente deixa as lágrimas correrem, de uma maneira calma, silenciosa, como uma estátua de pedra plácida realizando um milagre em uma capela deserta para seu único devoto fiel.

Eu estraguei completamente a minha entrega.

— Mas você pode.

— O quê?

— Meus avós verdadeiros têm quase cem anos. Será que você me aguenta por tanto tempo?

Ela enxuga as lágrimas do rosto com a manga do casaco.

— O quê?

Ela não entendeu uma palavra do que Cynthia falou no telhado sobre os meus pais.

— O Bill fez um teste de DNA...

Não preciso explicar mais nada neste segundo, porque "teste de DNA" são as palavras mágicas que fazem uma doença hereditária desaparecer num passe de mágica. A boca de Dodi se abre e ela solta um suspiro trêmulo. Um arrepio a percorre enquanto um segundo terremoto varre seu mundo mental e muda *tudo* de lugar. Ela precisa de um minuto para avaliar como as coisas ficaram. Posso dar quantos minutos forem necessários porque agora eu tenho *muitos* minutos.

— Pelo amor de Deus, Jake! — ela exclama, enxugando os olhos. Está furiosa e aliviada e tentando desesperadamente parar de chorar. — Esse é o tipo de coisa que você fala primeiro!

Nos filmes, isso terminaria num beijo dramático. Eu me aproximo e ela estende as mãos para mim.

As portas do elevador se abrem de repente e três bombeiros entram, apressados. Pego Dodi pela mão e a levo para fora, para o circo que esse prédio virou. Luzes piscando, gente gritando. É surreal testemunhar isso tudo. O corpo dele está ali mesmo — *bem ali*. Vejo os paramédicos fecharem o saco preto e o jogarem na maca, como um saco de batatas.

Esse também não é o lugar certo para o tal beijo.

— Vamos dar uma volta de carro.

Dodi torce o nariz com nojo só de pensar na Lambo fedida, mas tiro a chave do bolso e a coloco na palma da mão dela. Ela olha para a chave.

— Este aqui eu não roubei — digo. — É seu.

Dodi gira lentamente o chaveiro na mão, encarando o logo, então aperta o botão para destravar. Um bipe soa atrás de nós. Ela vira e encara o elegante carro vermelho, sem conseguir acreditar.

— O quê? *Como*?

Mas o bipe também assusta um policial parado a poucos metros dali. Ele se vira bruscamente e nossos olhos se encontram. É o MiniTira Suas narinas se dilatam, e ele começa a baixar a cabeça para sair andando em outra direção, mas então paralisa. Com os olhos arregalados e a boca escancarada, grita:

— Puta merda! — Encara algo dentro do carro novo de Dodi.

É Willow, ainda sentada no banco do passageiro depois de me ajudar a preencher o número exigido para a faixa de veículos compartilhados no engarrafamento das festas, a boca redonda pressionada desconfortavelmente contra o vidro, como um peixe limpador de aquário.

Outro policial corre para ajudar o MiniTira.

— Que porra é essa... O que há de errado com ela? — O outro policial bate no vidro. — Senhora? *Senhora!*

Um paramédico corre até lá e aponta uma lanterna para os olhos dela.

— Ela não está respondendo!

Um segundo paramédico, mais dois policiais e um bombeiro — agora temos até malditos bombeiros — cercam o carro, e outro bombeiro se aproxima com um martelo quebra-vidro.

— Para! — berra Dodi, apertando loucamente os botões do chaveiro. Ela aperta o botão de alarme, o de travar e finalmente o de destravar. Um policial abre a porta com força e Willow despenca no asfalto. Os paramédicos avançam.

— Ela está fria e úmida! Não consigo achar os batimentos!

Tudo vira um caos, mas ali ao lado, o MiniTira não se move um centímetro.

— *Você* — ele diz, olhando direto para mim. — Seu *pervertido* doente.

A voz dele ecoa e cabeças se viram para olhar. Ele dá um passo na minha direção, depois outro, os braços rígidos sobre o colete, as mãos pairando perto do cinto.

— Onde você ia deixar essa, hein? Sentada num balanço fazendo colarzinho de margarida? — Aponta com o queixo para o parquinho atrás do prédio de Dodi. Que ridículo. Estamos no meio do inverno. — Ou nos degraus ali, jogando pão pros pombos?

Suspiro.

— Ou talvez naquele banco — MiniTira continua —, segurando um chocolate quente branco, os patins numa sacola no chão e dois ingressos para a Patinação de Natal Infantil no bolso, esperando o acompanhante aparecer.

Minha boca se abre lentamente. Ele *entendeu.*

Entendeu as histórias felizes que tentei criar, as vidas pós-Grant que eu estava dando para suas prisioneiras em liberdade. Una à beira do rio, agasalhada e sentada num tapete para admirar as luzes do centro, com champanhe, rosas vermelhas e um anel de noivado brilhando no dedo, esperando o noivo voltar da ligação com os pais para anunciar a novidade.

Tari numa cadeira de rodas, faixa no tornozelo, sapatos de dança no colo e a mão carimbada por uma boate.

Katrin aguardando no desembarque com um itinerário no bolso e uma placa brilhante, com os dizeres: "Bem-vinda de volta".

David no colo do Papai Noel, os ingressos para um filme natalino num bolso e um presente embrulhado no outro, um presente para o seu amor: as chaves do apartamento.

E tantas outras. Vidas ricas e interessantes para todas elas, de A a V. Bom, de B a U. Pobre Anastasia. E Verity... Dodi foi uma influência *terrível.*

Todos me encaram. Os paramédicos abandonam a boneca, os bombeiros formam um círculo, e meia dúzia de policiais se aproxima devagar como lobos cercando a presa.

E lá está Dodi, com olhos arregalados e a boca tão redonda quanto a de Willow.

Ao olhar para ela, percebo que também tenho minha própria vida rica e interessante me aguardando.

Invoco o melhor sorriso de assassino em série possível.

— Sai da minha mente.

Ele avança. Num instante estou imprensado contra uma viatura, sendo revistado e esmagado contra o metal do carro. Sinto gosto de sangue no lábio.

— Pete. Pete!

É uma voz familiar. *Policial Stubbs?* Não consigo virar a cabeça. Algemas apertam meus pulsos.

— O quê?! Não! Esse carro é *meu*! — Dodi grita com o mesmo bombeiro que tentou quebrar a janela. Um policial escuta e agora Dodi é prensada contra o capô da viatura ao meu lado.

— Meio exagerado, Pete — diz Stubbs.

— É *ele*! — Pete rosna.

— Perturbação da ordem pública, Pete! Isso é o melhor cenário possível!

— Ele vai ter malditas cabeças decapitadas no freezer. Esqueletos enterrados no quintal. *Eu sei disso!*

— Meu Deus, o departamento de homicídios achou *engraçado*! Ninguém estava rindo *de* você, mas aí você começou...

Ele empurra minha cabeça para baixo com sua mão enorme e me joga dentro da viatura. Meu rosto bate no vinil grudento do banco traseiro e a porta fecha atrás de mim. Eu me contorço e sento. Do lado de fora, Pete está gritando, saliva voando da boca, e a policial Stubbs o observa calmamente, com sobrancelhas erguidas. Ela encontra meu olhar, e acho que vejo a sombra de um sorriso.

A porta do outro lado da viatura se abre, e Dodi é empurrada como uma boneca de pano.

— Precisamos de um advogado — ela resmunga contra o banco, em seguida se vira, arfando.

— Temos o melhor da cidade, e ele vai trabalhar de graça pra gente.

Ela franze a testa, confusa, então ofega.

— Merda!

Sigo o olhar dela pela janela até avistar Laura sentada na varanda de Dodi no terceiro andar, o rostinho de Ágata aparecendo por cima do parapeito.

— Merda, merda, *merda*! — Dodi resmunga. Isso afeta a *Ágata*.

No entanto, pela primeira vez em anos, não estou com medo de nada. Nenhuma voz interior para me alarmar, nenhuma ansiedade ou pavor. Nada.

— Confia em mim — digo a ela.

A essa altura ela já aprendeu. Fica quieta e espera pacientemente minha iniciativa.

Espio pela janela e mexo os lábios, dizendo silenciosamente: "A gente liga depois!" Não sei se Laura vê, mas ela acena e pega Ágata pelos ombros, a avó dedicada cuidando da neta enquanto mamãe e papai saem num encontro romântico. É tão difícil arranjar tempo para encontros, mas é *tão* importante.

Dodi encontra meu olhar.

Eu me inclino e sussurro em seu ouvido.

— Você queria brincar de assassino em série comigo — lembro-a.

Ela morde o lábio.

— As algemas até que não me incomodam — diz baixinho, entrando na fantasia comigo. — Prefiro abraçadeiras plásticas, mas se for o que temos pra hoje... — Ela está... excitada, essa maluca. O batom borrado, o delineador escorrendo, o cabelo desgrenhado espalhado pelo banco.

Ainda não expliquei tudo para ela. Não falei sobre a casa que vamos compartilhar com os avós, nem sobre a escola que tem lá perto, nem sobre o dinheiro que ganhamos em Vegas ficar com ela para abrirmos nossa empresa de consultoria. Já tenho doze clientes prontos para começar, todos com RHs interessados em como minhas planilhas podem demitir idiotas caros da folha de pagamento. Há tanta coisa para contar. Estamos prontos.

É hora daquele beijo.

A policial Stubbs entra no banco da frente, nos olha pelo retrovisor e liga o rádio. "Jailhouse Rock" explode na viatura. Numa curva, Dodi desliza pelo banco e cai em cima de mim. Não podemos nos abraçar, mas não precisamos. Ela se ajeita e encaixa a boca na minha num beijo quente e úmido. Outra curva nos coloca numa posição ainda melhor.

O MiniTira pode bater na janela de plástico inquebrável o quanto quiser, eu nunca mais vou respirar.

É isso: felizes para sempre, porra.

EPÍLOGO

Assassinos em série para sempre

DODI

Tenho uma reunião no último andar.

A executiva gira a caneta elegantemente entre a ponta das unhas pintadas de branco enquanto analisa os papéis espalhados à sua frente.

— Não dá para contestar esses resultados — diz, pensativa. Ela se recosta na cadeira e me encara com um sorriso embelezado por lentes caras. — E quem recusaria uma proposta de *mudança transformadora*.

Ao lado dela, uma mulher que poderia ser seu clone, porém algumas décadas mais nova, concorda com um aceno de cabeça e me dirige um sorriso idêntico. A executiva inclina a cabeça loira sobre o contrato, faz uma assinatura rápida em quatro lugares e me contrata para demitir funcionários problemáticos da folha salarial, transformando, assim, a empresa num ambiente de trabalho mais saudável e produtivo. Minha consultoria está adquirindo boa reputação. Ninguém sabe exatamente como eu consigo os números.

Ela não faz ideia de que o nome dela vai estar no topo da lista quando eu entregá-la à diretoria da empresa. Ela é a maior psicopata aqui.

Uma porta se abre, e ambas as cabeças loiras se viram para observar o recém-chegado: um homem em roupas-padrão de escritório, calça cinza, camisa branca, óculos de armação grossa. Estreito os olhos para ele. *Acho* que o reconheço. Um temporário que encontro de tempos em tempos nas minhas visitas pelos escritórios do centro. Curioso como nossos caminhos sempre se cruzam. Ele dá três passos antes de parar, com um sorriso tímido.

— Estou atrapalhando.

— Nunca, Jonathan — diz a executiva, estendendo a mão para pegar seu café. Ele entrega um chá à mulher mais jovem, então oferece a bandeja com o último café para mim.

— Sempre peço um a mais — ele diz. — Preto, sem açúcar. — Dá de ombros, desculpando-se.

— Exatamente como eu tomo. — Pego o copo e olho o nome escrito ao lado: "Dolly". Sempre diz isso.

Ergo uma sobrancelha para ele, que empurra os óculos nariz acima com o dedo médio.

A executiva o observa preguiçosamente enquanto ele sai, depois se volta para mim.

— Quando começar a colher seus dados...

Eu a deixo discursar pomposamente enquanto recolho o contrato e as amostras. Os dados já foram coletados, processados e organizados em um relatório detalhado. Durante o próximo mês, vou ocupar uma confortável sala de canto na sede, com uma placa temporária com meu nome colada na porta, enquanto escuto podcasts nos fones de ouvido e pratico assédio sexual com o pobre temporário do escritório. Aperto a mão fria e frouxa da executiva, depois a da filha dela, e digo que as vejo na segunda-feira.

No corredor lá fora, olho para a esquerda, depois para a direita. Trechos quase idênticos de corredor se estendem para os dois lados. Fico imóvel como um felino prestes a atacar e sinto o ambiente.

À direita.

Caminho pelo corredor, meus saltos estalando no piso branco e duro. Viro uma esquina, arrasto a unha ao longo da parede até ela travar no batente de uma porta. Arranho com as unhas o lado de fora da porta, giro a maçaneta e entro.

Acertei.

Ele fecha a porta, e tudo o que podemos ver no escuro é a faixa de luz que entra por baixo da porta, iluminando o contorno dos nossos sapatos. Os dois lunáticos ainda estão trabalhando juntos.

— Quando você vai largar os trabalhos temporários e conseguir um emprego de verdade? — sussurro contra o maxilar dele.

— Nunca. É o disfarce perfeito enquanto persigo meus verdadeiros interesses. — Sua boca desliza perto do meu ouvido e desce para o meu pescoço.

— Perseguir? — Enrolo sua gravata na minha mão.

— Sim — ele murmura.

— Vigiando sua próxima vítima. — Puxo.

— Isso também. — A porta estala suavemente no batente atrás de mim quando ele me pressiona contra ela.

— E... aperfeiçoando seu *modus operandi*. — Sinto sua barba por fazer arranhar meus dedos. Ele precisa se barbear.

— Com certeza. — As pontas dos dedos dele também estão no meu rosto. Elas deslizam lentamente para baixo e agora param ao redor do meu pescoço.

— Continua um esquisito — sussurro contra seus lábios. — Vai me mostrar?

AGORA NOSSA VIDA É ASSIM:

Há um homem vivo e respirando na minha cama quando acordo. Às vezes, seus olhos já estão abertos, me observando; outras, sou eu que vejo seus cílios espessos tremularem enquanto ele dorme. As manhãs passam devagar. Nunca temos pressa. Há tempo — muito tempo. Todo o trabalho que eu costumava fazer agora é dividido entre dois adultos. Ele prepara o café da manhã, embala nossos almoços, o da nossa filha e o meu, e enche uma garrafa térmica com café para mim. A essa altura, já percebeu um padrão? Um *modus operandi* tomando forma? Não se preocupe. Vou voltar a isso daqui a pouco.

Deixo minha filha na escola e dirijo até o centro para me reunir com clientes. Tenho vários escritórios espaçosos pelos quais não pago aluguel, com vista para a massa agitada lá embaixo, um reino à espera da minha conquista. Sou boa no que faço. Consigo resultados. Sou requisitada.

Se termino cedo, vou dar uma olhada nas vitrines. Sou materialista. Gosto de coisas. Gosto de adquirir pequenos... *troféus* para marcar sucessos e eventos importantes. Um peso de papel pesado que se encaixa perfeitamente na minha palma, que posso deixar sobre a mesa perto da minha mão direita. Ou talvez uma gravata, uma verde-escura, de seda, para o nó deslizar facilmente ao apertá-lo em volta do pescoço. Agora tenho alguém para quem comprar presentes.

No fim do dia, volto para casa, que está limpa e cheira a jantar, tiro meus sapatos caríssimos e brinco de Barbie no chão como a adulta oficial que sou. Minha vida familiar é escancaradamente saudável, como se esperaria de uma assassina. Até adotamos um filhote de golden retriever.

Jake veste comigo uma fachada convincente de bom moço. Suas olheiras sumiram. Nunca vou confiar nos sorrisões dele, que parecem saídos de um hospício, ainda que agora alcancem até os olhos. Mas aqueles sorrisos meio tímidos e tortos, como se ele tivesse vergonha de estar tão feliz? Sei que são de verdade, porque os meus são iguais. E quando a criança dorme, e o vovô também, e a casa se torna sombria e silenciosa, essa farsa de família perfeita desaparece, e voltamos a ser dois bichos noturnos. Uma taça de vinho, um programa de crimes reais, ou talvez uma saída romântica, se a vovó estiver livre.

Outro dia completamos um ano juntos: bodas de papel. No nosso caso, uma pilha bem organizada que ele empurrou na mesa do café da manhã até mim. Um roteiro para uma lua de mel atrasada numa floresta cheia de castelos, enquanto os avós cuidam da criança.

— Transilvânia?

— A Antártida é um verdadeiro zoológico nessa época do ano — ele disse em tom de desculpa. — E Cuba está fora, já que vampiros precisam evitar o sol.

— Teremos outros aniversários.

— Talvez mais alguns — ele concordou.

— Talvez — falei, e nos encaramos, astutos e desconfiados. Porque, depois de todo esse tempo, acho que finalmente deciframos o *modus operandi* um do outro. Consigo perceber quando ele me olha com aquela expressão perigosa e ardilosa. Sei que ele vê a mesma coisa nos meus olhos — a motivação sombria por trás de cada sorriso, cada beijo, cada *eu te amo*. Estamos jogando a longo prazo. Cada um de nós esperando pelo momento em que o outro vai baixar a guarda. Mas, enquanto isso, vamos cuidar um do outro, brincar um com o outro, nos amar com carinho e sinceridade, na alegria e na tristeza, na saúde e na doença, até que em algum momento, depois de algumas décadas, finalmente, *finalmente*, consigamos nos amar até a morte.

Agradecimentos

AGRADEÇO, EM ORDEM DE APARIÇÃO...

Aos meus pais, cujo amor e apoio estão por trás de tudo o que faço. Obrigada por descobrirem que eu estava escrevendo um livro, respeitarem meu véu de segredo e nunca terem feito sequer uma pergunta a respeito dele. Lendários.

À minha irmã, que foi minha primeira leitora quando pegou meu diário, disse que era muito bom e que queria saber o que aconteceria em seguida. Você é a melhor.

Ao meu marido, a verdadeira boneca nisso tudo, mesmo que não se deva casar com o próprio perseguidor. A lista é longa e está crescendo, mas eu também sou incrível, então estamos quites.

Ao David. Já avançamos muito desde os tempos em que escrevíamos um lixo absoluto no chão da minha sala. Agora nós... (*consulta anotações*) ... deixa para lá. Seu apoio significou tudo, e espero sempre estar aqui por você como você esteve por mim.

À turma fanática por fanfiction, especialmente Finn. Foi incrível.

À Tari, a melhor policial má, a pior policial boa e a melhor contadora de histórias. Você é uma grande amiga.

À Katrin, porque toda bruxa mal-humorada precisa da sua assembleia de bruxas. Obrigada pela sua sabedoria, pelo sarcasmo e pelo seu *ótimo* gosto literário.

À Chelsey, por ter assumido o maior dos riscos, por me ensinar a ser uma escritora melhor e pelas mil coisas ocultas de agente que você faz quando não estou olhando.

E à Sareer, por se oferecer como a peça final desta engenhoca de Rube Goldberg composta por familiares, animadores de torcida e amigos que ajudaram este livro a ganhar vida no mundo. Mal posso esperar para ver onde você vai levá-lo.

Impresso no Brasil pelo Sistema Cameron da Divisão Gráfica da
DISTRIBUIDORA RECORD DE SERVIÇOS DE IMPRENSA S.A.